亞瑟‧本森的生活哲學，在真實中探究「我」之存在

思想越獄

At Large

亞瑟‧本森（Arthur Benson）著

佘卓桓 譯

活在這個世界上，你思索過每一件事物存在的本質嗎？
「定義」是什麼？我們又為何甘願受其制約而繞不出既有思…
在曠野裡反覆咀嚼，會發現真相是那樣駭人聽聞又荒唐可笑……

亞瑟‧本森作品第六彈，
讓人難以別開目光的細微觀察！

「亞瑟‧本森先生在本書中又一次將自己置於批評同代人的角色，同時不經意
展示出自己紳士般的生活哲學觀。再一次用潔美精鍊之筆為我們描述了一幅
幅古老而栩栩如生的畫面，而這些畫面中總能有本森自己的影子。」
——《時代週刊》（Time）

目錄

CONTENTS

第一章　一種生活方式

第一章　一種生活方式

　　生活，我很熱愛它，但我並不被它所奴役；自由，我很嚮往它，但我從未被他所束縛。我常常在家裡做生活實驗，用它檢驗一些淺顯易懂的道理，但知易行難，不過好在只是試驗而已，況且用在我這個卑微之人身上，於大眾也無傷大雅，所以各位看客切莫大驚小怪。社會上，有著許多對生活充滿積極嚮往之人，因此，我對自身所做的實驗，並不感到懊悔和沮喪。如果諸位問我：做這些事情是否值得？我的答案只有某種遺憾之情。

　　當我靜下來的時候，我常想身為一個單身漢，在一年之中有約莫半年時間從事學術研究，而另半年則老老實實待在一處，我這樣做的意義到底有多大？我也常常捫心自問，自己到底要幹嘛？於是，我便不想繼續待在大學宿舍裡，並非因為我經濟拮据所致，而是在校園裡，我要花費大量的時間疲於一些人情世故。雖然，我在大學校園裡，也有不少情投意合的朋友，但我卻不想自己成為一隻到處遊蕩的鴿子，彷彿時時刻刻都在尋覓棲身之地。

　　與很多在各種社交場合下疲於奔命的人不同，我喜歡一個人獨處，在皓月當空時，一個人靜靜地咀嚼思想，讓靈魂與自己的心神一次次碰撞，接受昨天、今天、明天各種思潮的洗禮。綜合以上因素，我便極為喜歡在自家的火爐旁、椅子上、書堆裡，尋找愜意的生活方式。因此，要是非我本願，而屈就於其他家庭裡的一些繁文縟節，受制於他人的安排，那就等同於將我扼殺了一般。而且，當門鈴意外響起，要是非我本願而擱下手中的筆，強迫自己滿臉堆笑地迎接不速之客，那便等同於拿刀殘害我一般。此外，或是在別人的牽引之下，到我不願去的地方，那將是對我的折磨。即便如此，我也必須拋下心中的嚮往，接受或者忍受這些非我本願，因為我最擔心的還是不想失去與他人的交往。

在我一些日常工作中，有大部分的時間要在與各式各樣的人打交道中一點點消磨，但是，我的內心卻常常湧動出一種嚮往，即過上一種靜思與反省的生活。每當我一想到要到處與人作恭維式的拜訪時，內心就倍感煩悶，因為這些流於表面的應酬形式，恰恰是一種缺乏活力的生活方式。當我不得已而為之時，我就時常叮囑自己不能過於放縱，而要時刻增加自身的活力。

手中之筆，一直是我難以割捨的手足，它既是指引我生活的良師，也是排遣我胸中寂寞的益友。與那些形式上的拜訪不同，創作對於我來說，可以做到對靈魂的解讀、情感的宣洩，情操的陶冶，是一種充滿激情、陽光的舉措。要想不被這些流於形式的拜訪所干擾，有一劑「婚姻」藥能將自己解脫出來。但是，婚姻不能草率，更不能等同於兒戲，要是出於完成一種責任，或者提高生育率而婚配，那麼，就我本身而言，擁有婚姻的可能性也在逐漸縮小。雖然，我承認世界上那些幸福美滿的婚姻表現得唯美和高尚，我也願意放棄所有而矢志不渝，但是，這種狂熱的激情終有一天將要淡化，某種欲望與現實終究要進行一番刀光劍影的廝殺，最後讓現實占據上風。

逃避根本於事無補，反而滋長消極的情緒。我只是一個卑微的人，無法避開世俗的困擾，即便我成日仰望蒼穹，期待自己有朝一日能不食人間煙火，但我終究無法自欺欺人，也擺脫不了吃五穀雜糧的宿命。當我悲哀自己不幸的人生時，有位睿智且溫柔的阿姨曾悄悄點化我：你的生活，從未真正放開。面對阿姨苦口婆心的勸說，我一時語塞，羞愧難當。誠然，我並沒有奢求過其他任何看不見摸不著的東西，我只是經過小溪時，會駐足沉思一會，然後光著腳丫洗去一身的塵土。

我已經確信自己陷入了一種深沉的情感之中，對於這種憂思，我彷彿

第一章　一種生活方式

從畫家雷諾的一幅畫中得到禪悟。畫中，有位可愛的小女孩在一條小溪裡，緊緊地抱著一隻體態臃腫、耷拉著頭的西班牙獵犬，小女孩的所有動作與神情，旨在告訴看客：她擔心牠會淹死。我必須承認，看了這幅畫之後，我以往的一些堅持似乎跟著有了一絲鬆動，或許是自己太過敏感了吧，我遺憾地安慰自己。我總是幻想一種關係，那就是親密與浪漫的關係，當我沉迷在這種唯美的關係裡無法自拔時，便被折磨得身心疲憊。爾後，我閱讀到羅勃特・白朗寧與伊莉莎白・巴雷特兩人之間的情書時，我瞬間意識到，要是沒有上天的恩賜，他們這種至高境界的愛情也會無望，也會著地，也會摔得粉碎。即便如此，我依然沒有抱怨，抱怨這些唯美的東西無法拿一個花瓶來盛裝，我的這些沒頭沒腦的抱怨，就好比卡萊爾親愛的母親總是不斷嘮叨著自己不佳的健康狀況。

那麼，像我這樣一個極端熱愛自由卻又憤懣的單身漢，到底該怎麼辦呢？每每想到這裡，我便輾轉反側、徹夜難眠，後來我決定：我不能繼續住在城鎮，忍受如此喧囂的生活，儘管我已經住了半年的光景，而且也非常喜歡城鎮裡的朋友，但是我現在還是不願意與他人頻繁地打交道。因為我的性格使然，我沒有理由為了獲得一些樂趣，而經常性地參加一些讓自己都覺得了無生趣的社交活動。那麼，我也不能逃避現實吧！我也不能圈一塊地，將自己隱居起來吧！終於，我做了一個決定：選擇做自己內心所嚮往的事情。我有一間寬敞的房子，在一個極為寧靜的鄉村裡，裝修得非常舒適、溫馨。許多朋友「慕名而來」，與我一起分享這份快樂的生活。在此，我很想與大家一起分享一下自己獨居的生活狀態，那麼，就從這段隱士般的生活開始吧。

我隱居的地方名為「伊利島」，伊利島歷史悠久，坐落於英格蘭東部沼澤地帶的中央，四周環繞著低矮的沙礫山丘，形狀類似人的手掌，而河

流恰似在人的手腕上流過。伊利島則在河流之上，島上鶴立著高大的棕櫚樹。向西邊延伸的「手指」，使得這片沼澤托起了一個廣闊的平原，平原上面幾乎全是泥煤，地下則是潟湖。幾個世紀以來，這裡不斷分解的水草植物逐漸堆積，便形成了今日的奇觀。在島上舉目眺望，可以看到位於紐馬克特布蘭登山脈低矮的山頂，同時在亨廷頓貧瘠的荒原上也能「偷窺」到戈格馬格斯的倩影。北邊是一望無際的草原，河流翻滾而奔騰著，一直流至瓦斯這個地方。依山而走，可以看見山勢向海延展的坡度漸緩，海浪洶湧澎湃、呼嘯而來，足有數百英尺高，直撲南部的耶里恩大橋。在那裡，則可以欣賞到烏茲河舒緩地向下流，溢滿在清澈的池塘與蘆葦叢間。

小島「手指」的最南端，有一座村落矗立在古老的教堂旁邊。透過卡萊爾的樹叢，仍可勾勒出幾英里外教堂粗獷的尖頂輪廓。早在 1,200 年前，一位名叫歐文的教士曾住在那裡，他便是大名鼎鼎的、被修道士們喚作歐文納斯。因為，歐文當年在這片荒原上只是負責替埃塞德麗達（伊利島的統治者與修道院長）看管羊群。當這位教士在低矮的山丘上來回往返時，看著洶湧而來的海水，不知這位村野氣息濃厚與熱心傳教的教士會有怎樣的觸動？我想，在夜幕之後，他肯定能聽到溼地上水鳥的鳴叫，也能看到「小精靈」般的火光在蘆葦叢邊的窪地上閃爍。但是，我又想，或許好些景象根本沒有觸及他的心靈。後來，他在這裡修建了一座規模很小的廟宇，及至後來，他也被埋葬在那裡。多年以後，這裡修道士的數目逐漸增多，這些修道士建造了一座大教堂，以紀念當年那位牧羊人。在教堂地下，我想，他正酣眠著。

倘若你站在低矮的山丘上，便會看到令人迷醉的一番景象。我時常會在腦海中浮現這樣的疑惑：在這一望無垠的平原裡，歷史上卻從未有詩人或藝術家從中感受到絲毫的魅力，這一切，究竟為什麼？肥沃的黑土、順

直的溝渠、寬闊的水流路線，一直順流到目力窮盡、人跡罕至的遠方。入夏後，山巒之間呈現出一派蔥翠的綠，一簇簇樹葉在微風吹拂下，輕輕搖擺著，環繞這座孤寂的牧羊人帳篷，滿眼都是靛藍色的身影。然而，遠處的教堂輪廓依稀可見，在高高的榆樹下，黑乎乎的塔頂露出了尖尖，縱目遠望，盡是一片低低的荒原，將那些小灌木叢與樹林凸顯出來，極有層次的美感。

　　將視野移至南方，站在劍橋的城堡或教堂塔頂上，能看到山那邊一縷青煙不知從哪裡升起，掛向天邊，宛如朵朵浮雲，就像置身於夢境中那些虛無縹緲的城市所勾勒出的絲絲倩影。稍稍扭轉頭，朝東尋去，遍野都是沙福郡黑色的松木。在這個方向，視野極為開闊，高曠的藍天，白雲朵朵簇擁，從南天奔來。在天邊的一角，清晰地看到一股深墨的翡翠綠，使人不敢相信，這是玉還是雲。在此之前，我從沒見過這樣一種綠，綠得叫人扎眼，深得叫人發慌，彷彿置身於仙境一般。

　　山清水秀的環境，給人一種祥和與平和，有一種賓至如歸的意境。當你置身於這種人間仙境中時，倘或遇到怡人的天氣，草木便從樹林中寬廣的空間裡破土而出，空氣中彌漫出泥土的氣息與花兒的清香，那種靜謐與渺遠的生活意象，便在這種超然的自然狀態下有感而生。當你穿梭在廣闊的牧場上，便會驚訝地發現村民們都在默默無語地來回往返，似乎在向外界的世人宣告他們美好而幸福的一天：那麼的和諧，那麼的從容，那麼的幸福，那麼的滿足。

　　到了送秋迎冬的季節，這裡的景致更有一番味道。若是對苦行生活有些許品味的話，那麼，這裡的冬天理當為這種人而更替。樹葉凋零，整片原野蕭索肅殺，似乎被一些最為精緻與柔和的顏色所渲染，牧場則被黃色的葦草所浸染，乾枯的殘梗、肥沃的原野，浸透著含蓄而內斂的雕裝。及

至黃昏，遼闊的草原便被迷糊鑲上金邊，殘陽則在地平線上奢侈地燃燒，西邊雲霞則鍍上一條金紫色的彩帶。若等到夕陽西沉，天空也浸透出黃昏般的精彩，出現一片純碧，海天一色。若是細細觀察，雲堤也會越發黯淡，悲觀的人若是逮到這一景象，便會發出不祥徵兆的感慨，配上如繁星閃爍般的燈火，極目遠眺，大有「星垂平野闊」之感。

　　我所居住的房子，外表看起來很普通，裡面的裝飾才是這間房子全部的精華。這是一位伯爵留下來的房子，昔日，伯爵常常把它當作狩獵的小屋。每每仔細打量這座「宮殿」，我就在猜想，這座房子的原材料莫非是伯爵從陸軍或者海軍那裡訂製的？黃色的磚塊、藍色的石板瓦，透出哥德式的淒涼，讓人看了好生寒意。房子坐落的區位卻不佳，四周被樹木所環繞，唯有一條荒廢的鄉間小道可以通行。而且，為了建造這座房子，房屋的主人將原先一幢極富特色與美感的房子拆卸了，這豈不是一項糟糕的舉措。

　　這裡，曾有一座迷人的公園，道路兩旁都是修剪過的樹木，酸橙與榆樹雜呈其中，像極了浩瀚的宇宙中點點繁星。即使遭人破壞，但直到現在，仍可看到通往大堂的臺階以及土丘上廢置的魚塘，還有已然荒草叢生的遊樂園。在這個公園裡，所有的樹木排列有序，角落旮旯裡還有一個果園，果園裡稀鬆的果樹還能結果，乍眼看去，我還以為這是一座古羅馬城堡。

　　為什麼我會這麼神經兮兮，斷言幾千年之外的文明？那是有一天，有位園丁將半塊精緻的古羅馬水瓶的手柄塞給我看，水瓶是一件陶瓷，周身泛紅，全身被抹上了數層灰泥，擦拭一下後，便能發現兩張精美的笑臉浮在水裡。接下來的幾天裡，我感覺自己像中了魔法一般，成天懷疑自己真是幸運之至，比起薩摩斯島的波利克拉特斯，我雖沒像他一樣是位暴君，

第一章　一種生活方式

但我卻同他一樣運氣極佳。後來，我在果園裡散步時，竟然發現了與從園丁手裡接過來的水瓶一模一樣的手柄，而且那些碎片竟然驚人地吻合。於是，我好奇地在這座園子裡尋找，竟然發現附近一帶的土堆與泥炭下面，都可找尋到古羅馬人的遺跡。

就在不久前，有人在沼澤地帶犁地時，「淘」到了一個紅色的花瓶，周身還帶著些許犁鏵。後來，這些驚聞被散了出去，引得一些考古學者對這一地帶展開了大規模的挖掘，同樣也發現了類似的甕，埋藏的位置也都在泥炭下面。出土之時，它們仍舊「披金戴銀」、十分光亮。據說，此地在 50 年前，還被浸泡在一片汪洋之中，所以，推理人分析，這個地方留下的金銀，肯定是途經此處的一條滿載瓷器的貨船「落馬」所致。

在陡峭的峰巒向平坦沼澤地延伸的地方，距公園半里之外，有個家丁挖掘出一個銅製的尖頭刨。當這個人將此物拿給對珍奇異寶感興趣的莊園主看時，附近的地主們便聞風而來，將周圍這片肥沃的土地仔細地翻了一遍，翻出不少尖頭刨，這其中還包括一把做工精緻的銅製寶劍。這把寶劍的把手上，有著許多孔，大得可容皮帶穿過。

現在，在我手上，有著一把做工精緻的刀，刀身極為平滑，讓人瞠目結舌！這把刀，極有可能是古羅馬時期製造的，或者更為久遠。除了這些，還有類似於矛的殘片，就再也沒有發現它物了。由此，不少人猜想，這可能是一艘載滿士兵的船，在它還未能來得及趕赴戰場，就連同武器一起沉沒在這潟湖裡了。

我們由此斷言，當這艘船下沉的時候，士兵們只顧著逃命，便沒有人在意這些價值不菲的武器。的確如此，後來經考古學家考證，這裡便是在赫爾威德時期發生過激烈戰鬥的遺址。當時，諾曼人在南面的威林厄姆紮營，那裡至今還留有一排不深的壕溝，現在那裡被稱為貝爾塞爾草原。但

是，不管稱謂如何，諾曼公爵確實當年正在這裡指揮了一場戰爭。這裡，在當時，還算一個很安靜的地方，在這密密麻麻的荊棘叢中，那些黃鸝盡情地歡愉，唱出甜美而又刺耳的歌聲。參與這場戰鬥的諾曼人則用柴草與泥土在沼澤地上築起了一道道堤壩，重點一直延伸至烏茲河古老的航道上。至於為什麼要構築堤壩，還是與這一帶的地質結構相關，因為據勘探，這裡實在無法建造一座大橋。諾曼人曾想用平底船渡過這條河，卻被赫里沃德的士兵一次次挫敗。就這樣，諾曼人的船隻只得一次次沉沒於河流中，那些無辜的數以百計的英勇士兵便葬身在這片軟泥的河床上。

當我矗立在這條靜靜流淌的河床邊，看到水面上漂浮著的那些莎草、柳草，視野在延伸到寬闊的平原，河水流向了劍橋。於是，我便陷入了沉思中，往日這段悲烈的歷史，彷彿就在眼前拂過，多麼讓人骸觫。

還是收一收遐想，回到我所住的房子吧。打量起這座房子，讓我想起了伊利島上那些修士們的農莊。農莊上的房間不多，只有疏落的幾間。當年，那些身體抱恙的修士與初學的修士被送到這裡後，這些修士便常常能呼吸到新鮮的空氣，領略鄉間生活的樂趣。與我花園接壤的地方，有一堵殘垣，牆上砂漿的顏色早已模糊，磚頭的碎片零落滿地；另一堵牆則依然屹立著，顯得高大威武。其實，這裡原本有一個面積碩大的鴿子馴養場，後來為了興建伯爵的狩獵小屋，而被拆掉了。所以，整個花園裡，堆滿了年代久遠的石雕、楣樑、直欞窗、柱頂，甚至還有一尊留著長鬚的古怪人物的雕塑，其人的腰間用繩子緊緊束著短祭袍，豎立在假山的對面。誠然，這些都是過往的東西了，只能當作一點懷念。現在，在灌木叢與胡桃樹的遮蔽下，有座極具倫敦特色、時髦的房子拔地而起，俯瞰著這一片片廢墟。

儘管這座房子建立在廢墟之上，而且外表看起來顯得殘舊，我還是不

第一章　一種生活方式

能貶低了自己的「巢穴」，因為這座房屋就是我心中的「宮殿」，它的內部舒適與方便正是我嚮往已久的。這座房子，結構堅固、設計合理、寬敞明亮、擺設得體，讓人聯想到讚歌中那句 ——「只有錫安[01]的孩子們才會明白長久的快樂與無盡的財富」。誠然，對我而言，這房子實在是怡然自樂的人間天堂。

　　這座房子的魅力在於，穿梭果園，能發現地勢傾斜到廣闊的牧場，六里之外，在格蘭提這片黑沉沉的沼澤地上，伊利島突顯得那麼優雅美麗、耀眼奪目。在萬里晴空的日子裡，可以看到陽光在鉛色屋頂上閃耀，而做工精妙的八角形則在飽經風霜的頂尖上與陽光一起舞蹈。每每欣賞到這一美景，我都由衷地感嘆造物主的仁慈。伊利島水塔上的巨大磚石，從西邊一直延伸過去，穿過恢宏的教堂門廊，似乎要將雜草叢生的維納斯神廟與周圍的大教堂融為一體。

　　諸位要是想到伊利島展開虔誠之旅，那麼，最好的季節便是在蘋果園百花盛開的時節。在這裡，能看到山形牆的屋頂，尖尖的塔樓，昏暗的窗戶，配上草原上大片白色的花朵，如詩如畫般在畫卷上展開。而距此六里之外的大教堂，更是美不勝收的壯景，且看它在霧氣氤氳的天色裡，彷彿從一片順滑的藍色石塊上雕刻出來一樣。倘若在天色晦暗的日子裡，教堂四周更像險象環生的峭壁、嶙峋的岩石，映襯著遠天的雷聲隆隆，一幅恐怖慘澹的白色畫景掛置天邊。

　　這些或喜或悲的景色，我既感到其中的壯美，又覺得個中的悲傷。因為這代表著那些表面宏大的構想、完善的體制，現在只不過是審美學上的一個象徵而已。這也同樣代表了美好的東西時常漸行漸遠，包括正在從我

01　Zion 錫安的宗教含義，主所賜予的名稱，用來稱呼那些一心一德、居於正義之中、沒有任何貧苦者的人民（無價珍珠，摩西書 7:18）

們身邊流失的東西。經年的腐蝕，這些景致失去了原先的光鮮，更是失去了先有的內涵。然而，景物本身有其興衰，在那些飽受藝術薰陶的人心裡，它們似乎不再蘊含某種戰鬥著的力量。

有人喜歡城鎮的喧囂，有人喜歡鄉村的寧靜。但是，任何景物都有看得厭倦的時候。那麼，這個鄉村的另一個特色，就是會令來往的遊客或者定居於此的人百看不厭、流連忘返。跨過了薩頓，領略高大雄偉的教堂，塔頂上點綴著高貴的八角形；村落沿著果園邊上一條細長的山脊錯落地「棲息」，沿著山路向西行，穿過一個名叫「貝里斯特」的美麗農莊，就會看到一座古老的教堂。這條道路同樣可通往沼澤地上的兩個大平原。

日夜咆哮的海岸線上，從村莊往遠處眺望，會發現兩者之間有一片牧場，這片牧場名叫瓦斯口的牧場。在夏季，這裡是放牧的最佳去處，等到了雨季，這裡就會裝滿雨水，從南北兩端奔向遠方。當遊客走完這幾條路，再跨過黑色木材製造的橋梁，便能欣賞到在一片沼澤地上，滲透出來的流水，最終朝向大海。

此外，這裡還是鳥兒的王國。有一天，我在不經意間打擾了赤足鷸群，一些騰地而起的母鳥，就在半空中盤旋不息，發出淒厲的尖叫。然而，牠們飛得低的時候，只要我伸出雙手，便可輕易將牠們抓住。牠們似乎在向我挑戰，是我侵占了牠們的地盤；又似乎在責問我，難道這就是人類所謂的「文明」？我捨不得再驚擾牠們，便抽身走開，將原本自由、和諧的棲息地，再度交還給牠們。

從鳥兒的天堂再往下走，便是一條古老而原始的小溪。就在不久前，有位樵夫看到小溪中似乎有異常猛烈的騷動，又似乎是某種巨型的魚類緩慢穿行，便嚇得魂飛魄散，抬腳離去。後來，當水位下降後，居住在這裡的人們便在這條小溪裡，捉住了一條體型龐大的鱘魚。當時，我也在現

場，我便猜想這條魚極有可能是因為迷路而擱淺在這裡，也可能是這條魚在奮力想辦法找一個產卵地，便遊到了這裡。後來，我徵詢了專家，據說，這一帶的鱒魚都在英吉利海峽的水域裡覓食，同時也知道了這是鱒魚一個代代相傳的習性。按照主權劃分，這片水域屬於英國，但在這種情況下，根本沒人願意去管這些。

由此再往北走，可看到一輛大型的貨運列車冒著濃煙，發出低沉的「叮噹」聲，成天在這片沼澤地上穿行。而我這個將自己隱居起來的「閒雲野鶴」，便常常在這片充溢著河水的草地上，沿岸散步一兩里，一直走到梅泊爾這個破舊的小村落。駐足遠望，便可發現對面一座面積很小的古老教堂，在群山中若隱若現。據說，在古代，曾有一位廷臣埋葬在那裡。後來，經人考證，這位廷臣是一位英國人，原本是詹姆士一世的侍臣，後來，他被放逐到法國，從此便隱姓埋名隱居起來，而他的主要財富卻在里斯本附近。後來才清楚，有些事情很離奇，這位廷臣就在葡萄牙與巴厄爾沼澤地，度過了自己的餘生。我們沒有必要弄清楚其中的原因，暫且接受這種近乎神奇的傳聞。

那麼，在這個偏僻的小島上，我的生活究竟過得怎樣呢？我覺得在整個大不列顛島上，再也找不到第二處比這裡更加安靜的地方了。在這座島上，只有兩三個地主，還有幾個傳教士，但這裡的村落卻是龐大與繁榮的。居住在這裡的人們，十分友善，而且自主、精明。他們當中，大多數人都有一個聽起來便覺得可親的名字，但卻又夾雜著零星的撒克遜名字的點綴。例如，卡特拉克（Cutlack）就是加斯拉克（Guthlac）的變形；還有諾曼人的名字，如坎普斯，則可能是當年某位在戰場上受傷的士兵，在他居住於此之後便流傳了下來。

雖然村落龐大與繁榮，但這裡與外面的世界幾乎沒有任何聯絡。等到

了屬於集市的日子裡，幾輛火車慢悠悠地從伊利島駛向聖艾維斯，接著就是兜著圈原路返回。居住在這裡的村民，十分熱情、勤勞、純樸，他們所關心的，除了日常生意的狀況外，便是從宗教和民謠中尋找生活的樂趣。他們沒有改變祖先的遺風，整個村落裡，到處充溢著三節拍的調子。

伊利島還有一個魅力，就是這裡飽含著寂寥之處。你若選擇居住在這裡，可能好幾個星期都沒有一位拜訪者，這裡同樣也沒有許多社交場合，也沒有大家公認一致的歡愉節日，更沒有令人頭疼的集會。這裡的人們，可能一個月之內，才會與某位鄰居閒聊一次，或者到某位好客的牧師家裡喝上一杯茶。因為，居住在這裡的人們，喜歡按照他們的原則做事，同樣喜歡做自己的事情，而不願意唐突地騷擾他人或被人突如其來的打攪，他們似乎約定俗成，喜歡待在自己的圈子裡過著屬於自己的生活。然而即便這樣，鄰里之間仍然洋溢著一種靜謐安詳的氛圍。

這裡的居民，相當尊重他人挑選這個悠閒與安靜的地方，作為居住地的選擇。他們覺得，不論來者出於何種動機，都不可能是源於一種對社交狂熱的追求。我曾在英國的許多地方待過，但還沒有哪個地方的悠閒能趕得上這裡，這座村莊給了我很多自由，而且他們也並不排斥外地人。我居住在這裡不久後，便能發現這裡的居民們，都有滿腔的誠意，並不像外界表述的那樣，說他們是外星球物種，或者指責他們不諳世事。相反，我覺得這裡的居民，天性中有種良好的教養，似乎不需要管理者來約束，就能自發地朝著文明的國度裡進步。

因此，生活在這裡，就能置身於一種具有精確價值與衡量自身品性的境界。不管我們是在這個村莊，還是身處在外面的花花世界，作為人本身，每個人都必須獨立，也必須要獨立起來。同樣，這裡的居民也十分獨立，他們對陌生來客並不會多加猜疑，而只是覺得，來者可能只是為了找

尋某種明白的生活方式而已。所以，他們的這種觀念，讓來客可以很自然、輕鬆地融入到生活當中。因為這裡少了往日的喧囂，只見得到平靜、安寧的生活。

少了那些虛無縹緲的社交，少了那些流於表面的應付，居住在這裡，日子便像在廣袤無垠的平原上靜靜地流淌而逝，任何計畫都能自行展開，沒有人會去打探他人的去向，也沒有人會為自己的工作或是追求而搞得焦頭爛額。倘若某人需要幫助或是建議，別人都會給予友善與熱心的支持，而不會想著從中謀取任何報酬。

有一件小事，一直感動著我。在我房子周圍，原先有一條路，由於之前長時間沒人光顧，一位友善的農民便在這裡豎起了一塊告示牌，代表這條路是私人領地，希望人們不要再繼續走這條路。一兩天後，告示牌卻被人扔到溝渠裡了。對此，我感到不滿與驚訝，覺得自己日後與鄰居之間的友好相處便會蒙上一層陰影，於是，我向一位地主朋友徵詢此事，他卻大笑道：「沒人會想到做這種事的，我向你保證，他的屬下已經見到了那位將告示牌扔掉的『人』，只不過這個『人』是一匹馬而已。在路經此處的時候，不小心給撞倒了。」的確如這位地主所言，我在這個村莊，與大家的關係都很和睦，而且我也有了自己獨立的生活。

時光，就在這種單調的生活中，有趣地流逝著。我「獨居」宅內，時而閱讀、時而寫作，時而在花園裡靜坐或踱步。要是碰上灑滿陽光的午後，我則將整個村莊繞著走上一遍。這裡有許多宏偉的教堂與房屋，距離都不算太遠。比如在維斯貝希與林恩附近的大教堂，還有十多間雄偉的十字架建築。這裡的人們，可謂窮盡了想像之本能，在這些建築商，傾注了全部的心血，建造出莊嚴的城牆，純木工製作的建築物便一座座高聳在這鄉野當中。

然而，這裡的建築，起初的構想並沒有涉及到真正的功利用途，純粹出於一種樂趣和自我欣賞。在這些巧奪天工的建築師手上，蓋上了許多博普雷式建築風格的房子，大堆大堆的磚石疊成的房子，似被數不盡的「幽靈」禁閉著，而且圍繞其中的卻是錯落有致的果園。我常猜想，這裡的山形牆滲透著都鐸時代的磚石工藝。許多建築物的大廳內，鑲嵌著富麗堂皇的木板，顯得雍容而華貴。雖然，這裡起初沒有設想到將這些建築物用於功利性的經營，然而在這座村莊，卻也有供人朝拜的廟宇。所以，想要說服一個志同道合的人來分享自己寂寞的故事，卻也並非一樁難事，可以邀請他去朝拜廟宇，也可以邀請他去一起欣賞這些古老而精緻的建築物。

　　在這裡，許多時光都跟隨著靜寂無聲的隱居生活，悄然無聲地溜走了。我手上的書卷也在一天天翻閱中泛黃和破損，然而蘆葦叢卻依然在溝渠的保護中野性地隨風搖曳。

　　我並不想在這裡一年接著一年，周而復始地耗掉時光。其實，這裡的生活波瀾不驚，提不起欲望，雖然少了各種社交，但是缺乏思想上的交流。對於一個曾在喧囂而擁擠的城鎮裡居住的我來說，每天都沉浸在責任、討論、利益衝突之間度過，這裡就好比是一個無垠的綠色牧場與舒適的港灣。但是，若選擇在這裡長期居住，也是很危險的，危險在於所有的事情都會變得慵懶和不安。其實，人本身都好像透過一面放大鏡來看待身邊的事物，那些極為瑣碎的事情，在這面放大鏡下，也會渲染得過分重要。但是，事物都有兩面性，一面是積極；另一面充滿了消極。

　　長時間待在這偏僻的地方裡，能夠獲得一種自我均衡感，比如滌蕩心胸、忘懷世俗。但是現在，世間的影像充斥著紛擾的人與事，所有的連繫與交流，都在自我的心靈中留下了難以磨滅的印記。我們會認為，只有當一個人像巫師那樣沉迷其中，才會真正陷入到迷失之中。這就好比同時

第一章　一種生活方式

將十多個球拋向空中，施加一種魔法給它們，從而讓它們都能不掉到地上。這種「體操式」的鍛鍊的確讓人變得靈敏、身手敏捷。但這卻證明了一點，我們來到這個世上，要懂得「雁過留聲、人過留名」，若是匆匆而來、空空而去，對這個社會沒有獻出絲毫的貢獻，那就枉為人生。也就是說，即便某人透過商業手法獲取了財富，卻也不能證明此人已經實現了其自身最為高遠的人生理想。一個精明、敏銳與尖刻之人，通常是讓人反感與討厭的，因為這些人的成功是建立在他人的痛苦之上。那些世俗眼中所謂成功的人，只不過在自己的範圍內，不斷地累積財富而已。我認識許多世人所認同的成功人士，但我不敢說他們都是真正的成功者。這些人一般都是非常自信的，而他們明顯的缺點，就是對一些無能之人有著與生俱來的蔑視。而另一方面，熱衷於沉思的人往往會變得出乎意料的冷漠，讓人倍感沉鬱與壓抑，他們給人似乎別人的所作所為與他毫無干係的感覺。但換個角度來看，沉思之人有時的確能思考出對這個社會有所幫助和貢獻的方法。倘若我們將一生的精力用於指導或是建議別人，那麼，自我的良好感就會膨脹得不可收拾。有時候，我們的幹練或是自身的能力讓自己得意忘形，其實在很多時候，別人只是在容忍我們，而非真正地需要我們。我們最好還是在上帝賜予的休閒時光中徘徊，不要不耐煩地將上帝之手強加於別人。真正讓一個國家或民族成長、進步或是繁榮的力量，並非是社會的立法機構或是組織，而是每個個體不斷提升的道德力量。有時，機構與組織只是後者的一個象徵而已，並不能挑起社會進步的擔子。然而，一個在智慧、善良與知足心態上做出榜樣的人，要比一個追求實用功利者對友善之人說三道四更為有益。

　　人們可能會發問，在這方面，我是否想豎立起一個榜樣？我選擇這樣的生活，完全是因為我自己喜歡，而非出於任何哲學或是博愛層面上的思

付。但是，若是更多的人能在這方面遵循自身的本能與直覺，認為美德必須與汗水連繫在一起，或是美德必須與一國的力量以及一些毫無必要的商業有所關聯，那麼，這種認知對整個社會都是大有裨益的。我想要闡明的觀點是，心靈與道德上的平衡，最好是在深思熟慮的權衡或是平靜的思想中獲得。在這點上，大多數人都對獲取的過程忘乎所以，沒有時間去分類或整理過往的種種。其實，生活本身就該歸結到一種圓滿。一部分用於獲取物質財富，一部分用於獲得精神上的指引。正是在始終如此匆忙的累積之中，我們漸漸邁向通往墳墓的道路。

有時，我不禁會有這樣的感慨：活於世上，自身存在的意義是否要比行為本身的意義更為重大呢！我們為了一己之私的滿足，卻假稱自身的所為是為了他人的利益。但是，這種所謂的「幫助他人」，只會將自身這種焦躁不安與狂熱的「細菌」傳染給別人，只會使得這個陷入一種更為險象的環境當中。

無論怎樣，正如我在開篇已經說了，這只是一場試驗而已，我隨時可以按自己的意願來結束它，同樣也可以根據自己的意願選擇繼續執行。即使證明是失敗的，這也只不過是一場無關痛癢的試驗而已，而別人也許能從我的失敗中領悟到某些智慧。因為，我希望讀者能夠牢記一點：生活中故意為之而嘗試的失敗，通常要比循規蹈矩的成功更具價值。一般而言，人都是謹小慎微的，他們可能會覺得冒險必須要遭受懲罰，而且覺得不划算而放棄試驗；或者，他們覺得人生苦短，容不下一些嚴重錯誤的空間。然而，換個角度來思考，那些畏首畏尾之人卻時常遭遇災難。即便在賺取金錢時，也難以感到半點喜悅，因為他們沒有自己的思想，只是將賺錢看做一種存活的方式，機械地重複著，直到成為一堆白骨。記得一位叫做喬伊特的牧師曾說過一句至理名言：生活，在於永不放棄。同時，我也發

現，遠離讓自己覺得煩惱的環境，讓自己全身心地從事一場溫和的人生試
驗，體驗一下不同尋常的生活，是一件人生快事。

第二章　坐看雲起

第二章　坐看雲起

　　我一直在試圖描述一種安靜的生活，也曾嘗試著從不同角度去描述這種生活，而且想寫下這種被我描述的生活。是一種什麼樣的生活呢？就是不吵鬧、不喧囂的生活，在這種生活裡，人們只需要做好一件事，那就是安靜地思考。

　　一開始的時候，我總是以匿名的方式在書中描述出這種安靜的生活，避免讓人知道這些是我的看法或是觀點。因為，作者的個人背景很可能會削弱書中所表達的思想，也會損傷這些思想其原本的價值。而且，人們會將我書中所闡述的理論與我的實際行動相比較，然後說我言行不符、誇大生活，純屬無稽之談。然而，不久之後，我發現若完全是為了出版而去描述這種生活，我的大腦裡時常會蹦出一種錯誤的熱情，這種憂愁總是千方百計地拿繩子束縛我，澆滅我尋找現實存在的安靜生活的希望。

　　從那以後，直到我決定不再需要刻意偽裝自己感情的時候，我才真正地放開了。也正是出於這種心態，我決定以自己的名字出版一本書，書名就叫《靜水之旁》（*Beside Still Waters*）。這是一本無傷大雅的書，也算是我試圖描述安靜生活這一思想的一個彙總。這本書講述了一個年輕人在社會生活中累積了某些經驗之後，決定遠離世俗，沉迷於悠然的想像空間當中。雖然，起初在寫作這本書的時候，我費了很大的心血。我甚至還曾考慮過，我這樣做到底值不值得？後來，這本書出版之後，受到了批評家諸多的非議，甚至是嘲笑。他們用了五十多個貶義的形容詞評價這本書，說這本書充斥著頹廢的思想。然而，我並沒有去質疑這些批評家，也不管他們對這本書的評價正確與否，因為不是所有的人思想都是一樣，樹葉掉下來還有正反面，因此出版自由，評價當然歸為自由，他們有權利說出對該這本的一些看法。在他們看來，這本書的思想是極為膚淺的，並且，字裡行間更是透出讓人反感的自我主義。

對於他們的評價，我不置可否。

任何一位畫家或是作家，都必須要有迎接大眾評論的勇氣。我知道，那些書評家的確是發自內心地不喜歡我這本書所表達出來的思想，並且，他們認為將自己的批評，用文字的形式告知大家，是在為大眾履行一種職責，從而讓讀者不去接觸那些具有潛在危險甚至是不道德的思想。我尊重他們的做法，而且還要鼓掌讚揚，因為他們不顧有失風度的危險，勇敢地站出來批評。同時，也有一些性情溫和的書評家，稱這本書的思想出於一個性情可親的人之手，若是人們想去閱讀這類書籍，也可以隨心所欲地去閱讀。我同樣讚美這些溫和的評論家，因為他們認為民眾可以自由地選擇閱讀自己喜歡的書籍。還有更為重要的原因是，我認為，這個世界上有很多聰明的人，早就對我剛剛才領悟到的道理感到厭倦了。我不需要去駁斥或是說服那些評論家，同時，我還衷心地希望他們能夠暢所欲言。因為，只有透過思想上坦誠的交流，才能真正擷取真理的果實。

在這一章裡，我要證明一個觀點，就是透過別人的批判來檢驗自己一些理論的真偽。我將盡自己最大的努力，對此觀點給予一個最充分的思慮。批判者的話，肯定有其一定的道理，這也是毋庸置疑。但我認為，我們的差異之處在以下方面：批判者之所以反對這本書，是因為他們認為，所有人都是一個模子印出來的，而某些適用一時的原理則是永世不變的。對於他們的批判，我最為欣賞的一點是，他們是出於一種道德的緊迫感以及嚴肅的倫理觀，而評價了這本書寫作的意義。我也是一個做事認真的人，我很高興聽到不同的聲音，也會認真地對待。他們想要推廣的思想，是某種實幹、勤勉與不斷向上攀爬的動機。同時，他們似乎認為，人們就應該對自己不滿意，一刻不停地去改進自己，其實，這正是一種富於侵略性的表現。雖然，在某種程度上，催生了這個社會的進步，但卻並不道

德，因為這樣，人們的精神歸往何處，人們由此而折損的青春與健康誰來埋單？在他們的字典裡，不休止地向上爬，就是所謂的「正常狀態」，工作之時應該全身心地投入，娛樂之時應努力鍛鍊或者大吼幾聲，似乎一切都逃離不了規則，而這些規則恰恰是一種束縛。

這些規則，如印第安孩童般，快樂地奔跑，向太陽射出手中的箭。然後，應該像荷馬式的英雄來塑造自己，那樣大吃海喝，悠閒地聽著吟遊詩人 > 的淺唱，最後以血噴的方式將這些規則下的「快樂」吸收。

我認為，對某些人來說，這的確是一種相當不錯的生活哲學。儘管我認為這有點原始野蠻的色彩，卻多一點斯巴達式的剛烈，少了雅典式的柔美。

我的一些批判者會站在更高的標準來審視，稱我妄想將過往一些必須謹遵的道德信念與法則消除，甚至是消融掉，使之變成一種模糊、虛無縹緲的情感。他們的這種說法，讓我想起了一個故事。有一位老鄉紳，具有英國人一般的性情，鄉紳的兒子則是一位憂鬱與多愁善感的年輕人。等到發現兒子加入了羅馬教會，而且下定決心不再與教會分離開，於是，鄉紳就叫回了兒子，想好好訓導兒子。鄉紳告訴大兒子，他將以簡潔與溫和的方式來讓這個步入歧途的兒子悔過自新。大兒子說，希望父親能在此事上做得更有技巧與溫和，因為他的弟弟為人生性敏感。鄉紳則回答說，自己已經深思熟慮了，知道該怎麼說話了，保證會做到適度有節。等到小兒子回家後，由哥哥引入書房。鄉紳便說道：「哈利，很高興見到你，但你那樣做的意思分明在告訴我，你母親的宗教信仰比不上你，你在褻瀆你母親的信仰自由，你真是一個不知好歹的兔崽子。」

我認為，《靜水之旁》所闡述的觀點絕非是要削弱我們對上帝的信仰，而是為了證明，信仰在我們這個時代更為亟需。讓信仰之路如此崎嶇

難行的原因，其一，是充斥了太多所謂神學傳統的阻礙，這就好比陷入了失望的沼澤，在一大堆文字與模棱兩可的定義當中，這些自由的信仰好比在海洋中漂泊的孤舟，時常要忍受規制、標準的信仰的打擊，以致無法到達彼岸；其二，《聖經》中許多古老、純潔的真理，卻被這些標榜者以另一種信仰而拋棄。誠然，《聖經》中的確含有大量傳奇式的成分，其中一些事實以現在的眼光看來，無論從歷史或是文字的角度上，都是有謬誤的。在此基礎上，想要真正了解其中真義，需要我們具有強大的思想與道德的掌控能力。一些心靈迷惘的人們說：「如果其中包含著一些不真實的內容，那麼，我怎能確定其餘的部分都是千真萬確的呢？」所以，只有耐心與渴求的精神，才能真正做出應有的決定。不管其他東西如何消退，其中蘊含深刻的洞察力、上帝所帶來的神諭卻是永不褪色的，歷史發生的背景愈模糊，其中的寓言與訓諭就顯得愈為真實。在《聖經》的追隨者形成氣候之前，已經全然滿足了我們內心最深藏的需求。我想衷心地說，我們這些朝聖者，無需因為一些看似珍貴的線索墜入黑暗或是迷霧中而憂心忡忡，其實，真理遲早會在山谷的半山腰重新閃爍。

　　而事實上，這些批判者想說的，就是倘若某人並非神學專家，那麼就不該去討論宗教問題。我曾嘗試去批判現行基督教義的概念時，一些神學評論家便將跳出來，嘰嘰喳喳地像《尼古拉斯・尼克貝》（*Nicholas Nickleby*）的思琪爾小姐，宣稱那些想要探討該問題的人，事先應該對現代神學的發展有足夠的認知。對此，我表示堅決的反對與痛訴。因為我並不想去論述神學的發展，而是要關注現代神學的概念。若是神學的發展真的如此迅速，那麼，我要說的是，神學家們卻未能讓人們感受到這種進步性的存在。打個簡單的比方，現在人們對當代神學的論述，就好比一個活動的商人滔滔不絕地讚美著約克夏人：「你知道自己在哪，那麼，哪裡就

該消失！」然而，在科學領域中，這樣的情形，恰恰是一種抹殺了自由與進步的表現，深為科學界不齒。科學在進步，普通民眾或多或少都能感受一二。他們知道物種演化所具有的意義，包括對於無線電為何物也略懂一二，這是因為科學在不斷地進行著探索，而神學的發現仍舊是以一種放任與消極的方式，將人們轉得暈頭轉向，以致朦朧得不知東西。尤其，這些所謂的研究神學發展的專家們，歪曲古老的訓諭，使其失去原先的意義，藉以讓人神魂顛倒。神學的發展，對上帝的本性或是靈魂的本質沒有做出半點具有建設性的研究或是探索；自由意志與心靈的需求問題仍舊黑暗如常。然而，科學的發現則不斷展現越來越多關於生命極為微妙與不變的法則。

　　我真心希望，那些批判者能以接觸其他文學的精神來看待《聖經》。但是，這樣帶來的唯一確切的結果，卻是將曾被視為一種盲目的信仰轉變為個人單純的崇拜。神學家們不斷宣稱，這只是屬於某些專家研究的範疇，讓普通民眾忌憚於宗教問題。這就好比不能因為某人對醫藥知識一無所知，或因為他並非一位訓練有素的歷史研究者，就不能去討論關於飲食或鍛鍊等問題，也不能去討論當前的政治現狀。其實，在日常生活當中，宗教應該是每一個人都極為關注的事情。倘若我們的道德進展與精神前景，深受所信仰的宗教影響；倘若這種討論能讓人們分辨心中許多錯誤的觀點，那麼，神學家們就應該對討論當前神學思想的人們，報以感恩的心態。倘若我還需要進一步為自己辯護，我只是想說，自從我開始就該議題進行寫作時，便收到了許多與我素未相識的讀者來信，他們對嘗試在該議題上做出澄清的人，表示了由衷的感謝。我可以坦誠地說，闡述一種簡單而又與基本的宗教信仰相關的議題，一直是我最大的心願，而且我一直都在用一顆虔誠的心在做這個議題，。

我還想就一個範圍更廣的主題說幾句，以便證明我前文提到的觀點。寫作《靜水之旁》的初衷，就是想讓人們知道，一個人在沒有滿足自身任何欲望或是出人頭地時，那麼，完全可以做到從最為寒磣的環境中奮起，活得富於尊嚴與樂趣，過上安靜與平凡的生活。我想，一般人所稱之為成功的事情，實際上卻只是汙染生活清泉的邪惡力量。若是不能改變這種庸俗的成功，那麼，越來越多的人們恐怕就會依賴於成功所帶來的刺激，沉浸在這種虛無縹緲的成功中，心靈受到毒害，而無法自省，最終忘卻良知。當這種刺激消退之後，更會陷入無聊與空虛之中。

　　談到這裡，我的批判者可能會說，我為人不夠上進，沒有男子漢氣概，成天暮氣沉沉、老氣橫秋。然而，我所闡述的目標竟被他們如此地誤解，這讓我不得不感到悲哀，同時也感到詫異。我真心相信，快樂幸福的本源，是自身能量持續地釋放。批判者們所標榜的教義，讓我極為頭疼，同時也極為反感，他們揚言每一個人都應該對自己所處的環境深感不滿，每一個人都應該過上對自己生存的空間感到不適，然後摒棄吃喝與自我放縱，從而終其一生都在不斷地奮鬥與鬥爭。然而，要實現這些，恐怕要使得人們感到筋疲力盡，感到虛弱無力。這種思想，近乎讓人感到憎恨，因為這種思想充溢著專制性，缺乏足夠的民主和平等。這種成功很顯著的一個特點，便是某人一定要比自己的同伴更為強大，只有恃強凌弱才能實現這種成功的可能性。其實，這是一種最為原始的暴力傾向，這些罄竹難書的罪惡早已封存於歷史的教科書上，現在卻被專制者拿出來標榜世界，只會讓人覺得愚蠢之至、可笑之極。

　　因為，正是這種人與人之間無休止的爭鬥，使得鄉村人口銳減，讓人們不願去做一些世人認為低等的工作，讓人們過分強調刺激與娛樂的味道，結果造成人們相信一些最為低等的「民主」式的情感，導致一些有思

想、有主見的人被奴役，由此而衍生出一些自私自利、狂妄自我的人。其實，這與人生來要享受自由、和平、民主的意願完全背離，相反扭曲了人類天生善良的本性，在這種複雜、陰險的環境下，變得形同草木，脫離了人與人之間樸實的情感紐帶。在這種環境下，追求成功的人，便會想「每個人都與別人一樣，而我則稍稍好一點」「我若不能出人頭地，那麼我也要想盡辦法不讓別人出人頭地」，人人都懷有讓別人臣服於自己的腳下的欲望，因此，這樣的環境產生的「社會人」，正中了標榜者們的下懷，由此演變出「城市政治」，讓人們不斷為地位、金錢、權力而奮鬥。正是這種「成功」的教義，讓權力看上去可成為幫助個人利益服務的利器，而無需顧及個人責任的存在，同時也無需顧及社會責任的存在。在我看來，這種精神充滿了邪惡與可憎，因為這種教義樹立了這樣一面大旗，他們妄圖打出改變社會狀況的幌子，從而掩飾核心的個人主義。這並不是一面善旗，也同樣不是一面正義的旗幟。我並不是說，所有的社會改革家都屬於這一類型，其實歷史演變至今，很多大公無私的社會改革家，卻沒有絲毫的個人私欲，他們心憂廣大的百姓，矢志不渝地讓百姓過上幸福的生活。現在，社會改革的浪潮此起彼伏，儼然成為一種時髦。但其實，很多在那裡嚷嚷的人，其實都是為一己之私利而大張旗鼓地吶喊著，而恰恰卻有一大批追求所謂成功的人被這些樹大旗的人所利用。

　　然而，與這些標榜者不一樣，我沒有樹立邪惡的大旗，而我想要宣揚的，僅僅只是一種與他們截然不同的個人主義。這種個人主義的精神是：人們能夠實現自己在平靜中追求的成功，也就是充滿積極、友善、忠誠的元素，享受工作樂趣的同時，享受生活的快樂。在他們井然有序的工作之外，也能有閒暇的時間靜下心來，對自然、詩歌、文學與藝術，充滿各式各樣自由的熱愛。當然，這種成功難以實現的問題，歸結於很多人難以從

後者當中尋找到樂趣，反而在社交生活中觥籌交錯，藉以獲得興奮與刺激。我很遺憾地承認一點，當人們對某些東西毫無鑑賞能力時，試著讓他們去領悟，只是徒勞無益。但是，越來越多的人開始關心這些精神層面的生活，這一點，卻讓我由衷地感到欣慰。我所說的不一樣的個人主義，若是在人生價值觀形成的關鍵時期，能夠向精神層面這方面引導的話，那麼，就會有更多的人去關注這種快樂生活的發展。

若是人們認為我談到這種快樂極為「簡樸」，只是某種極為溫馴與沒有生氣的東西，我也並不想去力爭什麼，因為任何人都有不喜歡的自由，但我只是想強調，其實，這些快樂對任何人都有所幫助。追求社會上的影響力與成功之所以如此膚淺，是因為平凡的生活畢竟是大多數人共同擁有，想要扭轉這一現象，除非歷史的車輪從後往前滾。我們不能按照德意志諸侯國的軍隊那樣統合社會，即由 24 個官員組成，再裝飾一些軍隊，分出 8 個下士，以為這樣就是一支正規軍了。其實，成功的人總是屬於少數人。我所青睞的成功，應該是順其自然地分給那些本該獲得的人。那麼，一些沒有成功的人，就要在自己的思想中將「成功」二字剔除，因為懷抱一個無法達成的理想，其本身沒有多大的存在意義，反而打擊了自己尋找快樂的本能，而且在嘗試成功的過程中，也會充滿各種痛苦與不滿。

對於那些沉悶的教義，我絕不贊同宣揚它們。我贊同一位詩人所說的話 —— 生活若沒有樂趣，那麼請問，何為生活？這種生活，其本身沒有任何力量可言。

我堅信：世上真正的樂趣，無法用金錢來衡量，也與成功沒有任何瓜葛。

只要認真觀察孩童成長過程的人都會發現，孩童們能從最簡單的事物中獲得最多的樂趣。他們可以在花園的一個小角落裡開一間「小商店」，

而「商品」則是卵石、薊草以及老舊的錫壺，交換的媒介則是雛菊。這些小玩意，可讓健康活潑的孩子們消磨掉夏日焦灼的時光。所以，我們沒有理由讓這種天然的熱情，在日後成長的歲月中消逝。事實上，那些自我克制、性情溫和與安靜的人們，在逐漸老去之時，他們的言行、思想仍能保持一貫的優雅與怡然自足。然而，那些生活在重壓之下的人們，生活倍感無聊的人們，才需要興奮的刺激，藉以讓他們消磨時間。

很難有人忘記羅斯金在童年生活中所遭受的苦行教育，因為他的童年，再為單調索味不過，他「窮得」只有幾串鑰匙可供玩耍，後來，也只有一箱磚石為伴。他只有《聖經》、《天路歷程》（*The Pilgrim's Progress*）以及《魯賓遜漂流記》（*Robinson Crusoe*）可讀，若是不小心跌倒或是因疼痛而哭泣，反而要被鞭打一頓。但是，沒人會說，羅斯金童年這種「苦行」式的生活，成為他日後享受生活樂趣的阻礙或是蒙上什麼陰影。這種生活閱歷，可能讓他的性情變得更為溫順與缺乏激進。身為當代著名的文藝評論家，當我們看到他心甘情願地屈服於資深的酒商，而說出一些自相矛盾的詞句；或是被自己那位嚴屬的母親斥責不要亂說話時，那幅唯唯諾諾的表情，反而感到怡然，卻絲毫沒有半點不悅之情。難道我們就一定要逼他大聲疾呼地反對，讓自己變得武斷起來嗎？當今大眾輿論的一大弊端在於，除非能讓別人也深受其中的影響；抑或我們自身的理想所帶來的快感能感染他們，否則我們無法真正享受自身的快樂。在亨利‧雅各的一篇小說中，有一篇描述著名的人物素描〈一位淑女的畫像〉（*The Portrait of A Lady*）：吉伯特‧奧斯曼，一個自私的膚淺者，發現自己無法取得成功或是成為有影響的人，就試圖透過隱居來刺激與挑起世人對他的好奇心，並聲稱這樣給自己帶來了一種前所未有的享受與樂趣。然而，這些可憎的庸俗剛開始並沒有顯得那麼赤裸裸，後來他欺騙了女主角，他以為女主角

只是一個即便擁有龐大財產的繼承權，卻甘願過著清淡與樸實生活的人。於是，在侵占了女主角的財產之後，他馬上在羅馬顯貴的老城區購置了房產，不時邀請達官貴人去拜訪他，並以此為樂。然而，每當他意淫著那些想與其見面，卻得不到邀請之列的地位低下之人，他便發出遺憾惋惜的笑聲，便成為了他的一種充滿了病態的樂趣。

當然，此人的行事方式極為出格。但事實卻證明了，在這個盛行財富與名聲的時代，許多人都因自身未能享受某些「成功」的東西而感到痛苦，除非他們發現世上還有人也豔羨著他們的樂趣，方能平撫心中的苦楚。對於一些具有藝術氣質的人，這種想法是極具誘惑力的。因為藝術氣質本身就是某種自我意識，而自我意識就好像一隻喜歡吃「麵包加奶油」的蒼蠅，需要一種特殊的營養品，以得到外在的讚美滋潤牠內心的空虛。

我認為，競技運動在這方面過分發展會導致嚴重的後果。人們玩的遊戲越多，或許越有益。但我認為，將大部分的休閒時間用來談論它們，這是不值得的，還不如談論工作或是飲食有意義。人們這種談論所導致的結果，就是報紙上全是關於體育的報導。這似乎也是很正常的，因為報紙需要不遺餘力地挖掘吸引人們眼球的線索，並在這方面進行深度的探究。但是這也造成了影響不好的一面，年輕的運動員成為了廣為人們茶餘飯後的談資。有一些充滿野心的運動員會認為，體育是一條成名的捷徑，而在大學足球隊踢球似乎就是進入顯貴的途徑。一旦成功，他的餘生都將會佩戴一個讓人稱道且象徵著高貴地位的徽章。我認為，社會不該給予他們這種尊貴的地位，換言之，他們也不該接受這樣的稱謂，因為，他們才 20 出頭而已。我認為，真正的名聲是建立在一個為人類進步做出實質貢獻的基礎之上的，而非個人在體育競技上的表現。

我認為滿足應該是一個人能在勤勉工作與享受工作時，都能享受生活

的那種怡然自樂的感覺，遠遠超過工作本身或是休閒度假的那種感覺。進一步說，人們的休閒時間應該是充滿各種業餘愛好的，不僅是為了某個確切的目標，更是為自己與別人建立交際關係；不僅是一種滿足愛好的表現，更是一種自然與本能的欲望，同時增添自己與別人的幸福感。理所當然，這種方式應該是充滿真誠和友善的，而不是自負與專橫的。

正如我之前所說的，這種生活方式也許缺乏一些激情，生活中泛不起半點漣漪，甚至是有點古怪的。但我深信，這是世上最為有趣、明智、充實與愉快的生活方式。因為，其生活的樂趣源於生活本身，而不是只顧著其中某一個精華的片段，而將其餘平淡的部分隱去。

批判者會說，我只是再次從自己的「地窖」中現身了而已，我的雙手沾滿了老生常談的液汁，這些生活理念全是些老掉牙的東西。但我卻認為，這些都是一些淺明易懂的真理。然而，為什麼真正實踐真理的人少之又少呢？我口中的常談，是一種缺乏激情而又淺顯易懂的道理，每個人的本能都能理解這些，也沒有必要去提醒他們。

但是要是真是那樣就好了。在我所認識的人當中，能夠理解那種生活理念的人，實在是鳳毛麟角。因為，還是有大多數人想在生活充實的物質世界中尋找刺激與激情。當然，也有不少人似乎對生活漠不關心，遠離所謂的刺激。但我絕不認為這是一種生活方式。我所認為的理解生活理念的人應該是，可以在很簡單的情形下，活得很充實，具有洞察力、為人友善、充滿樂趣。並且，每天都能懷著愉悅的心情去工作，不再視自己的能力為重中之重，可以從大千世界中感受到無盡的樂趣。還能讓藝術與詩歌將他們帶入一個充滿希望、夢想與回憶的世界。這個時候，生活對與人們而言，就是一頓可以大快朵頤的大餐，能從中充分地領略到其中的風味，而不是終日抱怨，為什麼沒有適合自己口味的菜餚。

我並沒有說自己是嚴格按照這樣的方式來生活的。起初，與那些天性敏感卻又熱愛生活的人一樣，我也極為渴望在生活中發現更為刺激、更為有趣的東西，我希望從一個山頂攀越到另一個山頂，還不跌落谷底。而現在，我已經從尋求刺激的山頂上下來了。原因有二，其一是由我的好奇心所致，其二就是自身的無能。

　　在一個海拔較低的山頂上，我發現山谷是一個美麗而有趣的地方。灌木籬牆上長滿了花朵與葉子，繁茂的樹林中隱約傳來鳥兒婉轉的歌聲，果園裡掛滿了沉甸甸的果實，溫馨的房舍洋溢著恬靜的生活氣息，鄰里左右都是友好的人。與此同時，那些身處山頂上的人，偶爾也會闖入我的生活軌跡，給我指導一番。這恰恰會提升美麗純潔的安靜感。我想，那些處在山谷的人在往山頂上看的時候，可能也會有種渺遠之感；而從山頂上往下看，又會有怎樣的感覺呢？倘若我所談論的只是一種平和之趣的話，那我完全可以坦白地說，這僅僅是因為我對此感興趣而已。就像一隻沐浴在陽光下的小鳥，呆立在漿果樹枝上，吱吱喳喳半天，哪怕根本沒有一個路人駐足聆聽牠的曲調，牠卻仍發自內心地歡歌。如果真有一兩個旅行者路經此處，停下跋涉的腳步，坐下來感受一下牠的歌聲，一切足矣。這也足以證明，一個人的話語，其實是無足輕重的。也許路過的人可能會說，這只是讓人感到疲倦與煩悶的調子，之前他們已經聽過上百遍了。因為他們在腦海中可能無法理解，這隻傻乎乎的鳥兒為什麼就不會改變一下曲調？然而，就我個人而言，我更願意傾聽黃鸝發出的尖銳而單調的曲子，在臨近結尾處突然下沉的節奏，從來沒想過要去刻意模仿夜鶯的調子。

　　正如上文所說的，我更願意相信這些批判者所說的一點，即他們這樣做是出於民眾的利益，只是堅持了某種善意，不想讓民眾感到無聊而已。我想這樣回應他們：正如弗萊特女士那樣，我想讓他們接受某種祝福。

那麼，當我在面對別人對自己的批判的時候，我也能夠公正客觀地給予接受。

最後，我想對我的讀者說幾句話。我衷心希望你們不要被所謂的專家或是評論者蒙蔽了雙眼。一方面，不要聽從某些人宣稱的那樣，沒有一個神學學位就不要去討論或者接觸宗教問題。另一方面，我希望讀者能夠相信一點，那就是平靜的生活並非是一種無聊的生活，遠離酒精並不會降低我們身體的活力。反之，若是人們能從興奮的刺激中解脫出來，那麼他們就會發覺，生活立馬會呈現出一種美好的色彩，同時還會增強我們對樂趣的感知力。

當然，心靈會暫時因此感到苦楚與疼痛。我們必須要忍受祖先所遺留下來的天性不足來背負屬於自己的負擔。對身體而言，飲食、鍛鍊及生活的規律性要比任何有效的藥物都更為實用。那麼，在精神生活這一層面上，透過自我克制、刻意節制和堅忍等候，讓我們走在更為寬廣與快速的大道上。就好比河水沿著溝渠向前流淌，其中會穿過星羅棋布的池塘與憂鬱成性的沼澤，但是仍然時而翻滾，時而激揚。

第三章　友情

第三章　友情

　　法國有一句著名的諺語：若想被愛，先充滿愛。對於這句飽含深意的諺語，許多小孩在腦海中一片空白，不解其味；年輕男女則不以為然、嗤之以鼻；中年人聽了之後，先會感到驚訝，接著疑惑這是否真的具有某種價值；老年人則會頷然點頭，深悟其中奧妙，並為自己當年讓機會溜掉而感到後悔，或是遺憾自己虛度光陰於毫無用處的地方，而感到後悔莫及。實際上，許多有理想的人，在人生起步階段也並不一定想過自己是否具有價值的問題，覺得這個問題更多只是一種裝飾門面的東西。我們總是覺得，這種考慮正如約瑟夫在兒時的夢想一樣，太陽、月亮還有十一顆星星彷彿這些都在向我們致意，更別提那些雲層了。我們總是希望自己能給別人耳目一新的感覺，讓別人感受到自己的美好，感受到自己散發出來的影響力，從而受到別人的尊敬與愛戴。然而，當我們的人生之路不斷向前延伸時，這種美好的前景卻逐漸黯淡下來。最後，在某個安靜的角落，只要還有一個人向我們點頭致敬，我們也會感到滿足。而至於那十一顆星星，它們從來就不知道我們的存在，它們也並沒有對我們點頭哈腰！這之後，當我們進一步深思，覺得自身彷彿極有影響力時，只不過是我們自身過於狂妄罷了，而且財富也只不過是讓我們免於貧窮的護身符，只是讓苦痛與悲傷稍微短暫一些而已。美好的外衣，逐漸蛻變為枯燥與單調。

　　但是，真正的影響力源於那些無心追求的人；最美好的影響力，則是屬於一些甚至不知道自己擁有如此影響力的人。讚美本身不過只是看上去更加奪目的稻殼而已，然而，稻殼裡面可能包含一顆完整的核，也可能空空如也。但是，妒忌卻恰似一杯毒酒，傷得人體無完膚。我們也真切地意識到，最華麗的皇冠往往落在那些根本無心也並未刻意追求的人頭上。心智清明與無私之人，卻常常能獲得雄心勃勃的野心家所得不到的獎賞。

　　這個美好理想消逝的過程，時常被稱之為幻滅。對於那些永遠只能看

到人生這枚銀幣一面的人而言，美好的消失的確讓他們黯然神傷。當美好幻滅時，他們會因失落與失望而鬱鬱寡歡。在此基礎上，他們的餘生就會逐漸在憤世嫉俗與單調無聊之中，慢慢被湮沒。但是，這種幻滅，甚至可以誇張地言為羞辱，對於胸襟廣闊的人，對於一些虛榮心不強的人而言，卻是世上最具價值與美好的事情。因為，這種幻滅讓他們從此意識到，這些偉大的禮物是真實與實在的東西，他們必須讓自己努力去達到某種層次，才懂得真正擁有，而不是要一味地陷入追求本身，進入泥潭而無法自拔。也許，這些人會懷著謙卑與希望，重新開始人生的工作與生活。倘若他們無法挽回過往的種種，無法彌補逝去的錯誤，他們也不會繼續在無謂的懺悔中蹉跎歲月，反而會為僅存的愛意與溫柔而感激上蒼賜予了自己幸福的本源。畢竟，他們真切地活過，經歷了人世的風雨，儘管這一切都未能變成自己想要的模樣，但是，他們依然會抱有一顆感恩之心。也許，理想就在前方不遠吧，但誰又知道它在何處呢，誰又知道它在哪朝自己招手呢？因此，我們應該有一個美好的開始，但是這個開始卻在任何時候，無時無刻，我們都在出發；時時刻刻，我們都在準備著出發。

在社會上，有很多哲學家煞費苦心地想要追溯人類所有情感最原始的狀態。誠然，就生活中最為親密關係的男女之愛、母子之愛而言，也都夾雜著生理、本能與原始的情愫。但是，有一點卻不容忽視，在這些形形色色的人群當中，尚有許多未加分析與釐清的關係。有些關係存在的基礎，並非是生理的欲望或者出於保護的本能，也並非建立在與任何利益或是收益的寄望之上。各式各樣的情感都可能有助於加強、鞏固這些關係，乃至成為維繫這些關係的紐帶。但是，在所有關係中，有一種關係最為基礎，卻又最為簡單與重要，那就是友情。朋友之間的友情，無怪乎存於那些可以患難與共、同甘共苦的人。生命因為有了朋友，無論遠近，而變得更加

第三章　友情

甜美、圓滿、宏大。人活一輩子，若身邊有幾個朋友相伴，是一件極為幸福的事情。即便身邊不能與朋友長相廝守，但是這些朋友都會在遠方守候彼此的情誼。這些朋友會透過書信的往來，分享各自的生活與經驗，透過相互交流，傾吐彼此的仰慕之情，增進雙方的情意。但是，因為利用別人而得不到朋友的人，便失去了活著的基礎，幸福也沒有棲身之處。若想得到幾個朋友，在交往中萬萬不可摻雜私利、嫉妒、利用等卑鄙行為，因為交友這種行為本身與朋友所具有的利用價值並無關係。如果朋友具有高尚的品格，我們為此而敬重他；若朋友身上有些明顯的缺點或毛病，我們要學著去包容，甚至忽視這些缺點。我們要常想，我結交的是朋友這個人，而不是他的言行，或是他還沒有說出來的言行。掌握了這些，再去交友，這就已經足夠了。當然，在這裡，我並非要選擇交友的人，不分是非黑白，胡亂地結交一些狐朋狗友。

當然，有時候我們會發現，開始結交的朋友與自己的性格迥然不同。但是即便如此，若我們心中對彼此的敬意猶存的話，這段友情依然能持續保持下去。因為，在友情極為深厚的兩個朋友之間，他們的人生觀可能大相徑庭。我們可曾想過，當我們為朋友辯護，為其闢謠或是為他揚長避短時，這是多大的一種滿足感！印度有一句古老的諺語：雷聲轟轟之時，壞蛋聚在一起。這句話的意思是，當面臨著共同的危險時，兩個邪惡之人可能會沆瀣一氣。但對大多數人而言，友情最根本的一點，就是雙方的互相信任與相互自信。當朋友可能為人不義的謠言滿天飛時，我們要堅信，這一切動搖不了朋友之間的信念。往往在這個時候，我們心中會有一種莫名的本能在告訴自己，朋友絕不是那樣的人，朋友絕不會去做那樣的事。即使確鑿的證據擺在眼前，我們也覺得他只是一時犯錯，絕不會再犯第二次了。所以，對待朋友，每一個人都應該有一顆寬宥之心。

也許，在與朋友進行某次會面之後，我們應該向彼此解釋一下，自己的內心充滿本能的神奇。也就是說，為什麼某人會以一種神祕的方式影響著我們？我們所審視的人，可能沒有任何明顯吸引他人的天賦，也沒有優雅的舉止或是風度，但我們之間卻存在著某種莫名的紐帶。我們似乎在某時或某地已經一起分享過一些經歷，無論朋友說話還是沉默，同意還是反對，在我們的眼中，都會顯得很有趣。我們也總是會感覺到在某個神祕的境域，朋友充滿了真誠。一位拉丁詩人說過：「有某種東西，我說不上來，但卻牢牢地將你我的命運拴在了一起。」有時，我們與朋友之間也會產生誤會，一時的親密感也很快就消失掉，但是出現這種情況的幾率並不多見。那些讓我們莫名的心跳，雙手無緣的顫抖，都是源於某種更為深刻與重要的情感，這些都是建立在朋友之間的友情上，這其中充滿了精神上的緣由。

　　當然，人與人之間有許多差異之處，每個人在感覺這種相互吸引能力時，會有很大的差別。就我個人而言，當我與陌生人會面時，我總是懷著希望能結交成為朋友的心願。也許，某個未來的朋友正坐在我的對面，掛著一幅我所期望的笑容。但是，在數千次失望之後，這個希望仍然在心底存在。但是，許多人都會隨著年歲的增長而逐漸少了朋友。一方面是因為我們再也沒有那麼多情感可以消耗了，另一方面是我們變得更加小心謹慎了。但是，這其中最為重要的還是，我們越發意識到，友情背後所蘊含的責任感。因為我們不願意再去承擔更多的責任，許多人缺乏了之前的浪漫氣息，卻活得更為自由自在。而且，有些本來能成為朋友的人，卻在我們的交往上表現得冷漠相待。還有一些人開始覺得，自己再也難以接受新的觀點和新鮮事物，而將自己縮成「刺蝟」，使得自己與陌生人之間隔了一層難以拆卸的心牆。也許，上述理由都難以稱得上較好的推辭，但是不管

第三章　友情

出於何種理由，我們還是越來越少地嘗試著結交新朋友。其中的主要原因，也許是我們已經獲得了屬於自己的某種觀點，就死死地堅守那個觀點，然後再將別人套進自己的這種觀點之中，而不是根據不同人的性格而有所改變。但是即便這樣，一些胸襟廣闊與心靈善良的人則會繼續擴大自己的交友圈子，不因年齡的增長而停滯，也不因對事物的認知意見相左而捨棄本能成為朋友的人。

當然，正如我所說的，友誼的類別也是難以盡數的。友情的發端，可能只是從一種習慣或是近似行為中產生單純的革命情感。每個人都有能力，選擇與人形成這種關係。史蒂文生曾說：「謙虛的人會發現，其實找到友情是非常容易的。」他的意思是，若某人慷慨大方、為人仁慈，那麼，他就不會發出「為什麼自己生活的圈子會如此的狹隘」這樣的感慨，也不會覺得人與人之間缺乏人情味。其實，我們可從朋友那裡找到最好的一面，看到普通人可愛的一面，類似於這種友情可能激發出最為美好與純粹的忠誠感。有人曾說，在一些村莊裡，若是將長久以來套在公牛脖子上的軛拿掉，公牛就會日漸消瘦，甚至因此而「鬱鬱而終」。有時候，人類的友情則是以血緣紐帶來維繫的，比如兄弟姐妹間的親情。有時，婚姻也會演變成類似於親人的感覺，這是一件相當平靜、美好與值得祝福的事情。

同樣，友情也存在無數的層次，正如老與幼、師長與學生、父母與孩子、護士與嬰兒、雇主與員工等關係，所有這些關係在某種程度上都是一種不平等的友情，但卻可能觸發成為最深刻與純潔的友情。例如，卡萊爾之於父母，博斯韋爾之於詹森，斯坦利之於阿諾德一樣。這種典型而又重要的友情，直到最後被兩位年齡相差不大、同性之間、奉獻與關懷的友誼所取代。讓人感到驚訝的是，這種類型的友情，許多都是在學校或是大學

期間形成的。通常在某段時間之後，就會以自然的速度逐漸地消退，消退的原因，是因為這種友情建立在彼此生活與思想相似之處，而這一紐帶被將來組建的家庭、地域的分離所隔離，那麼就會漸行漸遠，但是彼此的情意有時會隨著距離的增大而拉近。然而，婚姻通常是埋葬這些友情的重要原因，周遭的環境一般也都會扼殺掉這種友誼的存在。因為，除非有某種持續的思想或觀念上的交流，否則，年歲的增大會逐漸拉大雙方的分歧。但也有如紐曼與菲茨傑拉德那樣的情形，能將這種具有浪漫氣質的友情持續到人生的最後。

有位老牧師的女兒，曾告訴了我一件關於這種友誼結束的故事，讓人聽後頓感悲傷，同時也是十分典型的個案。他的父親與另一位年老的教士在少年時期，曾是一對忠誠的朋友。後來，人事變遷，雙方很長時間都沒有了聯絡。在接近三十年音訊全無之後，這兩個曾經要好的朋友相聚了。那位老教士按照約定，前往牧師的住處，然而，隨著見面時間的臨近，牧師明顯焦急起來，口中還時刻嘮叨著精心準備的會面，相信一定會讓雙方都能感到歡樂。因為，他要讓這位訪客感到賓至如歸。他的女兒每天早上帶著教士出去散步，他的妻子下午則帶他出去兜風，而牧師本人則與兒子一起待在菸室裡。到了晚上，老牧師覺得自己再也不能為了這位訪客而打破以往的生活習慣，或是再為娛樂一位客人而讓自己的精神倍感負擔，終於，他只在晚餐上與那位三十年來未曾謀面的少年同伴見了一面。兩位久違重逢的朋友，在這之後再也沒有說過話，當會面結束之後，牧師談起這位少年的朋友時，難掩同情與失望的神色。他說，「可憐的哈利啊！他老的可真快啊。我從沒見過一個人改變會如此之大，興趣變得如此之狹隘。我親愛的朋友，他失去了當年的幽默，也罷，也罷……無論怎樣，見到他也挺高興的。對於我們兩個的重逢，他也顯得挺焦急的。我想，這對於他

來說，顯得更難熬。在一間陌生人的房子裡，他變得不知所措，說起話來支支吾吾。可憐的老哈利啊！當年三十歲的他，真是雄姿英發啊！」說罷，牧師不勝唏噓。

還有，撒克利在談到與菲茨傑拉德在大學的一段時光時，感慨地說：「當時，我們的友情是多麼富於激情啊！」這句話，暗含著某種憂鬱之情，表達了對當年朋友之間那種無邪的純真友情的回憶。撒克利話裡有話，他已經暗示自己與朋友那種熱烈的情感，已經從自己現在的生命中消失，也許，這麼多年來，他已經習慣了自己用那雙善於洞察的雙眼，去探究人的心靈，鑽研人心靈中似是而非的一面。他擁有者寄予希望的權利，但是夢想與現實讓他不得不做出一個對比，也就造成了心理的落差，使得他不再想繼續當年的友誼。倘若曾經這種如火的熱情、激烈的敬仰、憐憫的同情心在人們心中死去的話，難道我們當中的每一個人不應該感到羞恥嗎，難道我們當中的每一分子不應該感到惋惜嗎？

讓自我始終保持著青春的活力，讓周圍的事物都彌漫著一種充滿活力與浪漫的因素，這難道真的不可能做到嗎？原來，現實的落差告訴人們，能做到的人只有鳳毛麟角。為這個世界增添某種充裕的寬容，某種洶湧的柔情，某種深邃的雙眼，隨著年齡的遞增，相信不少人都能做到，但是相比於原先偏頗的理想主義，相較於如今現實的落差，不少人卻迷失了自我。但是，這裡面也有不少職業人群，諸如牧師、醫生、老師，在他們身上你會發現，他們看待別人的方式，不是在心靈深處有著時刻防備或是鬆懈，而是在自身情感尖銳與悸動的時候，也能保持清醒的頭腦。在許多情形當中，他們的憐憫心，會波及家人，因為他們覺得人與人之間的情感才是最為珍貴和親密的。對許多民族來說，特別是盎格魯－撒克遜民族，情感的表達本身就是一種負累，只是被當成某種必須要履行的義務而已。這

些都是深深扎根於這個民族的性情當中，但這反而讓他們的情感更趨靈活與跳躍。

另一種可能消滅友情的方式，就是許多人都想結交朋友，但卻只想得到朋友之樂，而不願意承擔其中所附帶的責任。在這種自我沉淪的友情之中，我們會發覺，自己其實並不完全喜歡朋友的特點或是性格。朋友之間最難容忍的一點，就是同樣的錯誤一犯再犯，而且形式次次不同。比如，在盎格魯－撒克遜民族的性情中，存在著一種普遍的心理特徵，他們會將事物普遍而且庸俗化。也許，正是這種庸俗化，讓他們在這個講求實用的世界裡，獲得了物質上的成功。用一句直白的話來說，就是許多英國人在某種程度上都存在懶惰的心裡，也許，這是封建專制殘留的毒液，至今仍在我們的血管中流淌的原因。因此，我們過分崇拜成功，希望受人尊敬，希望獲得一定的社會地位，盼望與名人交往。這一切，建立在「利」之上，同時也讓無「利」交往的朋友望而卻步。

我曾記得，兩個原本可以建立友誼的人，卻因為其中一人有我所稱之為「城市」的氣習而破裂。我的意思是，此人對階級所代表的榮耀過分推崇，這是一個根深蒂固，而且認知偏差的迷思。這個人表現得與一般人不同，他喜歡與有地位的人結交朋友，同時懷著一個從別人身上發現懶惰跡象的欲望。我想，沒有比這種行為與思想更加庸俗、更為原始的徵兆了。一般而言，這種行為源於一種錯誤而模糊的認知，卻雜糅了對自身高尚本性屈服之後所產生的天然羞恥感。在這個特殊的例子裡，此人衷心希望能夠擺脫這個迷思，但他卻無法讓自己活得更為高尚一點。因此，他也無法向有地位的人，展現自己的殷勤與友善。我想，假如他心中沒有這般齷齪的想法，也就無需花心思去思考這個問題，相反他會真的結交上一些達官顯貴。

　　然而，在一群友好與上進的朋友當中，則存在著另一種截然不同的「懶散」，這也就是我經常提到的中產階級職業化的「懶散」。他們當中的這些人，過分看重成功，只樂於與成功或顯貴之人交朋友。隨著彼此交往的加深，他們開始感到對方的缺點帶給各自的不愉快，但卻對自身的缺點一無所知，結果就造成了在一些問題上持續不休的磕磕碰碰。倘若雙方都能開誠布公，坦率地承認自身存在的一些不足，其實也是無傷大雅的。然而，他們卻都急於向別人展示自己完美無瑕的一面，想要證明自己要比對方在想像中更為無私。介於這種思想，彼此之間便難以達成共識。在他們相處到一定程度之後，即使雙方都有不錯的性情，但機器摩擦的「折損度」還是會逐漸顯露出來，而友情也會因此逐漸消融。

　　以上這個典型的例子旨在說明，每個人都渴望從一個自己敬佩的人身上獲得純粹的樂趣，但卻不願去忍受對方同樣也不完美這一事實所帶來的責任，也不願意勇敢與大度地去忍受這種不完美。這種友情最糟糕的是，始於某種過分的理想主義，而不是人與人之間平等的同伴友誼。當友情過分理想化，則會出現危險，即當兩個人都懷著這樣理想主義而相遇，一開始必然是相互吸引，他們會本能與不自覺地展現出自己最好的一面，但隨著時間的推移，在接下來的深入交往當中，雙方一旦不適，便會感到格外地悲傷。一般來說，使得這種友情破裂的一個關鍵因素，都是源於其中一位理想主義的人因為對方破滅了自己原先的希望而深感失望，但卻對自己原先為何要將對方描繪成充滿理想藍圖的錯誤想法而毫不自責。

　　適才談到這種類型的友情，具有某種感官色彩。雙方皆因深入交往後而感到沮喪，這就好比盧梭所犯下的過錯：他親手將自己的孩子送到育嬰室，而不是選擇親手將他們撫養成人。其中最根本的錯誤，就在於對友情自然發展所產生的結果進行選擇性的逃避。這種錯誤，歸根結底還是源於

自私，他們想到最多的還是自己的缺失與渴望，而不是懷著冷靜與感激之情與他們結下純真的友誼。

　　人們常說，朋友有責任與義務忠誠地敬告自己的朋友，讓他們知道錯誤所在。我覺得，這是一個完全被誤解的原則。這個問題的根本涉及到真誠的友情，其中的基礎就是自由。我所說的自由，並非源於責任的自由，而是一種沒有義務羈絆下的自由。當然，我不是在提倡人們應該只顧著索取，而吝於奉獻；而是說，人們必須要足夠尊重他的朋友，這也就意味著，在這種朋友關係當中，不要嘗試去指引別人，除非別人有那樣的要求或是渴望。朋友的過錯，還是留給那些更為火爆的批判者指出來更為適宜，正如謝里登所說的那些有著「該死的好性情」的朋友們。但是，朋友就必須要將朋友所認為美好與真實的事物視為理所當然，儘管朋友可能在另一種途徑中追尋。朋友的義務，就是去鼓勵與信任朋友，而不是去反對或是指責朋友。自己之所以與他人成為了朋友，只是自己喜歡上了朋友本身，而不是接受了別人的意見，被迫著要去喜歡上與某個人結交成朋友。這裡，最為關鍵的地方在於，這必須要建議在一個完全自由的環境，而不是為了相互提交交際的技巧，除非這是一項協議或者條款，否則沒有任何理由將兩個原本沒有瓜葛或者原本合不來的人，拉扯在一處而成為彼此最為欣賞的朋友。畢竟，人到最後只能向上帝負責。一個陷入歧路的人，正如一隻迷途的羔羊，但另一隻羊卻並沒有義務用羊角將其頂回正確的道路上，除非這隻迷途的羔羊確切地給出了求助的信號。

　　人們可能會說，現實生活中有牧師或是導師作為引路人，但他們與我們的關係絕非是地位相等的朋友。若朋友之間真的有地位高下之分，那麼處於低下的人必須要心甘情願地為處於高位之人做嫁衣；而身處高位之人也一定不能去強求低下之人如此這般做，否則兩者地位不平等，就難以成

為互訴衷腸的朋友。社會上，真正牢固的友誼始於平等的同伴關係，在這些人當中逐漸昇華為某種自由情感最為原始的自然交流。在這個階段，兩者並不需要質疑雙方的忠誠度。因為，這種紐帶是由許多簡單的舉動與平常的話語所組成。在理想化的狀態，就是以全新的坦誠與真摯，將兩顆裸露的心串起來，那麼，那些即便是錯誤的舉動，也不會讓對方感到羞恥。所以，這樣的友誼是世上最為純粹、燦爛與牢固的情意。但是，這是多麼奢侈且稀有啊！

　　往往更為常見的，便是兩個人處於敏感或情緒化的心態，當他們相處在一起後，起初會互相交流經驗，從各自的記憶中搜尋一些美好與富有教益的東西來談論。但願雙方都會有這樣的感覺：此人的性格簡直就是自己一個絕佳的互補；在他面前，我可以輕鬆自在地袒露自我。若如此，則是一個多麼微妙與有趣的過程啊！接下來，就是互相探尋，相互發現的過程。作一個譬喻，遠觀時，城市顯得楚楚動人，尖尖的塔頂與高大的城牆，透露出某種榮耀感；當我們接近時，卻發現道路崎嶇不堪，路上泥濘難行，集市死氣沉沉，見不到半個人影。在近距離觀察時，錯落的房屋陰沉沉的，人也顯得古怪與畸形，滿臉愁容、疲態盡顯。穿過大街，或從窗戶往外望，城內盡是廢墟，陰鬱的生物在暗處閒蕩。當我們將一塊石頭翻過來，所有神祕與古怪的東西在陽光下打滾，迅速遁逃。我們開始尋思，這似乎不是我們想要抵達的地方。原先，對此浪漫的想像純屬電光火石之間的一個意外響動而已，也只是我們心中升騰起的某種無解的情緒。然後，我們接著啟程，繼續搜索另一個城市。在地平線上，我們可以看到一座小山嵐，之後就是另一座城市了。於是，我們就能離開這個尋常人生活的無聊地帶了。但是，想要從最基本的同伴開始培養友情，就要日復一日地從探尋每條街道與小巷開始，堅持不懈。當我們將城鎮走了一遍，就會

開始發現其中的美麗與魅力所在。我們會深深意識到，這其中蘊含著一種激烈與充滿渴望的生活。倘若居住其中，就可分享到這種樂趣。那些走馬觀花式的旅行者，都無一例外地難以抵達終點。之後，美妙的情愫漸漸在心底萌芽，對家庭的愛也開始堅忍起來，在這其中，我們也會感到許多額外的驚喜。當我們進入一扇門之後，看到之前從未見過的景象，接著便進入到一座廟宇，裡面香霧繚繞，夕陽在沾滿灰塵的窗戶上顯得五彩斑斕。在人來人往的祭臺上，進行著神聖的儀式。這一切，都顯得多麼有趣和美好。然而事實上，若是對友誼抱著一種旅行者的心態，那麼，友誼便永難形成。如果這樣，唯一的收穫只是永遠在探尋浪漫與美景。有時，一些到處遊蕩的旅行者可能會變得耐心起來，在這裡竟然也能怡然地生活，但這又另當別論了。最棒的友誼，通常一開始都是由於某種相近的習性而糊里糊塗地結交下來了，然後逐漸地顯露出其中的美感與價值所在。

　　為了獲得自身「精神上的平衡」，也希望別人能夠對此表示寬恕。我向兩位睿智、善良與大度的女士朗讀了我的一些觀點。後來，我與她們兩個都深交了，當然，她們兩個在社會上也享受著尊貴的地位，但我從來不看重這些。我不會將她們具體提出的寶貴建議展現出來，也不會寫上這些建議中的隻言片語，我覺得這是對友人的一種尊重。我坦率地告訴她們，我並沒有完成這一章的寫作。在我著手完成本章的最後行文時，我需要某種靈感的激勵。在這裡，我無法將她們的原話照搬過來。但我感覺，她們是以象徵性的語言來闡述這個問題，就像兩個具有創新精神的人，將祭臺上的稻穀、酒、油都視為代表著某種神祕而充滿美妙的事物，展現在我這個友人面前。但是，她們也指出，我只是在描述友情的某些外在以及一些表象而已，但也不能說是不準確的。她們談到了友誼的真正核心所在，對於這些，我覺得自己應該要毫不吝嗇地說出來。但是，當我詢問她們能否

第三章　友情

舉出關於友情一兩個最高尚與美好的例子，或是只存在兩個男性或是男女之間的友情，而且又是不斷完善與充實的例子，此外雙方不能是情人或是婚姻關係之時，她們卻覺得極為困難。

當我們篩選過往普通人之間的友情時，就會發現一兩個這樣的情形，但卻基本上已經處於逐漸「凋落期」。真正的事實是這樣的：在情感領域，不少女人與極少數的男性，能夠形成這樣最為高級的紐帶。我們都一致認為，男性更傾向於從婚姻中找到自己所需，因為他們對個人情感的需求更多的只是一種興趣，而非形成依賴。隨著年歲的增長，現實的生活、人生的紛擾、社會的變遷、結構的更新、觀念的進步、自然的探究都會消耗男人的精力。他們會發現，自身的情感生活存在於家庭的某種紐帶，而任何沉浸於這種情感關係的男性都會被視為多愁善感者。

真正充滿情感需要的，往往存在於女性，或是帶有陰柔氣質的男性身上。所有這些情感都染上了淡淡的遺憾，無法傳遞任何滿足感與優越感，正如一位母親會在孩子小小的夢想破碎之後，在他的耳旁輕聲細語，講述著另一個關於希望的故事。但我發現，在心靈的一隅，存在著被另外一顆心靈痴迷與崇敬所吸引的角落，並且在高尚與偉大的情感中讓身心感到愉悅，而且，任何物欲的獲得或是功利的想法都難以進入這個角落。當那些長期活在陰鬱與病態壓抑環境中的人，則能第一次在陽光下沐浴一番，想像著自己可能從和煦的陽光中得到哪怕一丁點的好處。他們心中只是知道一點，這裡存在著生活的樂趣與幸福。真正的人生，可以感受到溫暖的陽光帶來的愉悅與舒適。我理解她們所說的這些情感，儘管我會以另一種稱謂來指代。我覺得這其中的確飽含著愛，而且還是極為純潔的愛，是在占有欲中摻雜著一種削去陽剛之氣的愛。於是，這種關係便逐漸發展與深化，直到出現了某種神祕或是精神上至關重要的紐帶。所以，即便由於分

開而阻滯，陰鬱的心境甚至是死亡才能讓我們分開，但人們對這種關係的永恆性卻是毋庸置疑的。

兩人說話時，不經意的四目對視，彷彿雙方能聽到對方內心洶湧的聲音，而這種聲音卻又像建築物迴盪的美妙聲音，牢牢地被困住，無法外泄，同時別人也進不來。但我不能懷疑這種聲音的存在，因為聲音就在那裡迴盪著。但我知道，因為一些懶惰或是陳舊的習俗，被我排除在外，同時我也會毫不懷疑她們所說的話的真實性。記得一位古代教士說過：他篤信，並向上帝祈禱，幫他解決疑惑。我覺得，當我將自己的人生經驗無限地展開，懷著忠誠與崇敬的心情時，便完全到了另一種境界。那些性情的交融、心靈的聯合，都容不得我去懷疑！當陽光如流水般傾瀉溫暖時，便會產生浴火重生的感覺，就好像一顆心灼燒之後，灰燼灑落滿地，但這也常常讓我覺得孤獨，而且這種孤獨感尤為深沉。

「啊！倘若命運之手蠻橫地將你從我手中搶走，那麼，這一半的靈魂，我將何處安放？何處又能安放得了我？」

這是一位世故卻又憤世嫉俗的拉丁詩人，在回信給他的一位朋友時所寫。我們常常會迫不及待地想去譴責一些人的世故與冷漠無情，但即便是在木材燃燒的火光中，也會跳躍出零星的火苗。人們真能將這個祕密時刻埋藏在心底嗎？倘若人們能將這種親密的情感不斷保持下去，隨著時間的流逝，心靈會不由自主地與另一顆心結合在一起，大腦也分辨不出彼此所留下的印象。由此而陷入的沉醉，難道這些就不能彌補這些沉醉的價值嗎？我們都要為獲得某些東西而付出一定的代價，僅憑我們的讚譽或是渴望，薊草變成不了葡萄，橡樹也成不了玫瑰。我們無需懷疑上天將一些寶貴的天賦賜予了別人，我們也不用抱怨上帝遺忘了我們。因此，我只好心懷感激地承認，世上的確存在著某種高尚卻又讓人費解的友情。身為伊

第三章　友情

利島的居住者，我能從遠處看到這般風景：在高高的沼澤地上，在風呼呼而過的農場上，可看到遠處村莊的山谷，嫋嫋炊煙從快樂村落的煙囪上冒起來，繚繞在樹林間，似要在那裡築巢。而尖尖的塔頂，則好像愉快地伸出了手指，此刻正指向天宇。若我們所想的皆能成真，人生也蠻可憐的。若我們能滿足於眼前一些看似微不足道的事物，興許也可能去領略其他事物。

第四章　幽默

第四章　幽默

　　這是一個有趣的故事。在聖三一圖書館的一堵矮牆上，一位劍橋大學的女學生發現有四幅寓言式的人物畫像。出於女性慣有的錯誤直覺，她認為男生都喜歡對事物解釋一番，於是，她覺得有必要向這些學識淵博之人做出一個解釋。然後，她便勇敢地問一個名叫傑克的男生：「嘿，傑克，這些人是誰啊？」傑克也是第一次看到這些人物的畫像，想了一下，笑著說：「這分別是信念、希望、博愛，當然，還有……」

　　「但是，還有一個呢？」女生問道。

　　「喔，對啊，有四個人啊！」傑克並不感到沮喪，而是用某種哲學方式凝視著畫中人物的眼神，瞥了一眼後，堅定地說：「第四個是地理。」這就是極為有趣的「四人組」！

　　我時常會有這樣的感想，就好比現在有機會在基督仁慈的等級上增添一樣東西。在一個原始低級的時代裡，也許有了信念、希望、博愛，恐怕就已足夠。但現在的世界已經不斷擴展了，我想在這三者的基礎上再加某種品格是亟需的。人們可以讓自己滿懷信念，充滿希望乃至博愛，但還有很多心願要去達成。人們可能借助一些工具而對社會做出積極的貢獻，但他可能是一個無聊甚至是荒唐的人。因此，我希望看到有一種風趣的幽默，被加在基督仁慈的等級上。

　　我認為，站在倫理的角度分析，幽默本身並沒有獲得其應有的聲譽。幽默能讓人免於自大，而信念、希望與博愛則無法做到這一點。事實上，以上三種美德不僅無法讓人免於自大，有時甚至讓人的自我優越感陷入到無以復加的深淵之中。我想，當基督教開始在世界各地傳播之時，所需要的一種性格特徵，就是根深蒂固且極富熱情的認真精神。世上沒有比認真更讓人生顯得豐富有趣。在這個世界上，真正活得最開心的人，並非那些凡事看淡、喜歡大笑或是詼諧之人，因為他們都要面對人生的跌宕起伏、

潮起潮落，他們便時而在快樂的「峰頂」上肆意地跳躍；時而又陰鬱地沉淪至無聊單調的深谷。但是，一般而言，認真之人要麼快樂，要麼無聊，因為他們沒有時間想太多。

早期的基督徒熱切地希望將基督教義撒播到全世界，他們根本沒有時間與精力去念及其中的焦躁與不安。先驅者是不能幽默的，這是任何教義在傳播之初被人公認的真理。但是，現在的世界已然發生了翻天覆地的改變，基督原則早已成為了一種不再具有實用性的理論，人們對它的需求不再變得必要，而是成為了另一種選擇活著的信仰方式。我所談及的幽默，並非是對歡樂的一種痴愛，也並非是那種不負責任的嘲笑。其實，幽默也並非全然讓人感到憂傷，也並非完全讓人沉浸在歡愉之中。在這個不完美的世界裡，幽默者嘆息與微笑的機率，其實各占 50%。幽默本身，是一種荒誕，是對生活的誇張，是對生活充滿敏銳的洞察力後，衍生的一種外在表現需求。真正的幽默者，絕非憤世嫉俗者，倘若它變得憤世嫉俗，那麼也就失去了其原先所有自然的風采。從本質上來說，幽默源於顆顆敏感之心所凝聚的集體智慧結晶，你可時刻去找藉口寬慰別人，急切地原諒別人。幽默也絕不會顯得荒唐、沉重或是出於自我優越感。

當然，智趣也是幽默內涵的小部分。智趣之於幽默，正如閃電之於電流，在一定的狀態下，表現出生動、明亮與爆裂式的特徵。但是，一個可能在骨子裡就有幽默感的人，在現實生活中卻說不出半句幽默的話。要獲得智趣，必須要有天馬行空般的想像力，開啟智力的閥門，讓自己變得靈敏、心態怡然。但是，幽默遠不止這些。

在宗教領域裡，由於長期缺乏一定程度上的幽默，在歷史上也已造成了罄竹難書的災難。所有理性的人都會認同一點，對宗教壓制或是貶斥最嚴重的，非神學莫屬。神學的本質就是一種讓人產生適度卻混淆的精神，

讓人總是偏執於並不重要的事情；在一些細微的規則上湮沒了極為重要的原則；為了一些繁文縟節而犧牲了簡樸，盲目地崇拜了教條和教義。令人感到更為糟糕的是，神學還將後者融入其精髓之中。就某種宗教而言，最為不幸的是，教義最終淪落為某種邏輯，從一些並不充分的資料中演算出一套貌似具有理性的體系。但是，幽默憎恨邏輯，根本無法將信念牢固地建立在並不穩固的推算之上。宗教所能承受的最重負擔，就是歷史傳統所遺留下的沉澱，而幽默卻是所有墨守成規與傳統事物的天敵。只有偽善的精神才會盲從過往的先例與權威，幽默的精神在於熱愛著所有富於跳躍、變化與顛覆性及新鮮的事物。

東正教所宣揚的天國之所以那麼讓人壓抑、倍感沮喪，就是因為那裡根本容不下笑聲，讓人表情只能恬靜與溫順，最多只會是露出微笑。當人們想像著人世間所有無邪的荒唐與友善的笑容，從中消失的話，那麼，無怪乎人們會感到沮喪了。然而，這些教義卻制定出條條框框，約束人們的笑聲，甚至編造出褻瀆神威的幌子，揚言笑聲都是對神的最大蔑視。這就是為什麼當一個充滿幽默的人，用他的死亡挑戰僵硬的神論時，人們才會感到格外的悲傷。因為原先那個富於魅力與自然的人，仍在腦海中盤旋，一切卻早已成為過往雲煙了。

即便是米爾頓的狂暴式幽默，也要比那些陰鬱的東西更為純粹。人們會記住，他所描繪的天使模樣，戲謔亞當稱天文學是故意被造物者弄成這麼艱深的學科。這樣，科學家們滿腦子的疑惑可能正是上帝的樂趣所在！

「宇宙的創造者，留下了他們的爭論；也許，這讓他的笑聲在古怪的想法中流傳。」

我們可以再次看到，當他們成功地用大炮推翻了武裝的六翼天使所具備的反叛精神時，人群中才發出一些嚴重扭曲後的乾巴巴的笑聲。米爾頓

當然不想將幽默從天國中趕走，而他唯一的遺憾就是，自己並沒有從自身童年的陰影中走出來，卻仍從一般人的災難甚至是滅頂之災中找到最深沉的樂趣。

有人可能會問，在基督教義中是否存在幽默的成分？我對此毫無疑問。有一幅畫，畫中有一個小孩在集市上，無論脾氣壞的同伴們表情或喜或悲，這個小孩堅持不讓這些小孩參加屬於他的遊戲。這一幅畫本身便是絕佳幽默的展現。還有一個故事，講述了一位寡婦對某位不公正的法官糾纏不清。法官卻事先天真地透露出自己的判決結果。因為，法官說：「儘管我並不畏懼上帝，但我也不懼怕人，我將報復這個寡婦，因為她總是過來煩我。」我想，這些故事的唯一用意，就是讓聽者們會心一笑。當然，類似的例子並不多見。但是，基督的傳報使者們卻並不打算去找尋這一類型的話語，將這些幽默流傳開去。我認為，一個能夠感受心靈正常跳動的人，他們的故事必然是世界上最為美好與生動的。在展現他們無與倫比的能力時，未能讓聽眾感受其中諸多的幽默與簡潔有力的話語，未能讓聽眾在心靈中形成一幅詩性與情感的畫像，這一切究竟要推究到誰的頭上呢？

從來沒有人將人類充滿幽默的心智展現出來，以致人們都忘卻了曾經掛在自己臉上那一閃而過的快樂。幽默，就像斷了線的風箏，人們抓不住手中的線，無法懷著滿足與快樂的心情去觸動內心的感覺。耶穌基督的手輕輕地觸摸到了生活，他的箴言直抵人性深處。這讓我深深感受到，在他與朋友或使徒的關係當中，並沒有任何過於認真的凝重感所帶來的無聊與空洞。我們篤信他是一個完人，在凡人智力範圍內所能想像到最美好與具有活力的性情，無一不在他的身上彰顯。

在《新約》中，很難找到幽默存在的蛛絲馬跡。有時，人們不禁會想，難道聖・保羅對幽默真的沒有任何憐憫之心可言嗎？他是那麼的剛

烈、武斷，時刻急於實現自己的理想，而沒有閒心或心境去探究一下人性。有時，我覺得，倘若他真的具有這種幽默的特質，他可能對信仰會有著另外一種不同的偏見。他所運用的方法是從猶太神學那裡繼承過來的，雜糅著自己意淫出來的充滿激情的辭藻。我常想，這可能就是基督教從簡樸與真摯情感中開始分離出來的第一步，將原先那些純潔的行為或是對信仰友善的寬容，僵化為一種定義明確而且必須要在智力上進行解釋的一種信仰。

我記得，歌德曾說過，希臘文明是人類心智這把「匕首」最適宜的保護套。無疑，世人能在希臘文明中找到人類心智最為燦爛的文明成果與思想上的開化。但是，誰能不驚訝於人類這朵極為絢麗與芳香的花朵 —— 希臘文化之花，其形狀與色澤近乎完美、大小適中、芳香盈袖，卻在那麼久遠的年代，在那麼陌生與孤寂之中突然綻放呢？希臘文明將孩童般燦爛的熱情以及成熟心智的鑑賞品味，驚人而又完美地結合在一起。「Charis」一詞是他們對此的稱呼，飽含著一種極致的魅力。在他們精神的印記上，釋放出了本能的優雅。於是，我們很自然地期望，在他們的文學作品中，應該同樣能夠找到這種昇華之後的幽默感，正如他們作品中所透出的其他品格一樣。但令人扼腕的是，那個時代許多的喜劇都失傳了。在米南德的作品中，我們好比只是從一個美麗的花瓶上，找到一些剝落的零星碎片一樣。而在阿里斯托芬的作品中，則散發出溫馨的「直率」，肆意地將一些荒唐的笑料揮霍著，這是十分罕見的。還有那位溫情而具有魅力的柏拉圖，比起阿里斯托芬，雖稱不上有多少智趣，而幽默倒是遠遠勝之。但是，在將幽默溶於文學之中的做法，希臘文學在這方面似乎鮮有後世的追隨者。在古代文學裡，一般的傾向都是帶有某種嚴肅的傷感，或是一本正經地記述著事情，集中關心人類的命運以及對藝術之美的探討。在羅馬人

那充滿活力與勇敢之氣的心智中，找尋幽默的蹤跡只能是緣木求魚。有趣的是，古羅馬人的喜劇，大多都是改編自希臘喜劇。在特倫斯與普勞圖斯兩人之間，我一直以來就看不出有什麼顯著的區別。路德曾說，若讓他孤身一人生活在荒島，他會帶上《聖經》與《普勞圖斯》（Titus Maccius Plautus）這兩本書，這著實讓我大吃一驚。賀拉斯與馬提亞爾（Martial）對人性的弱點有某些深刻的見解，但這只是屬於智趣上的見解而已，而非真正的幽默，更多的只是諷刺作家賣弄風趣罷了。之後，古代世界的帷幕似乎便垂降下來了，離我們漸漸遠去。當人類文明再次崛起時，便是以英法兩國的文化為主軸，我們越來越意識到，現在處於一個更為宏大與優越的文化等級之上。甚至可以毫不誇張地說，我們擁有了形形色色的品牌後，同樣還有許多品質各異的酒。從英國人戲謔的調侃、蘇格蘭人俏皮的深沉、美國人枯燥而點睛的酒話來看，要想對現代社會的幽默起源與發展，做出一個歷史上的概述，這恐怕需要費一番功夫不可。然而，讓我好生奇怪的是，竟然沒有一個德國哲學家嘗試對此問題進行一個科學的分類。也許，適合做這種工作的最佳人選，就是那些不知幽默為何物的人。因為，只有這樣才能避免因個人的偏見，而產生一些誤差。我想，這應該單純地作為一種現象或心靈的症狀來研究，僅憑對分類學執著的熱情，反而會讓一個學生忘記自身的微不足道。

然而，我不願為幽默找一個固定的程序或某個特定的意義，而是要去發掘它，探究幽默真正的原始本質。這就好比氫氣一樣，它能將其他特徵消除，以致散發出的最為原始的那種撲朔迷離的特性，讓人難以遁逃。

我覺得，幽默深藏於人性當中。比目魚誇張的嘴與憐憫的眼睛；翻車魚無可救藥的圓形形體；金魚悲鬱地瞪視，一刻不停地翻滾著眼珠；牲口棚門前的家禽，顯得惱怒不安，卻又無能為力的神態；野豬粗獷的身姿；

鸚鵡那雙貌似認真而又狡猾的雙眼，這些動物身上的特徵，如果我們能夠從一種富於創造性的角度分析，那麼，就會發現幽默無處不在。當我們發現這一切與幽默相關時，我發現最為本質的根源在於，我們在不知不覺中就將這些動物的臉部特徵與人類的表情進行了一番比較。人們賦予了上述動物一些其自身可能無法感受到的情感，而這恰恰是一種隱藏在人性中的幽默。即便如此，我們仍難以解釋清楚一些事，比如這些對動物自身而言極為自然與正常的「誇張」表情，卻能激起人類愉悅的感覺。也許，我們所犯的「錯誤」，就是將人類的情感加諸於這種創造性的精神之上了。但從另一方面來說，我們卻發現，在沒有任何物質需求或是生理本能的驅動下，很難看到這些動物表現出更為複雜的情感，除非相同的情感早已存在於造物者的心靈當中了。

　　這些，極易容易產生共鳴。如果畫眉在傍晚時分朝向孤寂的叢林展喉高歌，如果孩子們看到膨脹多刺的仙人球而臉露微笑時，我想，這其中必定是他們心中覺得有某種歡愉的東西，值得讓自己去發出內心的微笑，而這恰恰是深藏於人性最深處的容易引起對事物的摯愛，從而看到最為美感與最為歡笑的本質。無疑，美感與歡笑是健康與滿足發出的自然信號。

　　不少人心中還會存在這些疑問：難道幽默存在的基礎就是一種自私的自我安全感的滿足嗎？當一個人在面對著奇異、古怪、破碎、不安或夢幻的事物而發笑時，難道個中主因是這些事物增強了我們對自身健康與安全感的感知嗎？其實，我並不是說這就是現代社會所結出來的幽默之花。但是，換一種角度來思考，難道這就不可能是幽默產生的根源嗎？難道讓我們發笑的前提，不是對樂趣感知的一種純粹孩童式與自私的衝動嗎？這並非源於別人所遭受的苦難，而是在於感覺所有扭曲的事物都集中於一點上了。因為我們會常常覺得，至少我們暫時要比別人更加幸福。小孩子發

笑，並非完全因為其感到快樂，當他處於極度快樂之時，也是最為嚴肅與正經的時候。但是，當小孩子深深感知到自己的健康與安全時，就會大笑起來，正如他被別人搔癢時所感受到愉悅的「痛苦」一般。然而，正是這種輕微的不安，讓孩子們感受到了自身的健康。

現在，讓我們做進一步的思考，其實，這其中更為深刻與奇怪的思想有著這麼一種規律。我們能夠看到，所有生物都有其一定的生命循環規律，包括人類本身也是從童年、青年、中年再到老年。但是，我們是否考慮到這種生命循環的規律下面，難道沒有隱藏著更為深邃的法則嗎？我們認為自然永遠是強大的，永遠是年輕與充滿樂趣的，但是世界上悲傷的陰翳或苦難，難道不也正在同自然一樣變老與憔悴嗎？也許，在某個極為渺遠的年代，在神話與科學紀錄誕生之前，自然也曾一樣年輕過，也曾一樣英姿勃發。現在，世界充斥著過多的悲傷，但這並不像是老邁之後所透出的悲傷，而是一種成熟的悲傷。這個世界是不會衰朽下去的，它的心仍在躁動，活力仍在血管處噴湧，它仍然滿懷希望。世界所存在的憂鬱，只是年輕的憂鬱，一種極富美感的憂鬱。然而，世界本身充滿了對天邊遠景的遐想與追尋夢想的渴望。儘管現在，世界的理想正在受挫，但它仍然深信能夠取得最終的勝利。幽默在這個世界上重新泛起的一個根本原因，可能正是這種美好的遠景堆積起重重障礙所形成的一個陰影而已。因為，幽默在那裡寄生著，年輕人氣焰萬丈地相信，一切皆有可能，而年老一些的人則會覺得希望有些難以實現，便在希望與現實的鴻溝上，期許幽默的到來，感懷真實的微笑。

其實，那些潛藏的幽默，能讓我們意識到自身的局限性，從而對現實能夠清楚地判斷。有時，往往一些約定俗成的普遍原則，其實被證明是充滿了各種假象。在古代的世界歷史上，充斥著人類對自身重要性的狂妄自

大，他們認為世間萬物都是為人類的創造而存在：花朵的存在，是為了讓人類感受其顏色與芳香；飛禽走獸的存在，是為了給人類提供食物或競技樂趣。總之，這種思想可用一句話來概括，即人是萬物存在的標準。但是現在，我們已經清醒地意識到，人類只不過是世上迄今為止存在的最為精妙的生物而已。正如當人類可能滅亡之後，在未來的某個時候，一種更為發達的生物回過頭來看人類，恰如我們回頭看幾百萬年前巨大的土鱉蟲看待三葉蟲這些奇異生物一樣。而在那個時代，土鱉蟲的存在，已經是造物主的極致了。也許，我們追求的極致與永恆的理想，實際上可能只是因自身的浮華或狂妄，而這些恰恰最為荒唐可笑。

適才追溯了一下我們過往前進的腳步，幽默的本質似乎對不協調的本身，有著某種程度上的感知。舉一個例子，是一則關於醉漢的故事。在倫敦廣場的欄杆上，有人看見這個醉漢在不停地原地繞圈，其實，醉漢是想找到走進廣場的入口。然而，當他繞得累了，便坐了下來，雙手掩面，哇哇地哭了起來，爾後滿懷苦楚地說：「我被關了起來。」在某個層面上，他的這句話充滿了哲思。因為在他眼中，倘若世界上只有廣場上的花園與鮮花代表著自由，那麼，廣場之外的一切空間便成了監獄。那麼，身處廣場花園之外的醉漢，無疑陷入了被監禁的狀態。再舉個例子，一個蘇格蘭人醉酒之後，小心翼翼地跳過燈桿印在地面上的陰影，因為他以為這片陰影下就是積水。當他看到教堂在自己前面留下一大片陰影時，他脫下了鞋子與襪子，撩起褲子，狠狠地說：「看來，我不得不要涉水過河了。」這些醉漢的故事，在一些信奉基督教的國度裡時常出現，這確實讓人看上去揪心，也的確讓人深感遺憾。但是，不可否認，這些醉漢的故事之所以極具幽默感，卻是由於醉漢失去了正常人清醒時的那種分寸與權衡感，從而對自己臆想出來的困難加以埋怨與指責。對這些情形的解釋，實際上等同

於原始狀態下平常的幽默。

　　我們之前已經說過，幽默源於對別人的幸災樂禍，而東方古代「五十步笑百步」的例子，正是這種實用笑話的經典案例。這種幽默，源於看到了別人處在自我臆想的困境中，看到了別人的無法自拔，從心裡發出的一些笑意而已。此時，幽默源於看到別人處於一種悲劇之中，但實際上造成這種悲劇的因素，卻是憑空臆想出來的，這就是所謂智趣上的幽默了。喬治·桑有句話大概能道出一二，她說：「沒有比修辭更能滋養人。蘇格蘭一個愛國者聲稱，莎士比亞鐵定是蘇格蘭人，而他給出的理由僅僅是莎翁所具有的才華本身。」喬治·桑的話語所蘊含的幽默，取決於對詞藻的認知。這其中，構建了更為深厚的理念，更為強烈的情感。通常，當人們到達了這一層次，便遠離了之前的個性，進入了一種陶醉與奔放的情緒之中。關於莎翁的幽默之處，在某種意義上來講，喬治對某國的偏愛之情，會讓人罔顧其所說的話語，因是否存合理性，而感到幽默。

　　同樣，我們會意識到，幽默感的強弱在很大程度上取決於自己對其他國民的弱點或不足的各種感知。一位著名的政治家曾說過，如果一位蘇格蘭人應聘某個職位失敗了，他接下來的目標就是確保獲得這個職位的人同樣是一個蘇格蘭人；而一位愛爾蘭人若是應聘失敗的話，他接下來就會千方百計地阻止自己的同胞去獲得這個職位。在這裡，這位政治家將蘇格蘭人強烈的排外愛國主義情感與愛爾蘭人崇尚個人主義情感的性格特徵，透過一種幽默的方式表達了出來，讓人在輕鬆一笑之餘，對這兩類人的本質特徵留有了深刻的印象。這種類型的幽默，其有趣的地方在於當其他國家在漫畫上描繪出我們所存在的某種典型的印象時，我們竟然渾然不知。德國人難以理解英國人會對他們有這樣的印象：在饕餮一頓、酒足飯飽、抽了許多根雪茄之後，他們竟然在一起討論真理的專業術語，然後談到詩歌

第四章　幽默

或是某種曲調時，竟會潸然淚下。同樣，英國人自己也難以理解當時在法國統治下所形成的一些習俗：男人們留著長長的絡腮鬍子，穿著麻呢的衣服，而他們的妻子則骨瘦嶙峋、穿著鋸齒狀的上衣短裙，而這兩種奇怪的人會肩並肩地走，在他們身後則跟著一群與母親打扮一樣的女兒。

倘若某位幽默作家能夠清楚地認知本國民眾的荒誕之處，那麼，他該需要多麼強烈的幽默感啊！其實，能夠做到從容地默認表面的荒誕，那是另一種思想高度的結晶。往往，我們能夠從一些逗人的人身上，找尋這種幽默的樂趣。但是，不知有多少人無意中取悅了別人，卻並不對此感到憤怒。如果某人真正具備了博愛，那麼，在時刻給別人帶來有益的快樂中，他也會感到極大的樂趣。

從上面這些想法當中，我總結出了這樣一個結論，不管從道德或者是倫理方面，人們都沒有認真地對待「幽默」這個詞語。而實際上，我們大多數的英國人對幽默理解是前後相悖的，陷入了老一套的傳統陷阱中。同時在現實生活中，我們大家所理解的幽默，大多都基於一個統一的準則，即無論什麼類型的幽默，不管三七二十一，一律假定是錯誤的。一旦這種類型的幽默被過分地濫用，導致的結果就是幽默按照這一套路無限制地被複製了，且都是粗製濫造。這種類型的幽默，令幽默者坐立不安，常常害怕自己不被別人理解，這就好比是幽默者身邊的一顆定時炸彈。我也沒有否認這種幽默的存在價值，但是我認為這種類型的幽默很快就會變得乏味與單調。現如今，有許多聰明的年輕人，他們充滿了朝氣，並且為人處世非常直率，僅僅因為他們害怕被別人認為是幼稚的，就不專注在自己能力之內去表達一些美好的情感，而轉向了世俗的寫作。在他們看來，那些心智遲鈍的人對他們露出的豔羨笑容，遠比他們內心那顆充滿愛心的心更為重要。

因此我們可以總結出，真正的幽默其意義更為寬廣與深沉，只有人們對這個世界有了更深入的認知之後，才能理解其中的含義。然而在人生的旅程中，充滿了太多的悲傷與嚴肅，根本容不下歡樂的存在，因此，這種對幽默的閱歷就成了一種情感上的認知。那些幽默的作家，總是試圖讓自己保持一顆童心，充滿孩童的熱情與快樂，溫柔與寬容，但是這樣一種心境是不可強求的，因為，幽默是天生的，並非後天能夠再塑。

　　當那些努力打拚於工作的年輕人，將全部的身心投入到工作中時，我們常感嘆他們失去了幽默感，生活索然無味。然而我們姑且可以這樣認為，正因為他們失去了幽默而換來所謂的快樂，卻更利於他們自身的發展。

　　我們常常聽到這樣一種說法，幽默者很難成為傳教士或者領袖，因為傳教士和領袖都是較為嚴肅的名詞。有時人們也會偶爾發現，一個真正的天才能對生活中那些表面上看起來荒誕的事情，做出一個有趣的認知，並獲得更為深沉與高深的見解。這些人就像一條河流，表面上洶湧，水下卻異常平靜。在人生的長河中波浪翻滾、洶湧澎湃，身邊的事物就像陽光一樣，照在水面上時波光瀲灩。大多數人必須在這個渾濁而又寂寥的人生長河中流淌，忍受其中的艱辛，度過人生重重的歷練。另一部分人，則可能會在人生長河的激流中消逝或迷失，就像一條緩慢流淌的小溪，寂寂無聞。

　　也許，有人會說，要成為真正的幽默者，就必須要有稜角堅硬的一面，表達自己的個性。因此，我們很少見到情感豐富或激昂的人成為真正的幽默者。我想，這也許就是女性一般都不及男性幽默的原因吧。與此同時，那些幽默的男性也為此付出了一定的代價，他們或許會因此變為懦弱、懶散、猥瑣的人。就我個人而言，我更願意成為一個強壯、溫情、忠

誠與高尚的人，不想成為這個世界上最幽默的人。若是幽默能與之上的優
點相結合的話，那麼這樣的人就擁有了難以抵擋的魅力，也具備了完美的
分寸感，永遠不會讓情感隨時迸發出來或者讓美德僵化為一成不變的教
條。因此，我想說，幽默是性格中一種具有神性的魅力，它展現出了藝術
上的分寸感，一種真正而重要的寬容，讓人趨於博愛。

第五章　旅行的意義

第五章　旅行的意義

　　轉動頭向上，看一看變化多端的藍天，也許，工作的壓力會隨之緩解，緊張的心情會平靜下來。正因為有太多的理由，需要我們卸下身上的重擔，去看一看五彩紛紜的世界，帶上你的行囊，邁出旅行的步伐。在旅行者當中，無論出於良好的動機，還是擁有一些邪惡的想法，甚或自私與無私、高尚與低俗，對一些人來說，旅行僅僅只是排遣無聊的一種方式而已。

　　許多人都有這樣的想法，當人們沉浸在單調乏味的日常生活中無法自拔時，大多數人會選擇透過旅行排遣心裡的負擔。然而，有些人的旅行可能出於對健康、商業、陪同他人的緣由。但是，這些動機都沒有好壞之分。有些人透過旅行，擴大了視野，寫出了一本書。但是，有些旅行者卻不同，他們懷揣著最為糟糕的想法，就是當自己旅行歸來後，總是想透過自己的見聞來擴大別人的眼界。讓人感到遺憾的是，這樣做的結果，就是旅行者栩栩如生的描述，往往使得聽者感到厭煩，因為他人的生活無法凌駕於另一個人的生活之上。因此，才造成了許多人到了某處旅行，便想著要去書寫日記。因為這樣，原本輕鬆的旅行，卻搞得自己頭昏腦脹，這一切實在讓人感到費解和遺憾。

　　這些旅行者到國外旅行的日記片段，通常都是將瑣碎的思想片段毫無保留地傾瀉到日記裡面，這便顯得幼稚與青嫩，所以他們的日記片段被世人所忽視，便在情理之中了。為什麼產生了這樣相反的結果呢？因為讀者在一本自傳中想看到的是，某人在日常生活中的本真，他的工作狀況，休閒的時間怎樣利用。但是對大多數人而言，他們日常的生活軌跡似乎平平淡淡與毫無生趣，所以，他們也就沒什麼興趣去做記錄。但是，當他們在異地旅行時，通常會進行詳盡地描述。一般而言，這樣的描述也是趨於膚淺與五花八門。同樣令人遺憾的是，許多聰明人也會犯下這樣的錯誤。

前幾天，我的一位朋友剛從美國旅行歸來，他告訴我，一個孩子將他嚴厲地批評了一頓。從此之後，他滔滔不絕地講述自己經歷的習慣，便被徹底地治癒了。事情的本來面目是這樣的：在他臨走之前，他正在與哥哥一起享用午餐，但他卻一刻不停地重複著自己旅行時的美妙遭遇。終於，八歲的姪子在午餐結束前，放下了手中的湯匙與刀叉，滿懷憐憫地對母親說：「媽媽，我必須要說出來，聽到叔叔一直反覆嘮叨不停，讓我對食物感到厭煩。」

這樣的旅行方式，讓我常常想起一個有效的反駁方式，它出自於一位聰明的女士，在她反駁其表妹時，便採用了這樣一種方式。表妹剛從印度旅行回來，覺得自己滿肚了都是奇異的旅行經驗。早餐時，表妹全身心地投入到對印度社會生活妙趣橫生的描述當中，而早餐之後，表妹還準備著繼續自己的感情抒發。此時，她從房間走出來，拿出一些布道文章、一本記事的本子、還有一枝筆。她說：「莫德，妳說的這些可都是精華啊！不能任其消失，妳必須要將自己想要說的每個詞語都記錄下來。」但是，表妹實際能寫下來的手稿內容，卻是極為有限。同時，她也不必再為表妹的絮叨而煩惱。這樣一個經典的反駁方式，其中所蘊含的哲理，值得我們每一個人深思。

也許，對多數人而言，旅行所帶來的最好結果，就是當他們在返回時，那些原先熟悉的環境能給自身帶來安全感，而現在使得自己充滿了感恩之情。原先看似單調的生活，旅遊之後就啟動了，與老朋友的關係重新獲得了某種新的價值，過去讓人厭煩的閒話也有了幾分舒適的熱度。畢竟，金屋銀屋，還是自己的老屋最好啊！自己所說的母語要比異域那艱澀難懂的發音，聽起來更為順耳。無聊的時候，擠擠海綿或是將衣服塞滿衣箱，也充滿了樂趣。總之，回到家真好！

第五章　旅行的意義

　　對一些具有教養與智趣的人而言，他們有足夠的理由去尋求旅行所帶來的一些收穫。春日的陽光，輕柔地灑在眼前這片陌生的叢林，南歐紫色的花朵散發著幽香，南方房屋鮮豔的色彩，古老而高大的城堡在森森的花圃裡閃爍著光芒。這些都是很輕易走進我們印象之中的事物。當我們看到在黑壓壓的拱門之下，有一種神祕的禱告儀式正在神龕祭臺上進行，我們便會停下匆匆的腳步，聞一聞那「濃厚、刺鼻而又讓人昏沉」的燒香煙霧，在異域的背景下領略別樣的風景，親眼看一看宮殿階梯下運河相接的奧妙之處，聽一聽海浪拍打的聲音。倘若上面還有做工精緻而腐朽的簷口，這些景致讓人看起來，真是不亦樂乎。

　　當我們的雙腳站在一片與自己毫無干係的土地上，會有某種莫名的衝動，不一樣的喜悅之情。當我們駐足於過往的英雄或聖人墓旁，看看藝術或歷史曾造就的熟悉而又陌生的場景，參觀一下名人的故居，這些或單調或失落的景象，也會激起我們的感覺器官。當人們半生都在希冀嚮往的地方，出現在自己眼前時，那種無數次與夢想相逢的神遊場景，在這裡被現實拍下了最為珍貴的照片，這又是一種什麼樣的激動與幸福。驚呼？尖叫？興奮？這一切，我想都不為過。

　　有時，一位無趣的同伴也會給人帶來無盡的苦悶，他們恰似在純白的心靈上撒了一層烏雲。我曾經拜訪過阿拉丁伯爵，我永遠忘不了與他在一起的時光。朋友們滔滔不絕地講述著關於考古之類的事情，領著我們從一間房子到另一間房子上下打量，然後打開方點陣圖努力地搜尋，以求讓我們不至於迷失了方向，我不得不承認，在彼時彼地，因為房間號碼不是按奇數排列的，而是按照偶數排列的，以至於我不能準確地辨認最為中間的那幢房屋。

　　儘管在旅行中會碰上不少困難，但是旅行還是會有很多難以言喻的美

好瞬間。當情緒與同伴都處於輕鬆和諧的狀態之時，就能感受到這種瞬間的美好。現在，當我寫作之時，就能感受到這樣的時刻又重新回到了自己的內心深處。在古羅馬城放眼眺望，四周都是平原，一座座坍塌的墓塚磚石早已破碎，墓塚上則長滿了青草與金魚草，當我們在安那波的葦叢河灘上感受小船迅速而下時，心中的快感便會油然而生。沙子在池底晃悠著，清泉則從地底下湧出，一隻大麻鴨從附近的蘆葦叢裡急速飛離，當看到如此田園美景，恬靜而怡然的組合，值得每一個旅行者為之苦苦追尋。這些自然界神奇的組合，會帶給心靈空間一種浩渺的意境，深深地觸動著靈魂。其實，若不是親眼看見這些美好的景致，我會覺得近身於海市蜃樓一般。但是，在這個奇妙的世界上，存在著許多值得我們為之找尋的珍貴事物，前提是我們努力去找尋。

　　但是，我可以肯定地言明一點，即旅行並非一味狂熱地收集一些印象，而是要懷著悠閒與美好心情能夠在空曠的空間裡，得到最為純潔的釋放。也許有些人會認為，自己去的地方盡量多一點，以便能走馬觀花地從一個地方趕到另一個地方，但是我卻恰恰相反，因為這些走馬觀花近似掃雷似的駐足，永遠都只是淺嘗輒止，並沒有充分地了解一域的風土人情。那些只顧在旅行中收集印象的人，即便再美麗的景色也難以打動他們。但是，我們所要追求的，並非某種特定的印象，而是心靈更為持久地震撼。

　　倘若我們沒有禮拜的習慣，走進一所教堂與走進一片湖泊的意義相差並不大。因為，教堂存在的最大價值，便是供人們禮拜的。人們只有透過禮拜這種方式，才能真正深刻地理解教堂存在的真正內涵。倘若我們沒有強烈的欲望，想要在某個地方待上一段時間的話，而只是瀏覽一下風景，這倒也無可非議，但也不值得提倡。因為，到一個地方旅行的真正意義，便是在其地感受生命力，而非著迷於其外在的精緻。總之，我們不能讓記

憶在心靈染灰的木屋中沉睡，然後自問留下了什麼。所以，當我在寫作之時，記憶的寶庫便會敞開，偷偷地向外窺望，想看看眼前是什麼景象。我看到了乳白色的天空，天藍色的大海翻滾著輕柔的綠波，而我似乎駕駛著一艘普通的小舟。哎，想想這也是 20 年前的事情了，當時的我身體孱弱，在海的邊緣上，又能感受到什麼東西呢？那時，顫抖、變幻的藍色波濤在何處閃耀著微光與跳動著澎湃的浪花呢？在一簇白色房屋與帆船桅杆之上，有一處長長低矮的岬角，也有一座白色的圓頂屋，就像天國裡的神殿一般。我想，這就是加的斯吧。但是後來，我才發現在即所描述的景象完全是錯誤的。有人告訴我，加的斯這個城市，工廠的煙囪矗立著，濃煙從煙囪裡滾滾冒出。但是，對我來說，那座鬼魅般的白色圓頂屋，就好像按照珍珠的模型塑造出來的，隱露於不斷流變的霧靄之中。後來，我再也不談人生的所見所聞，覺得有此一景，足矣回味人生。

後來，我又彷彿看到自己此刻正在另一艘小型汽船上蹣跚而行。老實說，這個動作，我很不習慣。但是迎來了春日早晨的曙光後，臉面上便襲來一股清新之感。我發現，這裡的海浪有另一番風味，它不如大西洋鋼鐵般長長的滾浪，而是碧綠得海天一色的浪花，跟隨者音樂的節拍有節奏地推進著。這，就是地中海！岸邊的陸地上，鋪滿了青草般的山丘與褶曲的山谷，在灰色的山崖邊，碎浪不時在那裡泛白跳躍。那麼，這是哪呢？西西里島？轉眼間，我又想到了忒奧克里托斯。在那裡，有一個牧羊少年在海角邊，無憂無慮地歌唱了一曲滿懷歡樂與寧靜的調子，就像一杯美酒進入了我的心胸，讓我潸然淚下。哦，忒奧克里托斯！十年前，當我在伊頓那布滿塵埃的教室裡，閱讀醜陋與棕色的書卷時，翻著一頁頁發黃的書頁，當時的閱讀給了我一種美妙的感覺，讓我從喧囂的學校與備感折磨的環境中解脫出來，讓一顆喜歡幻想與不安的心靈聽到了歌聲的迴盪。當時

的我怎能想到今天的情景呢？現在，當我看到荒蕪的石灰岩懸崖、一望無垠的荒原，人跡罕至的山溝，地勢起伏的山脈，清新的海風，便有一股感懷過去美好歲月已逝的悲傷。那段時光，是我人生的一段青蔥歲月，我常與牧羊人走在一起，同他們同喜同悲，結下了最為純潔的友情，然而，那樣充滿溫馨的時光，卻一去不復返了。

回到村子參加節目，與穿著破爛的流浪詩人們相遇吟遊，臉上卻掛著令人哭笑不得的笑容。當他們的歌聲停下後，接著用靈活的雙手演奏出古老而真實的旋律，那種場景實在讓我魂飛夢繞！這些古老而甜美的夢，對我而言又意味著什麼呢？當陽光匯聚在一起，穿透人類的靈魂，就像穿過暗影的岩石；海水不停地咆哮，發出隆隆巨響，最後在灑滿陽光的沙灘上駐足停留，在潺潺流淌的溪流裡，蒼鷺可在那裡半酣著？這股同源的水流，從一個未知漂流到另一個未知，在這陌生的未知中來回飄蕩，於我有何深意呢？我只知道，這帶給了我某種陌然的渴望，自己在追尋所有微妙、美好與充滿魅力與神祕的追求，想去感念一下那些被淚水模糊雙眼的人，體驗在被世上那些古板的規定刺傷得愈發不清醒的感受。因為，人生就彷彿正從陡峭的懸崖逐漸延伸至死亡的平靜之夜。

當我再次坐在一間可以眺望維蘇威火山的房間陽臺上時，已至天色向晚，天空被暗雲籠罩著，空氣彷彿靜止了。從陡峭坡度下的果園，傳遞陣陣清涼的微風，空氣沉悶地搖曳著，但卻又似乎在薄暮時分失去了方向，羞怯又隨意地吹過，就像精靈在遠處大海之上的某個松林裡淺唱，隨著洋流緩慢入耳。攀援植物厚密而乾枯的葉子，突然閃電般顫動了一下，精靈被驚醒了，空氣中也融入了某種高雅的精氣，凝滯著暗香與清涼的露珠。幾處燈火，在遠處開闊的平原上閃爍起來，接著沿著海平面往上升，天空彷彿更加幽暗了一層，暗影卻難以再度穿過。但是，天宇與地面之間懸浮

著紅光閃爍的「眼睛」，那又到底是什麼奇怪的東西呢？更讓人感到詫異的是，懸崖邊上幽靈般閃爍的火焰，似乎在瘋狂地遊移。那麼神祕而又變幻的燈火，就像一串將熄的火焰在空氣中忽明忽暗。暗灰之處，其實就是維蘇威火山上的一道裂口，燜燒的熱量從地殼噴湧而出。在一兩天前，我還看到從那裡流淌出來的黏質岩漿，在這岩漿上面，火焰噗噗地燃燒著，接著流向地下通道，便冷卻成了火山灰。在這道火光之上，則是維蘇威的火山口內部的岩漿在一刻不息地湧動，它們釋放出巨浪式的油質煙霧，將藍天染成了乳白色。彙集在深坑裡的岩漿，從地下冒出來的蒸汽又似乎點亮了山口。這是一種不眠不休與始終如一的力量，按照某種永恆與讓人費解的規律一直進行著，最終呈現在我們眼前的就是這恐怖而又壯觀的景象。這一切，讓我感到極為困惑的是，遠處熾熱的火苗與散發著麝香味道的小巷，為什麼要組合在一起，它們的組合帶給了我無窮的遐想。

在我腦海中，儲存著數百個這樣的情景。每個情景都在腦海中烙下了深深的烙印，揮之不去。有時候，心裡會莫名地湧出這些畫面，讓我感到頗為震驚。大腦敏感的神經，在自身沒有一絲意願下，以極為小心的方式保存著這些讓人震撼的情景。每當重新觸摸時，卻總能煥發出一種全新的感覺，每次似乎都將原先一些僵化的細節打磨掉，直到心理的情景都變成一首抒情曲，難以言喻的曲調，以致讓我不忍去觸摸。

每個人都應該遵循自己的品味，要是在旅行時試圖遵循著別人的旅行目的或方式，便顯得毫無意義。就我個人而言，旅行的最終目的僅僅為了收集一幅幅美麗的畫面，並將這些美麗的畫面深深地印在腦海中，那麼，我便可以做到完全忽略在旅途中尋找知識或某種資訊的目的。因為，在旅行時，常有一些天馬行空的思想或一個執拗的心態，讓我們不願被任何規則所束縛。並且，在收集那些美麗的裝飾圖案或微小的細節時，都需要我

們多加小心，謹慎行事。

　　每當我寫作的時候，以前所收集的那些情景，便會浮現在眼前。在我眼前，常常有如下的情景出現：在阿瑞圖薩清澈的池塘中，一條巨大的金色鯉魚慵懶地潛游著；在一條高架橋的鐵軌上，一條由松葉菊編織的地毯可能是緣於其自身的某種欲望，緊緊地纏繞在高架橋上，旁邊還有不斷搖曳的洋紅色花朵和其肥厚的葉子，為高架橋上壯美的畫面，增添了更多的情趣。

　　我曾在錫拉庫附近的一個海角，看到過一條鑲著深黃色的線，一直不明白如此壯麗的景致如何形成的。當我試著向導遊打聽，導遊解釋說，因為曾經有一條滿載著柳丁的船，在海邊擱淺後，船隻便破裂開來，而船體一直留在海灘上，船上的柳丁在海浪數百次的沖刷之後，在海邊長成了以擱淺船隻為依附的海生植物。當人們從陸地上看過去，就會看到一條鑲著深黃色的線。然而，對於眼前這些充滿美感的景致，那些固執、不通情理的人也許毫無感觸，也無法在心裡留下什麼深刻的印象。與之相反，那些有著古怪脾氣與淘氣的人，會在自身極度不適或者勞累的時候，記住這些景致，並在心裡形成一些不可磨滅的印象。我認為，這些人之所以這樣做，很可能是因為在身體疲乏的時候，希望從這些美麗的景色中，找到打開身體疲乏桎梏的鑰匙，並將自身從眼前這些憂慮中擺脫出來。

　　但是，有一些旅行者出去旅行的目的，僅僅只是為了考古或者統計歷史事物的資料。他們希望能像《尤利西斯》那樣，研究「人的行為方式，民族的風俗，政府的管理制度，國家會議的組織形式」等問題，鑑於他們的目的，他們可能會對諸如建築風格或某個歷史時期的雕塑比較感興趣。我有一個朋友，為了研究某一大師的畫作，經常讓自己陷入數不清的麻煩之中。有時候，他為了親眼目睹一些看上去令人討厭的塗抹，便將所有的

畫全部買了下來，然後聲稱自己將這位大師所有著名的畫作都已鑑賞完畢。我認為，這種不顧事物本性的殘餘，將所有事物照單全收的行為，就像孩童時期那種收集油畫一樣，幼稚而可笑。或許有時候，我應該讚揚這位朋友這樣一種執著的精神，但是我覺得為了達到喜歡的目的而受苦受累的話，是一件十分不明智的舉動。

　　還有一些像迪安・史坦萊一樣的旅行者，對大自然美景的欣賞轉變成了對人文歷史景觀的陶醉。關於迪安・史坦萊第一次看到地平線上雪白的阿爾卑斯山脈的故事，總是讓我會心一笑。當史坦萊還是個孩子的時候，他第一次看到了雪山，就手舞足蹈，跳起來嚷嚷道：「天啦！我該怎麼辦？我該怎麼辦呢？」但是，在後來的日子裡，史坦萊卻不願再走進一步去觀看雪山的風景，而是選擇整天在某個農家宅院的圍牆上，搜尋那突出來的廢墟，好似要從這廢墟中，找到某些被世人遺忘的人文或歷史傳統。然而，我個人卻無法理解這種行為。

　　我不是一個容易受到他人話語影響的人，不會因為人們說恩培多克勒在火山口的縱身一躍，就非得去看看埃特納火山；也不會因為聽說某座城牆因主人吹奏小號而倒塌，而一定要到傑里科去看看這座城牆。在一個歷史景觀中，唯一讓我感興趣的是這些場景可以在某種程度上，構築起原有的那種歷史場景，讓我可以透過雙眼去看到歷史當事人所處的大部分真實場景。敘拉古這座城市之所以讓我陶醉，並不是因為其歷史淵源，而是因為它固有的美感。我深信，修昔底德在栩栩如生地描繪那場海戰之時，是不可能親眼目睹到當時的慘烈戰況，並且在敘述的過程中，也必定夾雜著不少道聽塗說的內容。從另一方面來看，當一個人感悟到某個逝去的歷史場景難以改變之時，也有可能激發出來人類偉大的思想，繼而創作出流傳千古的著作。然而，世上任何事物，也無法與這種能力相媲美。

有一天，當我路經呂達爾山的神聖之門時，我的心中充滿了難以言傳的崇敬之情，並脫下帽子表達了自己崇高的敬意。我的同伴笑著問我，為何這樣？我回答說：「為什麼不這樣呢？這完全是一種自然的、虔誠的行為。我能夠想像出在這裡，曾發生的情景，哪怕是細節，都好像我曾經住在這裡一樣。」那個場景歷歷在目：我數百次與詩人神遊於此，在花園的月桂樹下與內布斯加的林蔭大道之間來回踱步，然後與他們一起坐在一個小小的客廳裡，客廳裡的壁爐中還閃爍著火苗，同時聽著他們說出對自己詩句不滿意的地方，而一旁的友人卻正在記錄著他的言辭。

　　在亞博斯福，我看到了一間讓我肅然起敬的房屋。房屋內的裝潢，仿製了封建裝飾風格，看到這樣的裝飾風格，讓我倍感興奮。房間裡有一個窄窄的樓梯，當年司各特就是從這個樓梯上靜靜地走上樓去，一個人在樓上孤獨地完成他的工作。房間裡還有一個玻璃箱，裡面放的是折疊好的衣服、不成形的帽子，還有難看的鞋子。他居住過的房間，曾經容納了一個心靈飽受創傷與喪親之痛的人，也容納了一個以勇敢的人生態度與多舛的厄運鬥爭的人。房子周圍，是一個農場，這個農場見證了司各特與一位幹練的法警朋友在一起散步的情景。同樣，在這座山坡上，可以看到埃爾茨山。

　　在亞博斯福，還能看到一幅壯觀的景象，如玉帶一般的特威德河水，蜿蜒著流淌過草地與灌木叢。在這裡，我想起當年那位善良、勇敢與高尚的人，以及他對這個世界所有美好與歡樂事物的痴愛，這時，我的眼淚就情不自禁地掉了下來。我很樂意跟大家分享我的這個經歷，並不為掉眼淚而感到羞愧。

　　直到現在，我仍然記得，當年我來奈德斯托伊這個地方的時候，路經了一個曾經是著名的英國詩人曾經的住所，看到了他所住的房屋如此簡陋

的情形。當時我還在想，在柯勒律治心中對生活的希望，恐怕還沒完全消失之前，他那詩思泉湧的文采還沒完全湮沒前，還沒有完全變為一堆形而上學的荒蕪前，他要是真的想拯救自己的話，完全可以找到適宜的藥物來治癒那折磨自己心靈的痛苦。

我滿懷著敬畏之感，沿著阿爾福克斯兩旁長滿茂盛樹葉的小道向前行走。接著，看到一座美麗的房子如鳥巢般，坐落在橡樹環繞的峽谷之中。這時，我想起了當年柯勒律治與華茲華斯在這裡一起散步的情景。年少輕狂時，那些美好的記憶，在波瀾不驚的日子中一點點積澱，直到後來，他們一起享受成名的快樂，並合作完成了清新而可愛的著名抒情詩。

我承認，自己更熱衷於以上這些美麗恬淡的情景，而不喜歡那些具有歷史或政治傳統的場景。因為，我覺得這些情景於我而言，具有某種不同於世上其他榮耀的感覺，因為在這裡常常醞釀出一些觀念或思想，一些美好的想像也是誕生於此。這些觀念與思想會撞擊著年輕人的內心，並帶給他們前所未有的快樂。對我而言，這些情景中所蘊藏的自由與優雅卻是任何歷史與政治場景所不具有的。而看到政治家為了擴大權利法案而推敲細節的房間，或是為了改變進出口關稅而做出努力的場景，我都不會有什麼感觸。儘管我願意看到逐漸強大的民主力量，日趨戰勝特權階級的壟斷，但是，這種民主力量在政策背後的陰謀、策略與相互傾軋下，也顯得黯淡與無能。當然，我並沒有否認這種民主力量存在的重要性，因為他們仍然具有很大的價值，也有其高尚之處。但是，人類要想取得最終的勝利，並不能靠那些委員會或是立法機構。

誰才是人類前進道路上的先鋒呢？先鋒當屬那些既為提升人類道德水準，又高舉簡樸與真誠旗幟的先驅者。在推動人類前進的隊伍中，軍隊處於很靠後的位置，而軍需部門則在隊伍的最後，大家一齊緩慢地向前行

進著。毫無疑問，我應當歸屬於平凡的庸眾之列，但是我仍會將自己的心緒，遙寄到那片綠樹成蔭的小道與充滿希望的小山之上。

　　但是，我不會因為別人的品味與我不同，而與他們發生爭執。如果一個人選擇在旅途尋找舒適的空間，還想親手烹製一些美食或者嘗嘗美酒，甚至嘗試與一些毫不熟悉的人進行有趣的閒聊。那麼，就請放心大膽地做吧，盡情地品味旅途帶來的愉悅之感。若某人想去研究經濟狀況、薪資標準、生活現狀，我也完全贊同。倘若某人想收集史料或者考古、測量露天廟宇的高度、墓塚的建造模式，或者搜集一些民俗風情和建築風格等等，我也絕不會對他們的這些行為潑冷水。但是，我要申明一點，即我所認同的旅行者身上的那種同源精神，是那些讓人充滿印象與感覺、語調、氣氛、稀奇、美麗的歷史場景。在這個精神狀態下，任何讓人感到煩惱、苦悶的東西，都會完全失去其控制作用。

　　當年，為了觀看在都柏林博物館裡展出的山上古物，我不顧自身皮膚的疼痛匍匐在地上參觀。這些出土古物，是從黏土場裡挖掘出來的石櫃和石塊，這些東西原先都深埋於泥土之下，四周全是沙礫。出土之後的石櫃和石塊也是一副粗糙的模樣，之前長在上面的草根，早已枯萎，便形成了幾英尺覆蓋在上面；在石櫃裡面，則有一個做工粗糙的土甕，倒扣在一堆燒焦的灰燼上。然而，真正震撼心靈的，並不是眼前這種奇異的景象，而是我所聯想到的其所展現出的遠古時代的一種漫長的社會生活風貌。在那個尚未開化與文明初現的年代裡。他們也和如今的我們一樣，只能看著身邊的朋友或是某位受人尊敬的首領化成一團灰燼，而為死亡的來臨感到悲傷與痛苦。這個想像中的場景讓我的思緒如游絲般渺遠，似乎將我與遠古時代交錯在一起，讓我心緒激揚、心潮澎湃。

　　遠古的人們雖然過著茹毛飲血的生活，思想混沌，也沒有完備的文明

第五章　旅行的意義

意識，但是他們也與我們一樣，在面對這種永恆生死隔閡的恐懼時，也在一瞬間就能明白，並跌入這一讓人難以忍受的深淵當中。然而，死亡是一個無情的話題，是一個難以解答的神祕問題，我也無法解答這個問題，因此我自己則很少注意祭祀的發展演變，對這些儀式與人類演進的關聯，也缺乏真知灼見。或許，我們可以靠哲學家的研究，弄明白一些問題。現在我所關心的，只是那些歷史古物向我展現出的古代同胞們的生活方式，不需要去考慮死亡這一深奧的問題。

我常想，如果我落入了那些古代同胞們的手中，他們必定會嘲笑或愚弄我，甚至眼睛都不眨一下地就將我殺掉，然後將我視為一個吸乾了果汁的水果皮一樣隨意扔掉。但是他們都是我的祖先，我也是人類中的一員，他們那茹毛飲血的傳統習慣，是不是也在我身體的血管中流淌呢？

隨著年齡的增長，我旅行的次數也隨之越來越少。其實，我並不在乎自己能否再次橫跨英吉利海峽，對於這個問題，我並不認為有對與錯、明智與愚笨、權宜與長遠之分，因為旅行的本質應當是為了獲得一種樂趣，而不應是懷著某種責任感去做，因為如果這樣的話，就實在是愚蠢之至。然而，我並沒有充分的理由來證明自己的這個觀點，僅僅也只是用詹森博士曾說過的一句話來證明。詹森博士曾說，任何不充分的理由匯在一起，也無法讓其充分起來。他的這句話正印證下面的這個例子：很多兔子聚在一起，也不能變成一匹馬。然而，下面還有一個有趣而荒誕的例子，恰恰也佐證了這個觀點：史上任何一位君王都不會無端地開一張價值一百英鎊的支票。但是，我覺得自己的思想之所以會這樣轉變，其中一個最大的原因是我自己也不想再這麼折騰下去，不想繼續在自己熱愛的國家裡到處漂泊了。還有一個原因，是我無法透過語言與別人達到成功的溝通，但是來自於旅行的樂趣卻在於，在異域與他人交流所獲得的見識，將是一個全新

的視野。隨著年紀的不斷增大，我才發覺，自己對身邊這片美麗得無與倫比和有趣的土地，了解得真是可憐之極。所以，我才有了如紐曼詩歌中所描寫的那樣，自己不再嚮往遠方的美景，因為身邊的景色，已經讓我目不暇接、流連忘返。

最後，我還有一個牽強附會的理由，就是旅行的實質可能只是精神上的某種分心而已，而我再也不想被這種分心所打擾了。生活在西半球的人們，經常會犯一個致命的錯誤，那就是欲望太強，以至於湮沒了自身的思想。在我認識的很多人當中，他們的生活目標似乎都集中展現於某些固定的生活方式，藉此來忘記自身的存在，從而避免讓自己緬懷過去。

普通的英國人並不十分在意自己的工作，以及工作本身所具有的價值，只要他手中有事忙著，他就會覺得非常滿意。在《聖經》裡，有著許許多多的故事，然而有這麼一個故事曾打動了我，耶穌基督指責忙碌的瑪莎，責備她弊天都在勞碌與憂煩中度過，甚至還批評她對來客過於關懷，但卻讚揚了她在休閒時能夠坐下來，聽耶穌的布道。我也並不是想說，靜下來沉思，是人的一種責任。然而，我常會想，人類很有必要仔細思慮一下自己的人生，思量一下到底人生為何物，研究一下人的生緣起止的問題，理解其中的美好與意義。但是，在現實生活中，我們卻始終推崇著一種生活方式，那就是當自己滿足了自身所需之後，仍舊不可理喻地朝著財富夢想上角逐。

在柏拉圖的一本對話集中，曾提到過蘇格拉底所引用的一位哲學家的話語：一個人要好好地活在這個世上，就需要他能夠在生活中不斷地踐行美德。還有一位哲人也曾說過，人類應該盡可能早地在生活中踐行美德。我完全贊同這位哲人的這些觀點，因為在我的內心裡，還一直有一個這樣的希望，倘若我們能將一輩子的時光都花在編撰古希臘書籍之上，這將是

一件無上光榮的事情。

如果一個人只習慣於各種忙碌的生活，而忘卻本身所存在的價值，那麼，旅行對於這些忙碌的人來說，還真是一項消磨時光的權宜之計，因為在這些忙碌當中，他們不會去思考自身的存在價值，反而省卻了許多煩惱。雖然，這樣一種權宜之計，我不敢說這是他們應該接受的懲罰，但是我的確會為這些人感到遺憾。許多人，在旅行當中，並沒有停下手中的工作，也沒有將思考當中一種修行，從事沉浸在忙碌的生活中而不能自拔。如果有人質問思考本身有何種好處的話，我只好這樣來反問他，「倘若你總是不斷地做一些毫無必要的事情，請問，這又有什麼好處呢？」至於，人生的目的究竟通往何處，其實，我與任何人一樣，都感到茫然不知所措。但是，我堅信，人類來到這個世界上，並非要枉為人生、無所作為。正如《小孩兒》中的龍蝦大聲地疾呼：「讓我靜一靜，我想要思考一下。」我相信，這樣的精神活動對人類本身也是大有裨益的。

從我家門前出來，走到不多遠的地方，就可以看到一些讓我心醉神迷的景象，可以毫不誇張地說，這種心曠神怡的感覺可與環遊歐洲相媲美。今天，我沿著一條平坦的道路向前走著，這條道路是個緩慢的下坡，一直通向幽深的谷底，在谷底處矗立著一架風車，並不是人們常見的環形塔樓上那種黑色而難看的風車，而是一種用老式木板做成的形狀奇特的風車。風車上有一根豎立著的主支柱，還有一扇神奇的活板門，與磨房連接在一起，當用麻袋裝著稻米放在皮帶上的時候，它就會被傳送到活板門處，在風車漏洞下的風雨板上，這些稻穀便被碾磨得粉碎。在這裡，我可以看到一個壯觀的景象，工人扛著麻袋，貼著黑暗的門道外慢慢地走上去，更讓人嘆為觀止的是，他的身子還處在半空中，當走到面板門前時，工人則將麻袋倒進去，關了面板門，這時的風車翼板就開始旋轉了，緩緩地轉動

著，發出「吱嘎」的聲響。我能想像出這樣一個情景，在昏暗來臨之際，布滿灰塵的風車在不停地轉動，齒輪在橡條上「咕嚕、咕嚕」地摩擦著，當工人將金黃色的稻米送進漏斗中時，下面便會發出「卡塔、卡塔」的聲響，以至滾磨出柔軟的麵粉。

看完風車的奇妙工作後，順著這條路再往前走，地勢就更加低了。山谷間有一群簇擁著的屋頂，那裡是一座大教堂。太陽照在鐘塔的窗戶上，反射出冷峻的光芒。大教堂旁邊還有一座古老的建築物，在道路兩旁的榆樹叢間嶄露出頭角。我常想，這無疑是一幅充滿古老柔和與安靜安逸的畫面，比我在國外見到的任何風景都要更為讓人心動，可以完全稱之為一幅完美的藝術畫，甚至可以製成畫卷鑲嵌在相框中。年齡不斷增長的人們，應該學會去欣賞這些浪漫的美景，而不應有一丁點的浪費，因為那些裝潢一新的畫廊、雄偉的建築，還有壯麗的山峰都可以讓人心潮澎湃。

有一句拉丁諺語是這樣說的：改變心境。這句話說出了人生的祕密所在，改變心境可以讓我們對生活更加充滿希望。改變心境之後，我們對生活中的一些細微之美，便會更加敏感，也會對事物多一點溫柔、少一點苛求。在實際生活中，除了我們自己，任何事物都無法帶給我們平靜。古香的舊室、狹長的山谷、路旁的雜樹林，當我們選擇熱愛這些熟悉的景致，要比循著喬爾喬內的藝術軌跡環遊歐洲，將更加接近生活的本源；也比到亞洲尋找當地的美景，更能接近這種平靜。正因為世間萬物皆有定時，在年輕的時候，人們就應該周遊世界，與各式各樣的人打交道、多交往，這些都是有益而有趣的。等到時光流逝，步入晚年的時候，回過頭來緬懷年輕時的經歷，難免會有一種「知足常樂」的感慨，而且更加令人心馳神往、心潮澎湃。

第五章　旅行的意義

第六章　論「專長」

第六章　論「專長」

在現在的時代背景下，一些年代久遠的格言或陳腔濫調早已灰飛煙滅，已經不能代表其真正的含義，但它們卻仍能保持其存在的活力，這簡直是一件有趣的事情。然而，許多思想古板和已經落伍的人，仍能發現他們對這些格言和陳腔濫調情有獨鍾，而且愛護有加，這便想到自己似乎存有了偏見。這就好比一個乳綠色、不透明的玻璃質花瓶，上面點綴著金色的星星，愛恨取捨互相交織著。那些曾經在維多利亞早期盛行的壁爐架，現在只會在一些次級與簡陋的臥室中偶見一二，但是它們卻依然被人珍藏著。正如詩篇作者的文藝對手一樣，這些陳腔濫調仍具有強大的生命力，仍舊存活著，而非苟延殘喘。嗚呼！這些老生常談的東西，依然在一些老實結巴與魯莽之人的談吐之中不時出現。這些人自認為是坦率與平和之人，他們的意見在其所處的社區中也具有一定的分量。但他們的情感卻時常被一些所謂的成功人士所左右，而不是透過自身的思考得出理智的結論。

在很多具有負面意義的陳腔濫調中，有一條是這樣的：每個人都應該「通百藝，專一長」。這句格言具有某種似是而非的警示意味，其炫目程度足以說服一些具有一般常識的人對智慧的判斷。

事實上，這條警示語，在當代卻是行不通的。因為，這條警示語並不是讓人嚮往的目標。一個人嘗試「通百藝，專一長」，最終只會落得「百藝盲，無所長」。當代許多淵博之人提出了最折騰人的口號，就是所有人都應該「通百藝，專百長」。而一些具有清醒頭腦的專家，則會滿足於「略懂一二」。

某天，一位頗有學識的朋友告訴我，有一位可稱得上是最後一位「通百藝」之人的名字及所處的時代。我忘記了朋友所說的名字及其生卒年分。但我相信，這位傳說中學富五車的人，應該是十六世紀左右的一位紅

衣主教。當代，在知識與書籍幾何式成長的情形下，累積知識的確成為了一個很嚴重的問題。但是，糾纏於這個問題而讓心智煩惱，就變得毫無意義了。正如眼前所有無法解決的難題一樣，最終都會以一種很淺白的途徑去得到化解，以至於後人常常會感到奇怪，為什麼前人會為此而傷透腦筋呢？當前，世界面臨著石油可能枯竭的問題，無疑在後世會以某種很簡單的方式得到解決。

　　適才討論的那句格言，時常被引述成一種教育模式，為給予每個人提供全面普及的教育正名。我想，這可能就是造成當代教育課程混亂不堪的一個重要的催生因素。這樣做的結果，就是所有的科目都被過分地看重了。每個科目，都被教授視為教育培訓所必不可少的。然而，教育真正的出路，就是要認真謹慎地挑選出一些科目。可是，從來沒有人想著去這樣嘗試，才造成了許多年輕人深受此等教育理念的毒害。正如詹森博士所說，現在弄得我暈頭轉向，連我自己也不知道，在穿短褲的時候，到底先伸出哪條腿。與此同時，詹森博士在一段演講中，直言無諱地說，當前的教育理論應該儘早退出歷史舞臺！

　　然而，在進退維谷的現實當中，不少人陷入了困境，這也催生了所謂的「專家風氣」。有人說，屬於博學之士的時代已死，現在是「專家」們唱臺的天下了。因此，我覺得完全有必要在本國文化範疇內，追溯一下這種演變的過程。

　　在這裡，我無意抓起棍棒去攻擊「專家」這個群體。專家們是無害而且有必要存在的一個群體，但是有個存在的前提，那就是他們一定要意識到自己的能力範圍，而且還要清楚自己說出的話對大眾的影響力。出於這樣的考慮，他們的存在，一定要以道德作為奠基石。倘若沒有了道德作為基礎，專家們對工作的影響，只會是毒害，只會是「妖言惑眾」，只會是

自己逍遙而讓他人受罪。大家都知道，寡頭政府的專制，是所有專制當中最爛的一種，因為這意味著普通人對一群個體的勝利；而專制政府最惡劣的一點，就是單個個體對一群人的勝利。菁英們所組成的寡頭政府的餘毒，在今天仍舊浸淫尤甚。願意為增強人們的自由而抗爭，其內涵就是抵制任何形式的暴政。無論這是開明君主專制或是自命不凡的寡頭專政，抑或是開明的民主暴政，都要一律加以反對。

　　「專家」的「統治」，造成的第一個邪惡的後果，就是對「業餘者」們的摧殘。而一個板上釘釘的事實就是，在「專家」們嚴苛的目光下，「業餘」一詞原先只是意味著對某種美好事物的休閒之愛，現在卻開始逐漸被扭曲成低能兒的代名詞了。作為該詞的一個符合語法習慣的例子，我常常會想到史蒂文生在某處遇到一位熱情地主的故事。史蒂文生與地主共同喝了一杯法國勃根地葡萄酒，但是這位慷慨的地主很有禮貌地拒絕了第二杯酒，地主說，「我對這些酒沒什麼鑑賞能力，只是一個『業餘者』。因此，我無法讓你成為內行。」

　　在此，我想將眼光投到文學領域。因為在英國，文學在大眾文化中扮演著很重要的角色。然而，我們一些最傑出文學作品的作者都算是「業餘者」。這種說法也未嘗不對，同時我也堅信著。在著名作家當中，隨機抽取幾位，諸如莎士比亞[02]、德萊頓[03]、波普[04]、詹森博士、德·昆西[05]、丁尼生[06]、卡萊爾[07]等。無疑，他們都是屬於「職業」作家。但換個角度來看，

02　莎士比亞（W. William Shakespeare, 1564-1616）英國文藝復興時期偉大的劇作家、詩人，歐洲文藝復興時期人文主義文學的集大成者。
03　即約翰·德萊頓（John Dryden, 1631-1700），英國古典主義時期重要的批評家和戲劇家。
04　波普（Alexander Pope, 1688-1744）是 18 世紀英國最偉大的詩人；傑出的啟蒙主義者。
05　即托馬斯·德·昆西（Thomas De Quincey, 1785-1859），英國著名散文家和批評家。
06　丁尼生（Alfred Tennyson Baron, 1809-1892），英國桂冠詩人。
07　即湯瑪斯·卡萊爾（1795-1881），蘇格蘭散文家和歷史學家。

米爾頓[08]、格雷[09]、博斯韋爾[10]、華特‧司各特、查爾斯‧蘭姆[11]、雪萊[12]、白朗寧[13]、羅斯金[14]等皆可視為「業餘」作家。但是，這種劃分並非因某個人在寫作或是出版書籍，真正重要的是，處於寫作的那個人所具有的精神狀態。華特‧司各特在人生風燭殘年之際，才真正轉變為一個「職業」寫手，但他卻由始至終懷揣著高尚的理想。有時，他寫出的作品也讓人不忍卒讀。在這方面，一組典型的對比就是騷塞與柯勒律治，他們最初都是「業餘者」。騷塞後來成為了一名職業作家，而他的靈感卻似如太陽墜入了重重珍貴資料所營造的迷霧之中；而柯勒律治則始終都是業餘寫手的本色，他一些極為出色的詩歌讓英文為之添彩，但後來卻陷入了辯證的形而上學的沼澤，難以自拔。其實，問題的關鍵在於，某人寫作的目的只是純粹出於情不自禁或是單純為了混口飯吃。出於後者的動機，絕不是說其人一定無法創造出一流的藝術作品。事實上，有些作家必須要在迫於生計的刺激之下，才能從天性的懶惰之中掙脫出來。當詹森博士看到格雷一年四季總能那麼悠閒的從事寫作時，對他如何能從春分到秋分一直這樣不懈的工作深感不解。格雷說：「一個人在任何時候都可以寫作，只要他固執地堅持下去。」此言妙矣。但是，一個人若僅憑固執地堅持寫作，並不能得到藝術的青睞。可能在一個道德家眼中，此人能夠以一種忠誠與堅持的態度從事其職業，以堅忍不拔的精神追求理想，然而，這要比那些僅靠藝術靈感，依靠狂暴地馴服某種巨大美感所帶來衝擊的藝術家麼們，顯得更為

---

08 約翰‧米爾頓（John Milton, 1608-1674），英國詩人、政論家，民主鬥士。米爾頓是清教徒文學的代表。
09 即托馬斯‧格雷（1716-1771），英國詩人。
10 博斯韋爾（James Boswell, 1740-1795），蘇格蘭作家，以創作了詹森博士的傳記為代表作。
11 查爾斯‧蘭姆（Charles Lamb, 1775-1834），英國散文家。
12 雪萊（Shelley, 1792-1822），英國著名詩人。
13 即羅勃特‧白朗寧（1812-1889），英國詩人和劇作家。
14 即約翰‧羅斯金（1819-1900），英國藝術評論家和社會思想家。

第六章　論「專長」

偉大。但是，始終阻礙英國人欣賞文學的真正障礙，就是我們無法以脫離道德的眼光看待文學。我們深感興趣的是其中所蘊藏的道德，而非其中的藝術價值。但是，在所有文學寫作中，都需要一種樂觀的虔誠，因為這才符合真正享受的標準。

有些問題依然存在，比如某人只是出於混口飯吃的想法，堅持頑固地寫作，那麼，他就像一隻囚鳥開始振翅，唱出其在綠色森林中學會的歌曲。拜倫說：「隨心所欲寫出的東西，都是狗屁不通的。」拜倫其實想要表達，混亂的思維與匆急的寫作，很容易模糊作品的格式或色彩。然而，業餘者們普遍存在的一個毛病，就是他們能夠製作出一件外套，但卻不管外套是否合身。這也就意味著，他們絞盡腦汁寫出來的東西，不一定讓人感覺通俗易懂。業餘者們所具有的精神狀態，就像與自己心愛的人在一起忐忑的心情。倘若他能讚美她的存在價值的話，每每想到自己喜歡的心上人若能愛上自己，他們的內心就會一陣悸動。職業者的精神則像是一個男人處心積慮、有禮有節地向一位老處女求愛，聲稱自己這樣做，完全是為了她日後的幸福著想。業餘者在其作品中，可享受到一種不羈之樂，他們就像一位高爾夫球手，想像著大力揮桿，或是在自家後院裡練習推桿的情景；而職業寫手則會以認真負責的態度，在固定的時間裡投入到這項工作之中。卻在自由的時間裡，為自己可以將這些煩人無趣的工作撇在一邊而暗自竊喜。但是，無論是職業或是業餘寫手，他們都不能奢望可從其中獲得樂趣或是憑藉忠誠的信念，而俘獲藝術的精髓。這種藝術的精髓，是源自心靈最深處對幸福的渴望。當一切塵埃落定之時，可能造物主會賜予一份珍貴的禮物。

原本可以出入相隨的藝術、文學或音樂等領域，「專家」們卻劃出了界線，阻擋「業餘者」們的進入。這些「業餘者」實際上可能只是無意中

闖進來的漫步者而已，但是「專家們」卻想出了各種方法藉以排斥。這種情形，在文學領域屢見不鮮。「業餘者」們被歷史學家告知，他們不能進入歷史領域。因為歷史是一門科學，而非屬於文學領域。但是，現在絕非是各個學科畫地為牢或是總結過往的時代！細緻入微的敘述方式，被視為與真理的精神背道而馳的，沒人能像專家們那樣描繪出黑與白，總在戲說歷史簡直就是一種罪過，一種可堪比亞拿尼亞與西蒙·馬格斯[15]的罪孽。「業餘者」們被痛罵一頓之後，只能雙手捂著耳朵，迅速逃離，從此之後，便再也不敢去碰歷史了，更別說要去寫點關於歷史題材的東西了。我可能將這種情景描繪得過於嚴重了，但事實上，當我年輕時，除了對古典文學一知半解之外，就沒有經過特別的專業訓練，但是我卻曾想嘗試寫出一本歷史自傳。每當我想起自己要運用的方法或是學術工具，就掩面嘆息。因為當我跳過所有無趣與沉悶的部分，沒有閱讀那些枯燥的史料之後，那本書成為了自己的熱情、輕浮想法與自我陶醉寫作方式的一個極不協調的大雜燴。我彷彿能感受到朱比特[16]的雷聲轟轟、閃電霹靂。老實說，直到現在，我已然沒有原諒他以一種毫無必要的嚴厲與尖刻的方式，指責我丟人現眼。但是，我必須要感謝上帝，因為從那以後，我就轉向純粹與簡樸的文學道路了。

在文學領域，也同樣面臨著類似的情形。可憐的「業餘者」只想從文學堆中找尋一些美好的東西，卻被告知不能瞎扯進來，除非作者非常認真。這意味著，作者必須要花上許多時間，研究一大堆次級的作品、學派的歷史或文學發展的趨向。在文學領域，情況也是不容樂觀。「業餘者」不能放任自己去閱讀自己喜歡的書籍，並且還要從其中的影響中擺脫出

---

15 兩人皆是《聖經》中的人物。
16 朱比特即宙斯（Zeus），希臘神話中的主神，第三任神王。

第六章　論「專長」

來。他必須要了解某個作家在歷史上的地位，雖然這本身是毫無價值可言的，但卻是成為「職業者」的一個重要鏈條。然而，神學與哲學領域也同樣無法幸免。「業餘者」們不能去閱讀《聖經》，或是說出自己對此的真實感受，卻必須事先要對希伯來語或是猶太法典中的趨勢有所解釋。作者們必須要對某個特定時代的傾向有所了解，以及清楚邪教異端的餘毒所投下的陰影，而在哲學領域上，「業餘者」的處境更為糟糕，因為他們必須深入探尋形而上學的術語，以求掌握符合要求的評論方法。

　　話已至此，毋庸置疑，專家們在某個程度上便顯得正確，因為盲人焉能做引路人呢？但是，整個問題的關鍵，是我們以一種過分嚴苛的科學精神對待了這些。這樣帶來的悲慘是，專家們在上述領域內的工作，旨在用籬笆將某種法則包圍起來，其後果只會是不斷累積或催生一大堆劣質作品。例如，在文學領域造成的惡果，就是許多二流或三流的書籍被大量的重印。專家們沒有對一些著名作家的作品進行挑選，而他們的劣質作品也沒有從人們的視野中消失，而是繼續地重印發行。個中原因，並非是這些作品對人類有任何直接的價值，而是因為他們從某種發展的觀點出發，認為這是在科學上具有的一項重要性事件。但是，對一般讀者而言，讓他們懷著積極與熱情的心態閱讀大師的作品，這要比他們獨自一人從一大堆考古或文獻的細節中費力地跋涉，顯得更為有益。當我還是個孩子的時候，假日的任務就是要準備莎士比亞的劇演。從那以後，我就對一些劇碼懷著一定程度的生畏之情。因為，當劇演結束之後，只能學到開場白，或是關於一場戲劇的開始以及一些解釋諸如「克恩斯與武裝隨從」的注譯等。然而，對於戲劇本身所具有的動作、蘊涵的詩歌、衝突的情感，都棄之不顧了。造成這種結果的部分原因，可能是安排作業任務的老師懷著嚴肅與認真的精神，或是我們英國人對正確資訊的價值估過重看看，正式這種心態

造成了惡劣的影響。事實上，若某人一開始想要去創作藝術作品，就必須要了解承載藝術媒介的使用。但是，倘若某人一開始只是從研究媒介起步，那麼最後作品肯定會遭殃。因為，布滿灰塵的器具，只會收集更多的灰塵。

　　專家們對文學領域的壟斷造成的影響，是「業餘者」必須從任何可應用於歷史或科學方法的領域中滾蛋，只能將其精力關注於純粹的想像領域。只有在此範圍內，才不會被人干擾。所以，我竊以為，這就是為什麼那些以更為精細敘述方式寫就的純文學，會被小說所取代的原因吧。充滿憐憫但卻天馬行空的評論，會立即被專家們壓制，專家們對每個細小錯誤或一點過失，都會唾沫橫飛地口誅筆伐。然而，小說似乎成為了業餘者們聊以安慰的唯一「陣地」，而且這個陣地十分安全。

　　但是，專家之於業餘者就恰似老鷹之於鴿子。我想，如果查德邦德懷著愛的精神，深入地追尋所謂的「專業」，到底在專家們心中有何影響？可以毫不猶豫地說，這種所謂的影響完全取決於個人自然性情的流露。一般而言，真正偉大的專家都充滿了睿智、友善、謙卑與有趣。因為他們深諳一點，儘管自己花上一輩子研究的某個領域或領域的分支，相比該領域本身所隱含的知識，自己所了解的或許只是九牛一毛而已。知識的曦光，在他們前面閃爍，時暗時亮，就像通往上下起伏的孤寂山谷。他們深知不可能在這條道路上走得太遠，所以會暗地裡羨慕那些後來者。因為，許多在他們看上去還處於一片迷霧的地方，可能在後來者眼中便顯得清晰明瞭。他們也深知，知識在向各個方向延伸，便顯得那麼渺遠與深不可測，而且在不斷地交錯與糾結。他們在自己容量有限的大腦中，那些最微妙的能力與事物蘊藏深遠，於是他們便明白，知識並非創造出來，而是不斷地被發現。因此，我們便可以肯定，儘管這些看上去顯得神祕與複雜，但每個人還是有自滿與驕傲存在的狹小空間。

　　事實上，我所認識的博學之人，一般來說，不僅不會因自身的知識而與一般人有所隔閡，因為他們已閱遍了人間風雨。他們可能稍微擁有更為寬廣的視野，便能看到灌木籬牆邊鬱鬱蔥蔥的草地、遠處山嵐的輪廓；而那些驕傲自滿的人，恰如一般低矮的花朵，則只會看到自己前面一大叢根莖與綻放的花朵。兩者之間的光線，顯得昏暗朦朧。

　　一位真正的博學者，更願意去讚美別人知識的淵博。只有那些心胸狹隘、閱讀面窄的專家，或是那些只有一種古板的邏輯思維、捕風捉影的人，才會認為自己可從芸芸眾生中超脫出來。真正的專家，都在過分專注於真正的進步，根本無暇將精力浪費於展示別人的錯誤之上。只有那些次一級的專家們，戚戚於自己的名譽，時刻想著展現自己的優越性，總想著去指責或取笑那些無力反抗的同胞們。

　　若某人看到某位專家對某本書極為無情與毫無憐憫的批評，那麼，我們幾乎可以肯定，這位專家也算不上心胸廣闊之人，實為小人一個。與此形成鮮明對比的是，真正的學者對自己所從事的專業，都是三緘其口的，而對其他領域的心理活動研究，則表現出極大的興趣。因為這些領域都是他想去探尋，卻又無力分身鑽研。只有那些半桶水式的人物，才會想著用自己的知識之光，讓別人感到炫目與困惑；或是壓制別人的觀點，讓自己在一旁獨自炫耀。對一位真正的學者而言，談論起自身所研究的領域，是一件極為困難的事情。倘若他是一位友善與耐心的人，就會回答一些膚淺的問題，附和著對此領域一竅不通的人。這種感覺可以說是世上最有趣的了，不信的讀者可以慢慢品味。不久前，我就抓住了這樣的一個機會。我坐在一位著名醫生旁邊，問了他一些關於此領域的現代理論發展的愚蠢問題，在接下來的一個小時內，我就像一個懵懂的小孩，在一個昏暗與陌生的世界裡步履蹣跚，被一雙強而有力的手牽著走，穿越了事物神奇的層層

奧妙。我想在此重現一下當時的情景，但我深信，我所描述的畢竟會與當時的情景有所出入。當時，透過表面的混沌，我彷彿能聽到原子快速的移動與碰撞的聲音，沿著一個巨大的漩渦旋轉。當我意識到在最為堅固與難以穿越的物質裡，還可能存在更為劇烈的內部運動時，我便感到了深深的震撼。我不知道自己是否完全記住了一些準確資訊，但我卻是在一片驚奇與敬畏的海洋中徜徉著。這位友人的臉上始終掛著愉悅與憔悴的笑容，舉止極為優雅。我想說，他的風度與舉止更讓我感受到知識的美感與神聖之處。我對他說，這些知識必定能帶給人類巨大的前進動力。

「啊！」他說，「其實，我剛才所告訴你的，並沒有得到科學嚴謹的證實，現在還處於猜想階段。對於這些理論，我們仍在黑暗中摸索。也許一百年之後，某位醫生在聽到我剛才所說的話時，可能會為一個如此理智的人竟會說出那麼幼稚的話語，而感到不可思議呢！而至於其中蘊藏的力量，喔，這其中並沒有什麼力量可言。若我們想去追尋真理，那麼在一些原本應該極為肯定與精確的事物上，我們的模糊不定與猶豫不決，只會讓我們意識到自身的無能與軟弱。這更像一位傳教士所說的：『主啊！我篤信你。賜我力量，認識萬物吧！』這些卻要以肯定的語氣去回答別人的疑問，更需要一種勇氣。」

在形而上學與宗教的臆測領域，讓我對專家們的專橫行為感到討厭與害怕。一些想沉浸於此類研究的人，會被神學家或形而上學的人告知，他們應該在多了解神學或關於形而上學的評論之後，再回過頭來思考。在我看來，這就好比告訴人們，若沒有導遊的陪伴下，就不能爬山；或只有研究了前人攀越山坡之後，自己才能從事攀越的工作。專家們會說：「這就是我們的意思，你若不知道自己想做什麼，卻想嘗試征服如此艱鉅的領域，實在愚勇至極。」

　　對此，我給予了一種回答，我說，要真是這樣的話，幾乎所有人都沒有資格去爬山。但是，每個沉思的人都會碰到宗教或哲學上的疑惑。我們既然活在這個世上，或多或少都是生活某方面的專家。當人們意識到這些問題，對於每個人的精神層面有著至關重要的作用後，或當人們進一步發現當前的神學家與哲學家們在痛苦與邪惡、死後自我的存在性以及生理的需求上，拿不出真知灼見，卻要在自由意志等問題的啟蒙問題上樹立反對的大旗，而且在這些問題上不斷地壓制人們的想法時，想要去揭祕神學或形而上學的人們又會有什麼感想呢？因為，這些所謂的專家並沒有任何技術上的能力，而只有肆意地壓制這些問題存在的證據。解決這些問題的唯一方法，就是了解如何吸引與影響正常的心靈。當然，我十分願意傾聽任何一位長期受困於這些問題之人所遭受的苦難經歷，或是一位對愛有著忠誠的篤信的人，抑或是在闡述大自然之美所產生的影響的詩人，我都願意傾聽。這些實例都要比那些所謂神學家或是形而上學者，提供的證據更為有力。

　　我們當中的許多人，若非是任何一個特定領域的專家，那麼，我們就是生活本身的專家。我們很自然地獲得了某種人生觀點，那些事物不同尋常的一面，會以一種特殊的力量讓我們對自身有所了解。真正讓這個世界充盈信念與希望的，是一些真誠與坦率之人從生活中提取的經驗。所謂的專家，通常沒有時間或機會去觀察生活，他們觀察的只是一些隱士的觀點，然而這些觀念既狹隘又保守，因為這些人沒有機會透過生活本身來糾正先入為主的傳統觀念。

　　我時常用一種認真的態度呼籲那些睿智且有極強洞察力的人，能拿出他們的使命感，肩負起「感悟人生」的重擔。並且，我還希望這些人，能不因一些接受過專業知識教育之人的否定而感到沮喪，而是勇敢地站出來，告訴我們，他們對人生所持有的一些觀點。

其實，在宗教與哲學領域內，接受過專業知識訓練的人，常常會帶來一些負面的影響，他們可能灌輸一個錯誤的甚至是將人引入歧途的信仰給我們。在特定的時代背景下，人們的心智就會因此而蒙蔽，並且這些傳錯誤資訊給我們的人，會將這個時代薰染成一個桎梏的環境，在這樣的環境下成長的人，就會被帶入歧途。一個時代只會有一個傳統的信念，這是那些具備專業知識的專家所展示給我們的理念，這個理念是多麼的可笑啊。睿智的人曾經指出，生活中總是存在與超自然現象相類似的自然現象，某個時代的人們仍會持有這樣一種錯誤的觀點，認為自然法規是可以被更改的，之所以會存在這樣的錯誤觀點，是因為人們缺乏對浩瀚宇宙的掌握以及對生活的知識。生活中，那些看似不可思議的現象，實際上都是符合自然法規的，都可以用自然法規進行解釋。

面對那些新生事物，詩人和理想主義者總是會有感而發，提出一些重要的觀點和看法，並且廣為傳播。有時候，很多專家就將這些觀點撿起來，認真地加以分析與總結。但是，我們絕不能僅僅只停留在分析階段，還要更進一步加以考證。同時，我也希望那些睿智的人能用真誠的態度告訴我們，他們是如何擺脫傳統信念束縛的，他們的心靈是如何修煉的？如何找到一個藉口，以擺脫那讓人滿懷希望或者絕望的時代枷鎖。縱觀歷史，從個人身上，還無法看透一個時代的思想與言論。但是，從社會層面上說，人們再也不會因為其個人的信仰而受到懲罰，哪怕是異教徒，或者是支持教會分裂者，抑或是自由主義者，他們都能同樣免於懲罰。

我真心希望，人們能夠坦誠地回答下面這些問題，以便我能夠了解他們更多的事情。精神和思想層面上的那些方面，真正地影響了他們的行為，使得他們在很大程度上被自身的傾向和習慣所控制。他們如何抵抗那突如其來的痛苦，以及死亡的突然逼近，還有生命的意義、情感的影響、

第六章 論「專長」

生活希望的幻滅以及心頭上永遠揮之不去的恐懼？然而，許多恪守教規的教條主義者，總是鼠目寸光，認為弄明白以上問題是一件不合時宜且不文明的行為。正因為他們的這些觀念，釀成了一些嚴重的後果，我們在書本上只能找到很多無關緊要的東西，而那些真正深刻與重要的思想，都被深深地掩藏了起來。

當然，我們還是有很多具有深刻思想的書籍，諸如蒙田的《隨想錄》(Essais)、盧梭的《懺悔錄》(Confessiones)、卡萊爾女士的《信箋》、奧利芬特女士的《回憶錄》、海頓爵士的《自傳》等等。這些書，也只是我渴望去閱讀的優秀書籍中的一部分。在這些書裡，作者將他們不敢向朋友袒露的話語，都以文字的形式淋漓盡致地表達了出來，閱讀這些書籍的時候，我可以看到他們真實的靈魂，直抵作者的心靈。小說中的情節總是過於簡單，在這些簡單的情節中，人的本性就會自然而然地流露出來。但是，現實生活卻不如小說或戲劇中的故事情節那樣完美，小說裡的奧利弗·崔斯特，在現實生活中，就沒有被他祖父的一位最親近的朋友收養，也沒有在晚上獨自一人闖入阿姨家行竊。其實，我們並不希望生活會變為一個完美而漂亮的花園，我們只是希望在自家門前能夠看到它，並且以符合其自身的生長特點茁壯地生長。在另一方面，我希望可以了解並深刻地理解這種思想之下的觀點、理論與原則。

然而，生活中，真正有所作為的人實在是鳳毛麟角。我們一方面默認自身能力有限，而與大眾隨波逐流。在另一方面，我們又義憤填膺地宣稱自己有自由而堅定的意志。世上最美好的事情，就是看到那些與生活抗爭的人，可以按照自己的意志去選擇屈服或者堅持，珍惜生命並且堅持到底。但是，這些似乎都基於某個原則，我們做什麼並不重要，重要的是我們如何去做，以怎樣的方式去做。

當我們靜下心來仔細思量，回憶我們過去曾說過、唱過、寫過、記錄過、嘮叨過、想像過的那些事物時，便會驚訝地發現，在這些所有的事物中，能真實地告訴我們生活為何物的東西，卻幾乎為零。我們只能透過生活中的那些細節，來觀察生活的本質。在我看來，許多人將生活過於哲學化，熱衷於閱讀那些關於生活哲理的暢銷書。其實這些暢銷書是不值得推敲的，因為其本身並沒有解決生活的實質問題，往往拘泥於許多現實的東西，但在某種程度上的確也解決了一些來自於生活本身所提出的問題。

　　對生活透澈的理解，可以說是我們與生俱來的專長，這種專長也可以被視為一門技術。與其他領域相比，在生活領域上的認知，對我們來說更為關係密切，而且也更被我們需要和接受。我衷心地希望，我們可以處於一個開誠布公地討論生活與哲理問題的年代。然而，在如今文學理論標準之風盛行的形勢下，我們要尋找自身對生活與哲理的理解，毫無疑問地要被視為是一種無病呻吟、放縱、變態的行為，也會被其他人所鄙視，並將我們與大眾隔離開來。完全憑藉自身的個性，對待生活與哲理方面的問題，而不像對待其他事物那樣認真與慎重。因此，我們需要那些能夠真誠與正直地對待生活的觀察者，而不需要那些虛榮而自命不凡的專家，因為，這些所謂的專家只會誇大其詞，從不嘗試著從自身真正的動機出發，執行或者限制某些行為。

　　下面這個例子，很好地證明了我的觀點。不管在文學領域，還是在道德方面，我們都需要用最坦率的方式來展示真誠。羅斯金曾在《前塵往事》（*Praeterita*）中寫過這樣一些讓人傷感的句子：一個憔悴與悲傷的人，沒有必要偽裝自己的思想信念。1840 年，在馬庫尼亞加時，羅斯金開始閱讀莎士比亞的著作，並提出了這樣的疑問，為什麼莎士比亞戲劇中那些最可愛的人都被單調可悲的日常工作所阻礙困擾，並因此而感到迷惘？

第六章　論「專長」

當然，莎士比亞本人對這些毫無感知，並且永遠也無法想像到這點。在那個時代，在許多積極而有理想的英國人看來，莎士比亞的智慧是沒有任何意義的。我個人也認為，他的著作所描述的都是人們假象的一個美好希望，甚至標新立異，由此而讓人變得懶惰與無恥，但終究都逃不出這樣一個神祕的夢境。並且，我從未見過一個人對莎翁所表達出來的激情發表過半點共鳴，或者從他的著作中得到某些經驗教訓。

當然，莎翁在書中所要表達的情感，是一位專注於生活本身之人所發出的吶喊。其實，我們從書籍這些藝術作品中，就可窺視出人生的全景。但是，這也許也會受到人們的渲染或者精神壓抑方面的影響。如果，人們無法從莎翁那顆充滿奧妙的心靈中感受到生命的變動，那麼，就只能靠著自身無聊與喋喋不休的熱情來觀察生活的本質。

我所談論的這種情感的自我暴露，極有可能會成為一些心懷不滿與憂鬱之人手中的把柄。倘若人生真的平平淡淡，堆滿了各種待辦事務的話，那麼，就沒什麼值得說或想的了。除了這些平平淡淡的人之外，也有不少人認為，由於人生中某些未知與難以抗拒的運轉規律，完全有可能讓人錯過那些會變得優雅和更加美麗的機會。既然如此，這些人該如何獲得內心的平靜呢？我用下面這句話，來回答這個問題：除了勇敢與耐心地面對之外，我們再也無法找到一種方法，能夠治癒焦灼之人心裡的疾病。我所說的這個方法，其實已經被別人用過了，並且在使用的過程中，都取得了很大的成功。我們必須要深入地洞察人生，即便最後被證實就像孟德爾的遺傳學說，只能完全受制於某種固定的規律，對我們尋找解脫痛苦的過程無濟於事，即便如此，我們依然要用理智的慧眼觀察生活。在洞察人生的整個過程中，我們能得到一種心靈的解脫。

在此，我將自己的思路整理一下。首先，我們要面對這樣一個現實：

在現在的情形下，生活中累積著大量的歷史紀錄、古書以及移風易俗，然而，藝術與科學必須要沿著自身的軌道漸進式地向前發展，這一切都必須在有能力與技術的人手中，才能得以實現。

隨著時代的變遷，在任何一個領域，要想取得輝煌的成就，都會變得越來越困難。因為，我們的祖先所完成的工作是那麼的完美，沒有留下任何的瑕疵，這樣就使得我們的生活只被允許走在一條嚴格限制的小路，正因為如此，我們就必須懷著坦然而謙卑的心境，一步一步、小心謹慎地向前行走，不可心存驕傲與虛榮。

然而，我們還要記住一點，生活中難免會有一部分索然無味的知識，如何讓知識作用於生命時，變得更為有效呢？這就需要借助於情感、希望、愛情與熱情的幫助，這些都是催人前進的動力，正因為有它們的存在，才讓無味的知識變得富於價值。

如果我們處在千姿百態、光怪陸離的生活當中，也許我們會被生活打擊或者擊敗，但是只要我們站起來，只要我們一息尚存，就要在尚能發揮餘熱的領域中，用自身的經驗為別人提供一點方便，從而展現出自我存在的價值。我們若能夠將自身的經驗說出來或寫成一本書，這樣，更多的人就會從中受益。試想，這是一個多麼棒的主意。

人活於世，有太多的不順心與困境。很多人時常感到迷惑不解，這個時候就需要他們有繼續抗爭的勇氣，以及生活下去的希望，還要有緩解壓力的快樂，最後積極地找尋飽含這些勇氣、希望與快樂的資訊。但是，如果我們無法做到這一點，那麼，我們至少可以懷著真誠、溫和與友善的態度過好每一天。哪怕我們做得不好，將生活搞砸了，甚至有了過失，也仍然可以提醒別人在穿過泥濘路時不要掉以輕心，以免滑倒。當他們跌倒時，我們也可以拉上一把，幫助他們清除衣服上的汙點。就算那些我們都

做不到，至少我們還可以給他們一些慰藉，讓他們不至於在難以忍受的悲
傷中，因為無依無靠而產生絕望。

第七章　時無英雄

第七章　時無英雄

　　當下，人們時常會發出這樣的感慨，認為所處的時代是一個缺乏英雄的時代。有時，我也會思忖一番，到底現實是否真是如此呢？首先，我不敢確定，我們所處的時代就是評價當代英雄偉大與否的最好判官。一個偉大的時代，人們更樂於做一些讓後世人覺得偉大的事情，而不是一味地在想，這樣做了之後，其本身是否偉大？也許，真正的事實是，我們正在找尋一些英雄，卻因為找不到而發出這等抱怨。這也從側面證明了，我們正處於時無英雄的年代。

　　我認為，處於伊莉莎白時代的作家，並不會專注於他們偉大與否，他們更希望擁有充裕的時光，想要急切地說出心中醞釀已久的思想，而沒想過這樣做是否會獲得別人的讚賞。在文藝復興的歷史裡，我們會對諸如萊昂‧巴蒂斯塔‧阿伯提與達文西這樣傑出人物的存在，感到安之若素、不足為奇。他們將建築師、雕刻家、畫家、音樂家、運動員、作家等頭銜集於一身。而且，這樣全面發展的人才，在那個時代可說不在少數。他們能吹奏一曲讓你淚滿青衫的調子，也能駕馭最桀驁的馬匹，跳得比所有人都高。而且，更讓人印象深刻的是，書籍之於他們，就好比珍珠與花朵一樣可親。他們在「夕陽下，漸趨黯淡，但卻莊重」。我們可以想像，諸如這些人，他們並沒有時間考慮自己的成就會對後世有怎樣的影響。當太陽還掛在中天之時，就無需質問其至高的優越感。當我的雙眼專注掃視天空，想要找尋熹微的星火來照耀夜晚時，我們實在是在浪費時間。然而，我們還要努力找尋一些激勵我們的人，這種行為無疑證明了當代缺乏激情與創造力。另一方面，我們也會存在很多不被同輩人所認可的偉大人物。

　　現在，我們所讚美的成就，幾乎都是經過一段歲月的發酵，開始發黃之後才漸漸意識到其存在的意義。我們不會將熱情洋溢的讚美，賜予某位事業正值巔峰的預見者。更為重要的是，在一個如我們這樣的時代，一般

成就的水準已經很高了。所以，也就更難感受到一些特別偉大之處了。大樹鶴立雞群於小灌叢中，要比迷失在茫茫的森林裡更為顯眼。

在當代，成就偉大之名有兩種途徑。其一是憑藉知識的淵博，其二則是知識的精深。某人的偉大之處，在於其形成的了一個巨大與寬闊的「模型」。但是，他本人可能沒有任何特殊的成就或能力。有時候，我們想要稱讚他某一具體方面的能力時，便感到有些困難，但是人們卻能真切地感受到他存在某種特定的能力。這類人，恐怕就是我們所說的天生的領袖。他們的影響力，並不是憑藉自己在某一方面表現出了出眾的才華，而是以其對崇高事業的渴盼，並清楚意識到自己想要達成的目標，能在自己周圍聚集朋友、追隨者與幫手，將正確的人擺在適當的位置上。他們展現的巨大力量，讓別人在他們面前顯得黯然失色。一般而言，性格快弱之人都無法擔當最重要的責任，他們只能享受著普通人在這個世界上獲得最奢華的東西，即滿懷憐憫地徵募，給予適當的價值。領袖的能力絕非是一般的稟賦，這點我們不得不承認。許多富有才華的人，都可能無法寫出一本小說，但若是得到這些人的激勵或是指引，卻能做得十分出色。

我曾接觸過一位這樣類型的人，當我感知到其的魅力所在後，卻實難用筆書寫其人本身的偉大之處。記得有一次，一位對此存疑的人質問我：某某人的偉大之處在哪裡啊？我真的說不出其人特別明顯的偉大之處，但是他顯然控制了那個圈子。儘管在這個圈子裡，許多人在智力上都可能比他更為出色，但他卻似乎有自己的一套方法做到了這一點。他若請求某人辦事，別人會為獲得他的信任而感到驕傲。他在口頭上的一句贊同，就是對別人最好的獎賞。人們可能對他在某件事情上所持的觀點有異議，但在他面前卻無法表達出自己的不滿。有時，他簡短與隨意的話語，要比許多油嘴滑舌與喋喋不休的演說更有力量。雖然，我個人並不怎麼相信他的

判斷力，但還是對他心潮澎湃。對於這類人，後人通常難以理解，為什麼處於那個時代的人會深受感染，或為什麼人們仍會懷著崇敬與熱情談及此人。其中的祕密，就在於一種道德與自身魅力所散發的力量。但是，這類人的可怕之處在於，如果他們的思想本質是反動的，卻又看上去充滿智慧的話，那必將釀成一場大禍。因為，他們更傾向於將本應變革與更新的東西一次次僵化，讓事物停滯不前。

這是偉大的一種形式，憑藉著某種力量而對人產生了影響，將人們控制著、提升著，就像巨大的海浪，生存了數萬朵浪花，然後又重重地拍打著。

關於這種偉大所帶來的強烈與難以言喻的力量，在這裡，與大家分享兩個有趣的例子。這兩個例子的主角分別是亞瑟‧哈勒姆與 W.E. 亨利。在亞瑟‧哈勒姆的例子中，他的朋友對其所作的讚歌數目之多，似乎達到了毫無節制與極盡誇張的地步。但事實上，關於他的那些最著名的頌詞，都是由一些為世人稱頌的天才所作的。相比於許多默默無聞的平常人，其中的信服度並不能增添多少。因為，一個人越傑出，思想上就越容易先入為主。所以，其所認知的偉大，就越趨於華而不實。除了《悼念》（*In memoriam*）的記述之外，丁尼生對亞瑟‧哈勒姆言語的紀錄幾乎一面倒，盡是誇張讚美之詞。我曾有幸與格萊斯頓會面，向他問起亞瑟‧哈勒姆這個人。因為他與哈勒姆在伊頓求學期間，就已經成為了親密的朋友。此後，他們的友誼也一直維持了下來。在聽到哈勒姆的名字後，格萊斯頓的眼神突然有神了，聲音頓時變得洪亮起來，手勢也更為文雅。他說，在經過之前的深思熟慮後，無論在身體、智力或道德上，亞瑟‧哈勒姆在他所認識的所有人當中，都是最接近於完美人性的典範。但從哈勒姆在伊頓公學求學時期的照片上看，他似乎只是一個很普通的年輕人。身體結實、比

較平凡、富有朝氣,但卻看不出任何特別或富有魅力之處。雖然他留下的散文與詩歌的數量眾多,不僅顯得冗長與繁雜,而且其中也沒有留下多少讓人印象深刻的東西。但他似乎對與他同時代的人,施加了某種催眠術般的影響。對於那些不了解他的人而言,他似乎只是一個極為平凡的人。在他去世之間,發生了一段有趣的軼事,就是當他與其父到歐洲旅行之時,看到他毫不留情地指責其父的言論,也就是他駁斥父親對同時代的人們所說的話語,看到之後深感滿足。以上的說法,是一位目擊者所說,並被哈勒姆的魅力深深地感染著。人們會問一些毫無意義的問題,類似於他性情的魅力到底在何處?但是,這種魅力無疑就在那裡存在著,只是存在疑問的人自己沒有探究也未能發現。現在,隨著他的去世,再也無法重現了。在不同的領域,類似的情形也會出現。在 W.E. 亨利身上,也能看到同樣的情形。他在文學上的造詣,除了幾首詩歌之外,幾乎就沒有其他具有保存價值的作品。他所寫的文藝評論,飽含情感與自滿,但卻缺乏分析的深度與廣闊的視野。他對待史蒂文生的做法,鑑於當時的情形,可以說是不夠厚道且讓人憤怒的。但是,在那些與亨利來往親密的人都一致認為,他是一位寬宏大量、高尚熱情的人,許多人都對他產生了強烈的忠誠感。我記得,在他去世之前,有一位他的忠實粉絲對他進行過評價,稱他為「另一位詹森博士」。在談到對他所寫評論的判斷力時,這位粉絲說:「亨利彰顯出來的憤怒是傲慢的。例如,他拒絕給予德·昆西用英文寫散文的權利。這讓他感到無盡的樂趣。」這些評論是如此的自大與怪異,卻讓他在許多忠誠粉絲中獲得了嘉獎,反覆地被人吟頌。這一切,證明了讀者獨立的判斷力在亨利的個性面前,被沖刷得無影無蹤。透過以上兩個例子,可以告訴我們一個道理,即人們可透過自身的作品獲得世人的讚譽;但更為自然與持久的感激之情卻屬於其人本身。

第七章　時無英雄

　　另一種成就偉大的途徑，就是憑藉某種知識的精深。這種偉大的影響，集中於一些燦爛奪目的點上，就像機敏睿智的對答或在電光火石之間產生炫目的感覺。具備此等偉大之處的人，一般都能取得讓人矚目的成就。他們的其他天性卻往往都會因某種極為出眾的才華，而被遮擋起來。他們在某個方面的成就，絕對是顯眼與毋庸置疑的。倘若這些人能夠將一些模糊或到處散落的知識收集起來，將人們心智中一些盲目與本能的感悟聚集並表達出來，那麼這將成為他們最鋒利的武器。他們並不會將精力廣泛地分散，而是集中於一點。正是這種類型的人，為這個世界帶來了一些最為深遠與革命性的變革。因為，他們善於將分散凌亂的力量都總結並歸納起來。盧梭就是一個不喜歡遠遊的經典例子。在他所處的那個時代，充滿了無謂的傷感、情緒與思想的衝擊。他本人並非是一個果敢之人，而是典型的夢想者與詩人，但他卻在忠實地表達自己情感方面具有無與倫比的天賦。他能用簡明與吸引人的文字，精確地表達出每個人意識中欲言又止的形象。

　　現在，讓我們審視一下人類可進行努力的幾個方面。在一些領域，人們可以獲得至高的名譽，並且應該思考在這個時代理應期待的偉大。

　　在軍事領域，最近，我們很少有機會證實自己的軍事天才。海軍的戰鬥力不足，人員不整，南非一役充分將一個苦心經營但卻並不實用的和平協定的缺陷暴露無遺。儘管，這維護了少數人的聲名，同時也讓某些人頭上神聖的光環成為了泡沫，一刺便破。毫無疑問，這並沒有顯示出我們的將領絲毫的應變能力。我還記得，在一次內閣會議的討論上，就應該讓哪些軍官執行這場戰鬥任務，議員們產生了僵持。諾斯公爵說：「我不知道你們在看到這一串名字時會有什麼感覺。但我必須向你們坦白，這讓我渾身顫抖。」南非一役，顯示了許多將領都未能達到華茲華斯所描述的「快

樂的勇士」這一層次，反而讓諾斯公爵感到戮悚。更有甚者，在策略範疇內，我們最近單獨的軍事行動，也證實了這個時代的確缺乏軍事指揮方面的天才，雖然他們表現出能夠勝任的忠誠度。我絕不像某位作家為最近波耳戰爭的結束而感到遺憾，因為他覺得這可能阻斷了軍事戰術這門科學的發展，但有一點可以肯定，人們對戰爭的反感情緒卻在與日俱增，對於生命的犧牲懷著強烈的憎恨感。同時，這也營造了一種不適於造就軍事天才的氛圍。因為，在過往的歷史上，偉大的軍事聲譽一般都在那些良心根本不會感到不安的人身上獲得，這也就是典故裡「一將成名萬骨枯」的最好論證。他們將手下的軍隊，視為可為了贏取勝利而隨時喪命的工具。

再談一下治國方略。大家都很清楚當今的社會狀況，民主的洪流正以迅雷不及掩耳之勢在政治領域內橫掃一切，這也是對施展個人政治天才的不利因素。最大的獎賞，落入了一些精明的機會主義者身上。政治家扮演領航者的機會越來越少了，更多的只能擔當引航員的角色。在這個人眾輿論趨向緩和與接受解釋，而非某些天才激勵與指引的時代，遠見與無畏的勇氣，反而成為了一個缺點。最受歡迎的政治領袖，則是那些能協調各方不和諧的聲音，繞過一些無法克服的障礙，繼續前進的人。友好與溫和，要比對目標的預見性或高尚的情懷更具了價值。政府的代表性越強，那麼，個人的原創性就必須要屈服於眾人的柔韌性。政治家的思想，越是八面玲瓏，他的適用性就越廣泛，也就越受歡迎。自從比肯斯菲爾德深藏的神祕感與格萊斯頓 [17] 的無比坦率之後，政治領域內便再也沒有出現哪位「一人呼，萬人應」的領袖。即便如此，在這兩個例子當中，人物的偉大之處，在很大程度上取決於個人魅力的影響。這兩個人成為歷史的時間越長，人們就會以一些書面紀錄來評價他們。那麼，比肯斯菲爾德內心的華

17　格萊斯頓（William Ewart Gladstone, 1809-1898），曾擔任英國首相。

第七章　時無英雄

而不實與缺乏真誠的信念，便會暴露無遺地展示在後人面前。同理，格萊斯頓的內心則是懷著一種「步行者」的悠閒之氣，缺乏批判思維的毛病也會暴露無遺。我聽過格萊斯頓的演講，在某個場合上，我為一家日報記錄格萊斯頓就某個文學議題上的私人演講，發表了自己的看法。我個人被他的演講才華折服得五體投地，他句句珠璣，雙眼炯炯有神，透出一股獅子王的霸氣。他的聲音似乎有某種直沁神經的物質在發生著反應，他那似乎橫掃一切的手勢，無不讓聽者如痴如醉。我才發覺，原來自己之前從未意識到他所談及的那個領域，具有如此深遠與重大的意義。但是，當我試圖從辛辛苦苦摘錄的筆記中重構出一些讓我震撼的心靈話語時，卻顯得一切又是那麼的蒼白無力。我的筆記不僅顯得空洞，而且盡是一些極為瑣碎的東西，幾乎可說是毫無記錄的意義。但是，在當時的情景下，他所散發出的那種魔力，的的確確存在。撇開內容本身不談，當時的演說情景，真是讓人神迷。我可以很坦誠地說，個人並不認為格萊斯頓是一位智力超群或情感深厚的人，但他卻是精力極為旺盛與充沛之人，還是一位極為優秀的演說家。

慎重有禮的力量，存在著智慧、幽默與魅力。也許，當代坐在議院下的具有才華與志向的人，與之前的偉人無法比擬，或者可以說還遠遠不夠。現階段，並沒有任何讓人印象極為深刻或能指揮一切的人物形象了。偉大之名，似乎並未被凝聚起來，反而被稀釋了。無論是在軍事策略或是政治範疇裡，都難以阻擋人們對一些橫空出世的英雄懷有敬意，倘若某些人真的具有這般能耐的話。

接下來談談藝術與文學領域。當追溯維多利亞時代這段歷史之時，我個人比較傾向於將這個年代視為一個思想極為活躍與優良作品迭出的時代。而在當代，有兩種情況阻礙了最傑出藝術家的出現。其一，就是我們

也已累積了許多藝術與文學上的精品；其二，就是大眾可按自己的品味分享圖畫、音樂等珍寶。書籍的累積，無疑讓新生代的藝術家，都更難獲得顯赫之名。過往有太多傑出的作品，值得從事藝術或文學的人研習。我們往往會滿足於過去那杯芳香的葡萄美酒，即使現在有些美酒也可口，但難以被人嘗試。這種情懷造成的後果是，有不少原先傑出的藝術家在其創作之花早已萎縮的情況下，他們的作品卻仍能保持長久的名聲。而在當代，這些人只能安於被少數人認可的命運了。我想，關於這個問題的解決辦法，就是在挑選的時候，制定出更為嚴格的規則。我們必須要認可一點，即無論對於過往還是當代的作品，都要取其精華剔其糟粕，讓傑出作家的二流作品從人們的視野中消失。與此同時，也要為那些勇於探索新穎表達方式的新人，提供一個美好的未來。現在，文學形式的古板，似乎顯示了人類在探索表達方式上已經窮盡了。諸如抒情詩、史詩、諷刺詩、敘述文、書信、日記、談話等文學體裁，都散發出了藝術的香氣，但也許還有其他可行的表達體裁仍待發掘。一旦我們為掌握與運用的實際出發，可能會更需要革新。就以繪畫藝術為例，現在色彩只是作為一種類型方式在被人使用，只是用來包裝戲劇所蘊含的動機。然而，為什麼不將色彩如交響樂之於音樂那樣應用開來呢？在音樂中，我們從某種有序的振響中獲得了聽覺的快感，既然耳朵可被一種音序所感染，眼睛就沒有理由不能被某種色彩次序的運用所震撼呢？所以，在藝術領域內，倘若我們能借助某種昇華的冥想形式，就能突破現在僅局限於對人性描述的桎梏了。這樣，思想就能在最微妙的層次中不斷混雜與染色，而無需犧牲思想表達的流暢度，繼而呆板地迎合格律或韻律諸如此類原始古板的體裁，或是向更為幼稚的插曲、戲劇低頭了。福樓拜曾表示希望這樣一個時代的來臨：作家無需應付於某個主題，卻可以直接地表達情感與思想，無需以圖畫式將之前難以

第七章　時無英雄

表達的思想說出來。倘若某位作家能夠發現，能從各種羈絆於表達的傳統方法中掙脫出來，能將思想中一些幻想或奇異的特色表達出來，讓作者的個性彰顯得充滿個性，那麼，這種成功便能立即與其他人區別出來。而且，傳統方式若未能讓人將心中最為親密的話語表達出來，那麼，他甚至可謂開創了一種新型的藝術表達形式。

有一種重要的心理傾向，在當前的作家心中盤踞著。正如我之前所說的，就是人們對事情都有了自己民主的想法，這是一種剛處於萌芽與未被培養的時代。但是，在這個出版廉價與讀者眾多的時代裡，卻成了作家的災難。這種趨勢帶來的誘惑，常常令人感到悲傷。有時，人們只是為了占據市場，而不是真心創作一些自己真正想要的作品。唯一的標準，就是只要受大眾歡迎就行了。但是，我們必須承認一點，這並非完全是一種低俗的誘惑，因為這樣做的本身，能為這些人帶來可觀的財富。儘管在一個追求安逸的時代，社會地位在很大程度上便決定了人們拋棄心中的理想。無疑，財富本身就是一個巨大的誘惑，而更大的誘惑則是透過吸引讀者來獲取成功。若某人有了自己的想法，他自然會想著如何去表達這些想法。倘若他能夠傳播自己的想法，完全可以吸引那些智力正常與富於熱情的人來分享自己的想法，於是，他們就會覺得自己在做一件很高尚的事情。事實上，在文學領域裡，這種追求民主訴求並非是一種思想，而純屬道德範疇。維多利亞時代所有極富盛名的作家，無一不是具有樂觀精神的道德家，如白朗寧、羅斯金、卡萊爾、丁尼生等，概莫能外。世人之所以推崇他們，是因為他們可以在一種彌漫著異端芳香的迷霧之下，掩飾骨子裡那些傳統的思想。實際上，他們是在迎合一個自滿自足的時代，卻以一種諸如拜倫、華茲華斯、雪萊、濟慈等貌似相悖的方式做著滿足他人又能實現自我的一種表達。追求民主的人們，誤以為這就是大度、高尚與明智的

表現。事實上，這恰恰是一種目光狹隘與偽善的表現。他們怨恨自主與原創，但在表面上卻裝作兩者都喜歡。他們喜歡吉卜林[18]，因為吉卜林向這群人證明了一點，即庸俗並非一種罪過；他們喜歡蕭伯納，因為蕭伯納讓這群人認為，自己要比想像中更為聰明。事實上，在文學史上，有許多著名人物在當代都必須要習慣於不被世人稱讚或認可。他們必須要像斯溫伯恩所寫的一對快樂的同伴那樣：「在死亡的花園裡，歌手們的名字叫不朽，他們兩個的音樂，別人卻聽不到。」

在科學領域裡，我並沒有太多的話語權。因為我對此並不了解，也沒怎麼學過。正如亞瑟・西奇威克所說，在科學領域中，我不知道偉大本身是由什麼構成的。我想，科學上的英雄，是那些在極為耐心的研究中，加入了某種強大的想像，也許是某種演繹的能力，正如牛頓或達爾文一樣。但是，我們正站在科學年代的門檻上，也許離光源太近了，科學發現的成果已經炫目，以致說不清誰偉大或誰不偉大了。我在科學界認識幾位享有名聲的科學家，他們這群人顯然是天賦超群的，而他們中的有些人的性情則顯得慵懶與遮掩。我們無需挑剔，因為存在即為合理，在某方面取得非凡的成就，一般都預示著對世界有了一定的了解，或者至少對世界有了自身的思考。科學界的偉人，在他們的思想領域中，其實常常與常人難以達成溝通。我認為，科學上的偉大不能以某個發現所造就的實用結果來衡量。我的意思是，某人可能無意中發現了某種疾病的治療方法，對人類而言具有難以估量的價值，但這些人卻並非是真正意義上的科學偉人，而只是一個幸運的發現者，偶然間成為了人類的造福者。對未知事物的發現，就像螺絲釘或輪子，被一個迷失於過往的人偶然間創造出了新事物。我

---

18 約瑟夫・魯德亞德・吉卜林（Joseph Rudyard Kipling, 1865-1936），生於印度孟買，英國詩人、作家。

想，這些人並不能被視為科學上的偉人。科學上的偉人，往往是能指出某些基本規律，改變人們原先的思維方式，激勵人們更加滿懷希望地研究一些問題。但是這個過程就像了解一些自然法則，其本身的意義並不會立即帶給人類多少現實的便利。關於生命自我存在這些問題，仍有難以計數的未知謎團籠罩著我們，而揭開這些謎團的證據，就在我們手中，這點毫無疑問。只要看到頭腦簡單的小孩熟知事物的脈絡與影響的過程，就會認可這一觀點。我想，最近幾年，科學界無疑享受著至高的聲譽。

目前，有許多人抱怨當代沒有英雄，對於這個情形，我們感到非常驚訝。儘管我們耗費了時間來抱怨，卻常常處在一種慣性思維當中。其實，從長遠的功用利益考慮，偉大之名與人類的自我表達密不可分。現實生活中，我們可能會對日常一些常見的偉大視而不見，針對這樣一種情況，後人也常常會指責我們。對此，我所持的觀點是，現在的科學與技術，能讓我們詳細地窺視出偉大事物所蘊含的真正道理。在此所要表達的意思是，我們曾經接觸過很多偉大的傑作以及偉人的思想，而在某群人或者某個學派中都可以找到相同的傑出思想。

偉人往往都熱愛工作本身，深深地沉迷於他所做的事情，並全身心地享受著工作的快樂，而不是一心想著偉大與否，並不追求所謂的名利，這便是我所認為的當代科學的現狀。因此，我更願意承認，在當代科學領域中，更容易發現英雄的存在。

因此，我認為，時代並不缺少英雄。儘管，我必須承認，我們缺乏被世人承認的英雄。我覺得，大眾對英雄的定義是，在人類某個領域中贏得舉世公認的顯赫聲名，而世人眼中的「英雄」還要更進一步，必須創立自己的理論學說，並且在面對別人的藐視甚至敵意時，英勇地堅持並發揚這種理論。我認為，真正的英雄並不是對批評漠不關心的。事實上，他們通

常由於比常人更為敏感，擁有更強的感知能力，而在大眾的輕視與誤解中深受打擊。卡萊爾、丁尼生、羅斯金這些人都有某種近乎病態的敏感，鬱鬱地活在自己的悲傷之中。另一方面，很多英雄都會因早年的慘痛的經歷而埋下陰影。培養英雄的最佳土壤，似乎是讓他們是早年必須在某種孤獨中度過，在與少數志同道合之人的相互欣賞下，對抗著世人的鄙視。然後，隨著英雄們掌握了自己的方法與能力之後，學會了不要過分高估世人評判的眼光，這樣，他們的成功就會顯得更加成熟，能力顯得更加醇厚。但是，符合這樣條件的偉人有幾個呢？一般而言，偉人們最優秀的成就都是在孤獨中甚至是不被世人認可的寂寞中完成的，而當他的才華耗盡之時，可能才會獲得屬於自己的陽光。

　　至於當代不利於產生英雄的說法，我想，必須承認事實的確如此。首先，我們大家都對彼此十分熟悉。在國外，輿論對個人存在著強烈的好奇感，便是出於對生活最微小細節的好奇，但是世界上的人難道有何不同嗎？這讓人們產生了過分的自信，滋生了自我主義的習性。同時，這個世界對新奇與各種感官刺激有著青睞，那些輕而易舉的成功來得快，去得也快。許多人所崇敬的，其實並非偉大，而是實現偉大之名所帶來的快慰而已。這樣造成的後果是，展示出的震驚世人才華，都被立即挖掘與利用，像一個玩具被人玩耍，或是被扔在一邊的玩偶一樣。與此同時，年齡的觀念也是深深充斥在人們的心裡。人們喜歡被貼上標籤，用來裝飾自己，希望以此從大眾中脫穎而出。新聞報紙，也迎合了這樣的口味。接著，輕鬆與快速的運動，引誘著人們無休止地體驗諸如旅行、社交等活動。這恰恰與自身日漸成型的性格相背離，這種性格正是我們施展自身天才所需要的一個重要因素。有一個故事，可能算不上是這類現代社交生活的典型，但卻發人深省。女主角有點像里奧・亨特女士，無論別人的名聲大小，都喜

歡邀請別人過來聚會。有一次，她對一位參加聚會的年輕人說：「先生，你肯定還記得，你叔叔搭乘的火車發生了事故，他在事故中受傷很嚴重吧？」這位年輕人被這一問題，問得極為窘迫。正是這種不計一切後果，想要出風頭的強烈欲望，讓她失去了別人的尊重。任何真正的偉大，都不可能憑藉這種方式來獲得。

　　一個淺顯的道理就是，任何人都無法透過與別人的對比，或在日思夜想的意淫中獲得偉大，更別說單純只是出於某種想要偉大的欲望了。人們必須要以某種安靜的方式，讓自己活得偉大。一個人越偉大，可能就越少關注於自己的名聲。試圖嘗試以別人的方式來實現偉大，則顯得徒勞無益。這就好比讓自己看起來與別人的肖像一樣，即使由維拉斯奎茲所繪製，也不可能達到其本身。謙遜與偉大並非是如影隨形的，很多偉人卻仍保存著對虛榮孩童般畸形的熱望。在這種情況下，這又是某種行動的偉大之處了：即某人可能才華橫溢，而不一定是靈魂的偉大。赫列特曾說過，謙遜是所有美德中最低級的，因為它真真切切地顯示了自己所具有的缺點。接著，他說道，一個自我貶低的人被別人低估也是很正常的。這是一句犬儒與庸俗的格言。事實上，一個偉大之人必須要對自身尊嚴與重要性保持一定的分寸感，也不要忽視任何一個微小的細節。倘若某人真的有一顆偉大的靈魂，也就不會拿自己與別人比較了，而會更傾向地高估別人工作所具有的價值。正如 D.G. 羅塞蒂[19]對朋友們工作的誇張與讚美之詞，反而更能彰顯其自身的偉大之處。這種優雅怡然的性情，成就了他的個人魅力。

　　我認為，當代之所以缺乏顯眼的偉人，是由於這個時代過度的活力與欲望所致，而非人們的無精打采或是精神的煩躁產生的結果；而文學與藝

19　D.G. 羅塞蒂（1828-1882），英國詩人、畫家。

術等領域的沒落，也並非是任何懶惰或逐漸腐敗的徵兆。相反，這更顯示了一種對追求過分製造轟動的效應，以及他們本身具有極度的欲望、對情感的體驗有這更為激烈的渴求。時刻懷揣著希望，能夠對別人產生影響的強烈欲念，這些都是屬於反對一些陳舊與常規理論的行為。我不是說，我們就可以沿著這些方向找尋偉大，因為真正偉大的實質，就是某種平衡、鎮定與深思熟慮。道德上墮落的一個信號，則是過度的激發了神經。

　　我最美好的願望，就是倘若這種焦躁的精神能達到極致，將會產生一種反抗自身的力量。偉大的本質，在於不走尋常路。現在，焦躁不安卻逐漸成為一種常態。在教育、藝術、文學、政治以及社會生活等方面，我們在公開地聲討夢想者與懶惰者之時，卻往往迷失了自我。我們無法忍受看到一種步伐緩慢、深思、沉默寡言的精神，沿著明晰的道路上安靜地走著。人們懷著忠誠與認真的態度去履行各自的任務，這便是拯救世界的最佳方式，然而我們並不感到滿意，卻還要求每個人都應友善待人，要對別人負責。努力做到苦心勸告，敦促別人；做到克己奉公，管理好白己，這完全是錯誤與無益的。我們的目標應該是更有耐心，而不是只顧及其實際效用；真誠做事而非考慮其適用性，認真學習而非好為人師，努力思考而非嘗試說服別人；了解真理而非製造幻覺，不論這種幻覺多麼讓人舒適，多麼讓人開懷。

第七章　時無英雄

第八章　羞怯

第八章　羞怯

　　在人類本性中最為古老、原始，而且土生土長的一種性情，無疑與羞怯相關。在人類文明的進程中，羞怯當中的糟粕理應被日漸提升的安全感和進步的啟蒙思想所根除，但是事實並非如此，仍然存在著殘留的餘根。與許多最為原始的本性一樣，在人類兒童階段它們便顯得極為裸露，到了青年時期則變為隱隱作痛，這就好比一個小型的野生動物或者出於嬰兒時期的野蠻人，儘管它們在兒時就受到了彬彬有禮與友善的人類文明教育，但仍舊難以幸免。

　　羞怯就像人們在鄉村散步時，發現的那些砍伐之後剩餘的殘枝，營養不斷得到補充，但最後還是淪為耕地與農場。儘管人們在開墾荒野之時，將凹凸之處不斷地梳平，但是仍可聽到土地下的那些金屬發出的叮噹聲。在那裡，也許埋藏著笨拙的「企圖」或某個古代文物，抑或是河源被陡坡河槽截斷。人們在那裡，發現了一些古老森林的殘骸，一兩個木製的聖壇。同理，羞怯也是如此。許多古老、野蠻的特性，都可以透過教育或遺傳而不斷地加以撫平，以致它們在長期受到關注之後得到些許收斂。以便它們只有在偶然的怒髮衝冠之時，才會顯露出來。但是，羞怯無疑是人們想要消滅的最大的「漏網之魚」。因為人們深信，這種動機往往富於掠奪與危險，使得人們不得不躲在矮小的灌木叢中，或在陌生人到來時，悄悄地躲在樹幹背後。

　　我之前看到一個小孩，全身沐浴、精心打扮之後，手上佩戴著金銀首飾、面容清秀。倘若將他帶到一個被人讚賞的客廳，人們可以在孩子的臉上看到害怕的表情。儘管，孩子用過往的經驗得知，自己只是在接受別人的讚美與撫愛。但是人們還是會看到，孩子會突然用那雙小手掩面，接著就是一片慘澹的安靜，甚至是掉下眼淚，拒絕別人的安慰。直到孩子又回到了熟人的雙膝之下，才會慢慢恢復平靜。

我的一位性情活潑與樂觀的朋友，有著簡樸與善良的美德。他說，自己從小就不知羞怯為何物。若人們提起這個話題，他說其實羞怯只不過是一種自我意識罷了，根源於過分地想著自己。他的這種說法，在某個層面上是有一定道理的。但是，這種「診斷」並不是醫治這種「疾病」的良方。因為，羞怯這種疾病，正如人們時常遇到別人潑冷水，自身的任何努力都無法防止別人抱怨的攻擊。唯一能避免這些情形的攻擊，就是某人以後再也不與別人交往，然而這又恰恰是不可避免的；或下定決心，透過不斷的實踐，讓自己不斷地參加社交場合，以變得「鐵石心腸」起來，直到能從熟悉感中找到直面的勇氣。儘管如此，即便某人沒有深受羞怯之苦，要是讓自己駕駛著布魯厄姆馬車到某間陌生的房子，看到幾個臉色莊重的男管家不知從哪個門廊中冒出來，背後還有數人湧出，情緒也會隨之而來。倘若他是一個羞怯之人，此時一定會想，要是還能回到火車站，馬上就買一張返家的票。在此，他向幾個站在廳室的僕人報上自己的姓名，一邊向前走，一邊匆匆整理自己的衣冠，與房間裡一大群道貌岸然的人混在一起。他們的說話，就像羅塞蒂所說，「充滿了疑問和喧鬧」，以及由此製造的嗡嗡聲。此情此景，難道他們不想同可拉（Korah）、大坍（Dathan）或亞比蘭（Abiram）[20] 一樣鑽進地縫裡，或是遠離這群人？

　　據《丁尼生的一生》一書中記載，當碰到以上幾種情形時，他向一位年輕人建議說，試著去想像宇宙廣袤的空間。在那個空間裡擠滿了星群，而星球在彼此難以言喻的距離中不斷穿梭著，以這樣的想像來緩解羞怯，不失為一種心理療法。我所認識的一位女士說，當她還是個小女孩的時候，在這種情形下，就總會想著永恆這一話題，藉以維持自己那顆受傷的心。但是，所有這些努力都顯得徒勞。一旦現場處於這種緊迫時刻，人們

20　此三人皆是《聖經》中的人物。

第八章　羞怯

很少還會有心情去意淫星群的運動或未來黯淡模糊的前景，更多關心的，只是自己的外衣褶角是否整齊，自己的領帶是否上鏡，以及「敵人」的鄙視。基督的教義裡曾談到了如何拯救這樣的場景，相比一時所處的危機而言，這樣的場景就顯得微不足道。然而，當我們身處其中，我們是多麼的希望，別人能夠忘記自己的存在。

心靈敏感的人，在童年時期的這種狂野與劇烈的羞怯，隨著歲月的推移，一般都會被另一種情感所替代，也就是過渡到青春期的羞怯。有些人評價這種羞怯的本質，就是一種「羞愧的驕傲」，我覺得有一定的道理。青年時期的羞怯，源於一種讓別人感到開心、留下深刻印象或感興趣的一種強烈欲望，抑或想在別人的生活中，扮演比別人更為重要的角色。誰又能懷著蔑視、憐憫的心態，看待年輕人這種顯而易見的矯飾之情呢？他們害怕在任何方面承認自己的無知，深深希望自己能在世界上占有一席之地，獲得別人的尊敬與讚賞。一天，我遇到一位年輕人，他沒有任何出眾的能力或顯眼的成就，一個人站在一場大型社交聚會的角落裡。突然間，恐懼感與自身重要性的感覺雜糅在一起。我更願意相信，他可能是察覺到我的行為與氣質透露出微薄的善意，便用雙眼直直地盯著我。他所待的那個房間，有很多重要的客人。在一兩分鐘內，他以迅雷不及掩耳的速度對我說了幾句諸如「某天，總司令跟我說……」或「幾天前，主教對我指教……」之類的話語，以此作為個人自信的來源。這些談話的「殘餘」，無疑是他到一間自己並不喜歡待的擁擠菸室，道聽塗說得來的一些「碎料」而已。一些忙碌與友善的老年人會感到奇怪，為什麼這些男孩們還不乖乖地上床睡覺？當我回想起自己那段曾經冒進與自負的青年時代，我的心不禁在滴血。我只是希望，過往縈繞在我心頭的詛咒，不要再次在他身上重演。有時候，癱軟在床上，在夜深人靜之時，回想起從前，臉上仍會

因羞怯而感到臉紅；一想到自己曾經那張揚與荒謬的自我誇耀，毫無羞怯地彰顯著，我便會感到無地自容。在許多年以後，這種對虛榮的痴望，卻在心裡隱隱作痛。歷經了當年那些愚蠢的舉動之後，記憶中那些復仇的鬼魅，透過自我反擊便顯得尤為重要。

在我還是一個年輕的大學生時，我仍然記得自己到一位熟悉的朋友家裡待上一天的時光。朋友的家，就在劍橋大學附近。在朋友的家裡，有一位男性客人是一位嚴苛與古板的老師，他的演說充滿了尖銳與不留情面，時刻想著要讓年輕人回到自身應屬的位置，並且勸他們要安分守己。若是在劍橋大學裡，他根本不會注意到我這個人的存在。但在那裡，在一個相對陌生的地方，可能出於某種遺失已久的禮儀衝動，當女士們退場之後，他竟然對我說：「我想抽支雪茄，你知道去菸室的路怎麼走嗎？」那個時候，我還不會抽菸，當時的我真是很傻很天真，現在回想起來，當時的自己可能正在回憶曾聽到 位長者的談話。於是，我模仿長者的語氣說，「對不起，先生，我不抽菸，但我願意坐下來，與你分享一下談話的樂趣。」這位男性客人不以為然地嗤笑道，「什麼！不准抽菸？那就請你不要煩我。」這並非是一個友善的回答，但也同時讓我覺得自己真是愚蠢得無可救藥、難以忍受。在第二天，我也沒有表現得更好一些。在回劍橋大學的路上，我提議幫這位男性客人從火車站搬行李，他卻堅持要步行，斷然拒絕了我的好意。無疑，在他眼中，我只是一個無精打采的年輕人。而事實上，當時的我可能的確如此。

我還記得另一件相似的事情，幾乎也是在同一個時期發生的。一位同學邀請我到他的房間裡喝茶，會會他的朋友。茶後，他的心情十分愉悅，當場表演了一些傻里傻氣的動作，諸如像一個小丑那樣倒立著，躍起雙腳，背對著墜下沙發。在男女嘉賓都在場的情況下，我絕對不會展示這

第八章　羞怯

等滑稽行為。但是，我卻急於想要表現出自己成熟的態度，對「表演者」表達自己的「憐憫之情」。其實，我的本意只不過是善良的稱讚。我說：「我想不出來，你是怎麼做到的。」一位在場不懂世故的阿姨，對自己姪子的表演深感滿意，馬上對我予以尖刻的回答：「本森先生，難道你沒有年輕過嗎？」從那之後，我就想著要為類似這些惱人的問題，準備一個機敏的反駁回答。同時，我以為，無論是之前那位老師或是這位阿姨，他們的言論都有失厚道與公允。我相信，培養年輕人遠離羞怯所帶來的痛苦，就要求長輩們不要在公開場合下譏諷年輕人，或是讓年輕人顯得自己像一個傻瓜。很多時候，這種類型的譏諷，卻很自然地落到同輩人身上。我認為，一個老年人有權利在私底下對年輕人進行重要且認真的批評，若是年輕人能有機會為自己進行反駁，陳述自身觀點的話，他們是不會為此感到怨恨的。但是，一位毫無寬容之心的長者在公開場合的羞辱，讓年輕人根本難以抵抗，因為這種攻擊顯得堅不可摧。對於羞怯之人，他們總是急於想從別人身上找尋憐憫的眼光，完全無力給予反駁。因此，長輩們在這種公開場合下的譴責，便顯得不可原諒，因為這是完全不對等的，而且長輩們都在赤裸裸地欺凌著弱勢的年輕人。

在生活中，我遇到的最為友好的人，都是一些友善與善解人意的人。這些人，在小時候時常被寵壞，長輩們都在不斷地對他們給予鼓勵，讓他們不僅期望別人的容忍，而且對別人也培養了積極與友善的憐憫之心。但是，這種友善最為糟糕的是，只被那些相貌好看或聰明的孩子所獨享，而一些動作笨拙、面貌醜陋、不討人喜歡的孩子，卻在公開場合被人無情地責備。正如丁尼生在「萊蒂的地球儀」中的一首清新的詩歌裡談到的那樣：孩子的雙手「應從四面八方都獲得讚美」。只有當孩子們故意表現了粗野或懶散，才應公開地予以指責。而事實上，無論是粗野或懶散，通常

都是由羞怯所致，而非其他原因。

在青春期的羞怯之後，接著就進入了另一階段。此時，羞怯之人已經領悟了一定的智慧。他們意識到自己多麼容易察覺別人身上的矯飾與自負，並且意識到宣稱擁有自身實際上並不具備的經驗，這對自己毫無好處可言。暴露自身的真相，要比察覺到自身的缺陷與不足，更讓他們感到痛苦。他們也深深意識到，當自己試圖給別人留下深刻的印象時，只會讓自己顯得自大狂妄。這樣造就的結果是，當他隱退到某種沉默的狀態時，或像一隻溫順的綿羊靜靜地待著，也許是尷尬地坐著，同樣也能夠在相當長的時間內達到自我安慰。四肢的不安與神色的異樣，都能神不知鬼不覺地掩飾起來。倘若別人不是那麼自我陶醉的話，或具有察覺到其中隱含的價值與真正性情的話，就能透過表面更進一步地分析別人的自我不安。他們會意識到，潛藏的能量與溫柔，仍在他們那些毫無規則的動作中展現著。接著，就是羞怯之人讓自己踏上社交之路的時候了。他們並不需要口若懸河，但是他們若想嘗試一下幫助別人，看看別人的興趣或愛好，按照別人的想法進行，就能構建起一座座談話的橋樑；試著問一些「正確」的問題，也許還需要假裝對別人所追求的事物充滿興趣，那麼，他們就可能釋放自己肩上的重負。在這之後，就該展現出同情的笑容，如果讓自己說出或表達自身所感受的同情感，那麼，這個社會就會充滿和諧。實驗主義者們很快就會意識到，這種謙虛有度的同情心，能得到人們的歡迎，自己反而不再那麼羞怯。他們開始發覺，自己已不再像以往那樣被別人無聊地容忍著，而是為人們所信賴。他們將被視為聚會上的一個有趣的「幫手」，很快就會體驗自己的觀點與奇遇被別人欣然接受的愉快經歷。倘若他們並非要壓制或掩蓋別人類似的觀點，而是慢慢地引誘出來，那麼，他們的觀點就會得到應有的承認。嗚呼！但是大多數羞怯之人，都難以達到這個階

第八章　羞怯

段，卻仍然懷有一種批判與過分挑剔的態度。

我的一位年長的親戚就屬於這種類型，他們這些人擁有廣泛的興趣與精確的知識，但卻對社交充滿了恐懼。他們過分羞怯，不敢和別人進行一般性的對話。相反，他們憑著敏銳的雙眼，坐在一旁觀察著別人，臉上掛著乾巴巴的笑容。之後，當人群散去後，他們卻挑選並傳播這些參加聚會之人所做的一些不慎言論，並以一種尖酸的方式加以修正，從中獲得某種樂趣。若是這些人在某一領域享有聲望，卻有選擇用沉默對待他人，那麼這些人便讓人覺得可怕與恐怖。同樣，我也認識這一類型的人，他們一現身，彷彿就給原本歡樂的聚會蒙上了陰影。時常讓人覺得遺憾的是，羞怯之人將這種名聲視為抵禦外界眼光的盔甲。這可能也解釋了為什麼他們放任自己對別人的鄙視，而自己還不察不覺，就像猴子在他人田裡摘了西瓜，卻又要對農夫橫眉冷對。

在我所認識的人當中，最讓人反感的當屬那些本身能力很強，卻在青年時期飽受欺凌的人。此等閱歷會讓他們傾向於認為，多數人都是懷著某種模糊的惡意。他們要利用自身的能力與經驗，彰顯自己的重要性，哪怕這樣做了之後，他們本身並沒有感到快樂與滿足。這些特殊的人物從一種毫無得益的沉默瞬間，進入到對那些毫無惡意之人的瘋狂攻擊，這樣的事情我算是屢見不鮮了。我認為，這可能就是世間上最讓人感到不悅的一件事。謙虛與可親的名人，則是我們所能遇到的最友好的人了，他們往往顯得友善與和藹。而且，享有聲望之人的這種天然般的溫順性情，要比金子更具有欣賞的價值。

最近，有人告訴我一件關於某位著名政治家的有趣故事。這位政治家與一位謙遜與焦急的主人待在了一起，主人邀請了一群平凡之人一起來會見這位政治家。政治家在晚餐時稍微來遲了點，然後他便以一種古老的方

式向四周鞠躬,對客人做一一的介紹,但是,並沒人敢直視他的眼睛。儀式結束後,政治家以一種讓整個參議院爆笑的語調對主人說:「你臥室裡的那罐水壺很輕便啊,倒起來真自然。」他的一番話,將社交中的隔閡消融了。大家都高興地發現,這位政治家對普通人所關心的日常事務如此感興趣,使得每個人都可以擁有自己的見解。這場對話,也正是從日常生活中最簡單的一些事情聊起的。之後,他們逐漸聊到了各種有趣的話題。事實上,在日常生活中,友善與簡樸,要比才華本身更具價值。最為傑出的能力,可在一些日常話題中與新穎閃爍的燈火達到共鳴,而不是刻意在別人陌生的領域中展現自己。倘若在一個僕人眼中,某個自以為志向高遠的英雄不願與僕人打交道,未能正確地估量他們所具有的價值,那麼,他也不再是一個英雄了。

接下來,倘若我們回過頭來看看,就會發現有一些缺陷。在人生的不同時期,羞怯或是笨拙,在某種程度上並非顯得不友善。事實上,對年輕人而言,羞怯是相當可喜的素質。一個全然沉著或喋喋不休的年輕人,很容易引起別人某種潛藏的敵意,除非能伴隨著一種謙虛與真誠。在青年時期,單純的空談者對所有的話題都有自己的想法,並且覺得自己的這些想法都具有值得發言的價值。與此同時,羞怯的性情則讓人感到愉悅,免於許多尷尬的情景。但是,這些人在日後的生活中常退化為生活的無聊者。倘若某人的觀點最終證明具有價值,我想,他應當度過了一段狂暴與刺痛的敏感時期。此時,他相信自己有自身的觀點,但找不到足夠的自信形成這種觀點。他應該要有這樣的想法,即讓自己處於某種模糊的狀態,對抗墨守成規的觀念。這不僅在於同長輩打交道上,而且在與同齡人交往時,也非常適用。年輕人應對那些在任何事情上都有自己固執觀點的談話者,給予真正的憎惡。對年輕人而言,沉悶、無趣,這些並非是一種消極的受

第八章　羞怯

難，而是某種相當痛苦的折磨。更進一步說，年輕人所說的許多觀點都是人云亦云的，從別人那裡聽到一些碎枝末葉，或從本書中斷章取義地摘錄，往往沒有任何條理與連貫性。然而，那些謙遜與樸實的年輕人，心中往往充滿強烈的興趣與激烈的好奇心。一定程度的順從，其實是一件讓人值得讚美的事情，這是人類最富優雅的表現。對於一個老年人而言，透過善意的反諷或輕柔的挑逗，能夠消融心智的僵化，感受自身年輕的魅力，這也讓人覺得無比有趣。正如許多世紀以前，蘇格拉底與自己那些性情溫和與謙虛的學生們一樣。

　　年輕人的自信，通常意味著某種自滿。如果一位羞怯的年輕人仍有心思考慮別人的便利與歡樂，這也算是世界上最完美的同伴了。人們會感到，年輕人的勇敢與單純的清新之感，相信一切事情，同時也希冀所有欲望。這種年輕的衝動，未被這個世界的棱角所磨掉。只有當這種羞怯期，延續的時間超過了一定適宜的歲數，因為如果讓一個身體健康、其貌不揚的年輕人說起話來，因緊張而大口喘氣，變得語無倫次，顯得呆板與毫無風度，這種畸形才是讓人痛苦與沮喪的。早年的羞怯所帶來的真正陰影，就是由於有意識的笨拙舉動而帶來不等值的痛苦。

　　有兩件關於儀式的事情，一直深埋在我的腦海當中。有一次，我與一位鄉紳待在一起，他算得上是一位很有禮節的老派紳士，卻有著急躁的脾氣。第一天早上，在祈禱的時候，我遲到了一兩分鐘，那裡已經沒有我可以坐下的椅子了。鄉紳停止閱讀《聖經》，以死一般的語調，向男管家打了一個手勢，管家從自己的椅子上站起來，發出「咯吱咯吱」沉重的聲響，接著走過了房間，為我騰出了一個座位。我滿臉疑惑地坐了下來，男管家也返了回來。兩個侍者之前都是擁擠地坐著，為他空出了僅存的位置。男管家在長凳的另一端坐了下來，不幸的是，在他坐穩之前，第二個

僕人已在對面一端坐了下來。結果，凳子傾斜了，幾個僕人都倒在地板上。接下來，又是死一般的寂靜。之後，摔倒的僕人們慢慢地恢復好，回到各自的位置上。鄉紳強忍著心中的怒火，沒有爆發，繼續讀著接下來的章節。在餘下來的時間裡，僕人們不時用手帕擦著臉上的汗珠。剩下的儀式，都會發出一些莫名其妙的聲音與動作。相對而言，我是無辜的。但是，這件事所留下的陰影，讓我對接下來的參觀都了無生趣。

另一件事，我純粹是一個旁觀者。我坐在一個燈光昏暗的大廳，大廳裡坐滿了教會中的一些權貴人士。我們正在閱讀《聖經》，一位客人打開臥室的房門，走下樓梯，主人停下了閱讀。這個羞怯的人不僅沒有偷偷溜回原先的地方，而是繼續向前走，走到一堆火旁邊，還以為儀式沒有開始，便與女主人調侃了一下關於天氣的話題。結果，在他們說話的間隙，這位客人似乎明白有點不對勁，看到一群僕人站在廳室的角落邊，他便意識到自己應該馬上回到座位上。在他接下來的逗留日子裡，我發現他充滿了羞愧。當然，人們會說，幽默感可以從道德力量的崩潰中拯救出來，但是，如果要讓一個愚蠢的人將幽默展示出來，那該需要多麼強大的幽默感啊。

在此，我還想說發生在 30 年前的一件小事。同時，在說這件事的時候，我必須坦誠地對待，因為我至今都還沒從那件事的陰影中走出來。那時，我還是一個小學生，與父親一起住在一間寬敞的鄉村房屋裡。當時，我對周邊的環境並不是很熟悉，而讓我覺得莫名其妙的是，每天早上，都會有一位衣著莊重的僕人拿走我需要換洗的衣服。

在我和父親到達這個鄉村小屋的第一個晚上，這裡舉行了大型的晚會。我和父親分別坐在一位和藹可親的女主人身旁。晚會進行得非常順利。可是，在吃甜點的時候，發生了一個小插曲。一隻可愛的毛茸茸的西

第八章　羞怯

班牙獵犬來到我的旁邊，並用乞憐的眼神看著我。我看到盤子中只剩下了葡萄，就善意地遞給了牠一顆葡萄。獵犬叼著葡萄，迅速地跑到壁爐前一塊乾淨的白色毛皮毯上，然後，毫無理由地抽搐起來，不停地翻滾與吼叫。當那位易怒的主人，看到這隻瘋狗的行為時，生氣地問道：「是哪個魔鬼給那條狗葡萄了？」接著，那位主人又轉過身，向我父親解釋說：「只要這隻狗吃了葡萄，就會在那張毛皮毯上打滾，並留下難看的痕跡，而要清洗地毯上的痕跡，是一件讓人苦惱的事情。」這時，我的內心充滿了內疚之情，猶豫著想要承認自己的過錯。女主人看到我此刻的表情，立馬就明白了所有的事情，搶著對主人說：「法蘭克，這件事是我做的。我一時忘記了，這隻狗不能吃葡萄。」對於這位女主人天使般的搭救，我真是感激不盡。然而，我卻一直沒有足夠的勇氣澄清事情的原委，只能在心裡懷著對女主人長久的感恩之情，並安慰自己，等到晚宴結束之後，女主人必定會向主人解釋整個事情的經過。但是，這件小事讓我的心靈得到了巨大的震撼，不止教會了我一些道理，還教會了我身為基督徒在緊急時刻幫助他人的責任。如果，在以後的生活中，我有幸遇到類似的事情，一定會幫助那些羞怯的人，讓他們擺脫自我愧疚的痛苦掙扎。我要感謝那為女主人，因為是她對我的及時幫助，讓我學會了如何在別人為難之時伸出自己援助的雙手。

　　然而，從這些陳年往事中得出的經驗，也時常讓人感到迷惑不解。害羞之人似乎應該在當時受到自己內心的譴責，而不是之後的自我臆想與後悔的雙重折磨，這是一種非常嚴重的懲罰，比某些喪失道德所遭受的懲罰更為嚴重。並且，這種犯錯所帶來的後悔之情，並不是在這些失敗的社交之後立即出現，而是在後來的日子裡，當意識清醒之時，悄悄地潛入大腦，使得那種刺痛的負罪感更為尖刻與強烈。

事實上，我們都必須承認一點，在公共場合，我們既不願意自己表現得像個無賴，也不願意像個傻瓜。由此可知，許多人懼怕被社會嘲笑與否定，而不在乎道德的淪喪，這一現象是多麼的正常。這一結果帶來如下的哲學思考，道德的基礎就是這個社會對我們行為的判決。事實上，道德的喪失必將導致我們不得不面對上帝的懲罰。但是，人們還是希望，正義能夠仁慈地包容誘惑。然而，最後的判定結果卻是遙遙無期。在社交生活中的失誤，一定程度上會給我們帶來負面的影響，使得我們必須繼續面對一個讓自己厭惡甚至鄙視的社交圈。社交圈中的某些人，可能會記住我們曾經的失敗，並落井下石、幸災樂禍。因為，他們那所謂的正義感，從未經歷過任何仁慈與善良的淬鍊，也就顯得微不足道。

　　然而，我們仍然會處於一個令人沮喪的環境中：儘管我們知道，身邊的一些朋友常會承受生活中那些類似於此的壓力，我們卻毫無辦法，甚至還以他們的這種壓力作為自身的一種樂趣。事實的確如此，當我們的朋友處於悲傷、困頓、失意之時，我們有多少人想著伸出援助之手？當他們開心或成功之時，又有多少人願意跟他們分享或鼓掌呢？

　　解釋羞怯的本質及哲學意義就好似剝洋蔥，不斷地將包裹人類精神的外殼去掉，越來越接近其原本的惡臭。我不得不時常克制自己，用審視的想法安慰自己，認為人類的存在價值並不像托盤裡的硬幣那樣，被一點點消耗掉，其真正重要的，只是一種大體的印象。前不久，我路經一個年代久遠的教堂，古老的聖洗池旁，是一些暗黑色的範本與聖壇屏，上面的繪畫與鍍金經過歲月的洗禮，早已變得粗糙不堪，反射不出什麼亮光了。但是，我覺得，那微弱的亮光曾經一定是明亮而庸俗的，反而沒有現在這種黯淡而豐富的效果。凹痕與剝落的碎片、灰暗的顏料、厚厚的灰塵，這些給人的感覺都是難以言喻的。我想，同樣的情形也許並不會發生在我們的

第八章　羞怯

人生之中。因為，雖然我們心靈表面的光澤會變得灰暗，身體也會因激情
的消退而變得笨拙與虛弱，甚至會為自己的愚蠢感到悔恨，但是，只有這
樣，我們才能真切地感受美麗，找到適合自己的東西，與聖賢產生心靈上
的共鳴。

第九章　論「平等」

第九章　論「平等」

　　我能聽到不少人議論盎格魯－撒克遜民族，說這個民族缺乏理性，真正被這個民族奉為神聖的事物並不多。但是，有一樣東西，卻在最原始、最野蠻時期被許多盎格魯－撒克遜人奉為至寶，甚至超過了任何信條、十誡、公平競爭與道德等觀念，那就是「財產」。人們對財產的渴望極為強烈，以致人們並不怎麼關心逝去的人們在宗教上所解釋的難題，或是在愛中受挫的感傷，而只是想著自己是否會有金錢上的憂慮。然而，我們的確將財產看得過於神聖了。在這方面，我們對別人權利的尊重，是基於希望自己的權利也能得到尊重。倘若別人問我，英美兩國人民除了在財產概念之外，還有哪些觀念讓他們共同普遍地奉為神聖？我將很難回答這個問題。我想，美國人在教育與文化這些方面展現了濃厚的興趣；而英國人對這兩者並沒有表現出濃厚的興趣。除了財產之外，另一種被英國人珍視的並讓他們懷著滿腔熱情與浪漫氣息面對的，就是社會地位這個問題了。英國式的民主，在面對社會上存在如此之多的特權時，常常會顯得怒不可遏。在民主主義者眼中，「階級」一詞讓人反感，但是，他們所反感的「階級」，其實是社會上比他們高一級的「階級」。如果民主主義者被發配到一個他們自認為低於自身應處的「階級」時，就會變得極為憤怒。

　　我認識一些所謂的民主主義者，他們都極為憎惡與討厭所謂的上層階級在這個社會的存在。但是，我從未遇到哪一位民主主義者，倘若他們從屬的高於低層與貧窮乞丐的生活階級地位被剝奪了，會站出來伸張這種不平等。在英國，社會主義之所以從未真正盛行過，是因為平等只是一個詞而已。對英國人而言，這個概念從來都不意味著任何真實的情感。英國許多低層人們，一般也難以成為忠實的社會主義者，這是因為在他們心中懷揣的一個理想，就是讓自己晉升為中產階級，擁有屬於自己的財產。對個人私有財產的欲望是如此強烈，因此無論多麼好聽的社會主義信條都沒有

一絲生存的機會。那些處於低下階級中的一些聰明、富有才華與具有美德的人，可以讓自己成為中產階級，但他們卻不會贊成任何社會主義平等的制度。在英國，社會主義作為一種政治制度，絕對不可能盛行。除非大多數人都是無私之人，或是不想透過日常誠實的勞動獲得財產，抑或只想承擔責任，而不念及行政機構的影響力。但在英國，行政職位常被人們視為朋友或自己獲取地位與個人財產的一個重要的間接因素。

我本人是一位忠實的社會主義信仰者，也就是說，在沒有我個人的允諾下，社會是沒有剝奪我私有財產權利的，這點毋庸置疑。社會可在一定程度上，透過個人稅收這一媒介來進行調整。我想，自己所擁有的財產，或是國家所獲得的部分稅收，都完全憑藉我個人努力辛辛苦苦才獲得。我從未繼承過一分錢，或是擁有任何金錢，所有的一切都是靠自己的雙手賺來的。我更願意承認一點，即我的工作所獲得的報酬，超出了自身所應得的。但是，我仍會緊緊地抓住這些財產不放，直到我確信這些財產真的有益於其他人。倘若這些錢被用於幫助那些懶惰與無能的人，我認為這對我而言，是極度不公平的。如果，這些財產會交由那些與我一樣高尚與無私的人，並得到妥善的保管，我才會依依不捨地放手。若是為了滿足某些個人的私欲，而濫用這些錢，我覺得這是對我極大的侮辱。

威廉·莫里斯有一個有趣故事。當莫里斯還是一位富有的製造商時，他就宣稱社會主義信條。但我可以看出，在這方面，除非所有國家都能同時履行解除武裝的原則，否則，這一裁軍原則是沒有任何正當性可言。我們不能以一個看似無私的理由，呼籲別人自願放棄自己的財產。倘若別人覺得自己周圍的人都能從中得到好處，而不是只為自己服務的話，在這一過程中，必須要得到一群多數人真誠的共同贊成，他們可能才有權力強制一些少數自私的群體。就我而言，若是我不應該擁有屬於自己的金錢時，

第九章 論「平等」

對於該如何處理金錢這一問題，我是毫無頭緒的。倘若在社會主義制度下，所有的公共機構都由人民來支援，他們不應該依賴於個人的慷慨捐贈。我認為，這也不應該在個人中間分攤。因為，倘若他們都是無私的人，他們理應會拒絕接受這些錢。我聊以擺脫自身所擁有財產所帶來的困擾的一個好理由，就是我透過自己努力的工作，養活了自己，樹立起了一個如何簡單生活的榜樣。我唯一的遺憾就是，我的收入與利息，要比一般人所獲得的財富都要多。因此，我所面臨的這個難題，便顯得真切。更進一步說，個人財產所帶來不好的一面是，這過分強調了自己的社會地位，讓擁有財產者獲得了過高的自我優越感。現在，我可以開誠布公地說，我並沒有任何所謂的自我優越感的存在。我絕不能讓自己所擁有的財產，讓人生陷入空虛的娛樂之中。一個很簡單的原因，就是我的工作要比其他任何娛樂活動更能帶給我樂趣。若有人問我，為什麼要與自己地位相當的人交往。我的回答是，那些能與自己自然共處的人，幾乎都是處於相當的社會地位。我認為，自己所處的社會地位，並不比任何階層要高，無論事實上是高於或是低於我所真實處於的階層。我所能說的是，他們來自不同的社會傳統與社會階層，我更願意在一個無需考慮的環境下生活。按照科學的分類，我屬於中上層階級，但卻與上層、中層或是下層所應有的行為舉止並不相同。我感覺自己是屬於上層的，也覺得自己是處於下層的。當然，若我完全是心緒簡單與真誠的話，情況就不會如此。但事實上，我和那些地位與我相當的專業人士在一起，心中倍感自在。無需他們的解釋，我就能理解他們的觀點。而在自己所屬階層之外，我意識到試圖抓住別人的觀點，顯得很費氣力。坦率地說，這並不值得我們受這樣的苦惱，我並沒有想過要走出現在所屬的圈子，對於那些走出自身圈子的人，也沒有任何憐憫可言。一般這樣做的動機，都很難稱得上善意。當然，某位高尚的

貴族，可能源於人類自身某種共同的本性，想了解一下木匠的人生觀念，或一位高尚的木匠秉著相同的動機試圖理解伯爵的心境。人們必須要明白一點，這是基於某種強烈的博愛之心與責任感的表現。但我卻常常發現，由一個階層遷移到另一個階層的人們，但所懷的心態並非基於此。

在這件事情上，一個真正相信平等原則的人，若他處於與我一樣的狀況時，他應該怎麼做呢？生活中，我所喜歡或欣賞的是與朋友友好地交往，做一些有趣的工作，追求自己享受的工作，並從獲得休閒，例如能在自己喜歡的藝術與文學領域裡徜徉。我可以誠實地說，對於所謂的社會問題，我絲毫不感興趣；或者說，對於研究這些問題的人，我也提不起興趣。這類問題其實遠沒有達到那麼嚴重的程度，而是處於一個高度技術化的階段，仍與政治、經濟、政體、組織等雜糅在一起。坦白地說，就我個人而言，這種研究的目標是無趣與捉摸不定的。我尊重那些從事這方面研究的人，但若我們真的意識到自己並不適合某項工作的話，無論這項工作本身多麼富於價值，我們也無法出於某種責任感繼續下去，而是應該堅決放棄。因為，人生苦短！我衷心希望，所有階層的人們都能共同關注自己喜歡的事物，那麼，我們就可坦誠地、自然地談論書籍以及一些有趣的人、大自然的美麗，或是一些中等程度的抽象問題，同時，我也喜歡與我所遇到的人談一些輕鬆的話題。

一般而言，我發現處於下層的人們對文藝的話題並不感興趣，而我所稱為上層階級的人對此也是漠不關心，卻以一種極不友好的姿態或屈尊俯就的方式去敷衍。這些上層人士身上所展現的態度，要比那些對此毫無興趣的人更為可怕。我所處的階級中的許多人，對這些上層人士都感到不耐煩，但將他們視為無傷大雅的消遣。我喜歡與一些志同道合的朋友混在一起，只有與他們在一起，我才可以得到自由自在地談論喜歡的話題，而不

必擔心給別人留下自負、裝模作樣或膚淺與不自量力的印象。我發現，大多數人感興趣的話題，都是關於個人八卦、金錢、成功、經商、政治等。我喜歡聽一些八卦傳聞，但只能在一個大家都熟知對方缺點與瑕疵的小圈子裡展開。對於剛才人們所關心的價格問題，我其實並不是十分關心。迄今為止，我的肩頭上始終有一定數量的教學任務，這些題材為我展開的有趣談話或思考提供了不少素材。但是，我總是深感一點，盎格魯－撒克遜民族只有在某人努力做出了確切規定之後，才能按照嚴謹的做事原則執行，否則，他們就時常會犯一些因無法忠實地履行責任之外的毛病。我無意要求大眾承擔某種責任感，因為這樣做的話，就暗示著對自身影響力與榜樣的價值感，而我並不具備這種價值。

我堅信，一個人最為傑出與豐碩的成果，源於一種自然與全然不覺的影響力。我深信一點，即任何一個秉持強烈責任感的人，都不能夠推動平等事業向前發展。因為，一種責任感的存在就意味著我們對自身存在的道德優越感的感知。據我從事教育多年所獲得的經驗，我相信一點，在品格的形成過程中，人們幾乎是無能為力的。人們所能做的就是防止青少年不去接觸一些不良的影響，並且盡力推薦一種無私的熱情。人們無法透過任何園藝方法將紫羅蘭變成玫瑰，所能做的是無論是紫羅蘭或是玫瑰，都應該擁有被我們稱之為難聽的「自我實現」的最好機會。

我對此的觀點是，諸如平等、公正等這些重大概念，就像詩歌一樣，都生成於自然，而非刻意地創造。當前，許多人都在思考這些問題，代表了他們也是懸而未決，不知如何是好。他們對此所展現的興趣，只是他們自身不斷壯大的信號，而非問題的原因所在。我相信，人們必須繼續向前走，努力避免任何自我意識上升至尖銳、自負、自私或卑鄙的事情上來。因為，偉大的思想會隨著時間的醞釀，自然落地生根。

在我看來，創造一個平等的社會制度，存在兩個明顯而又困難的問題，其一就是人們的性格、品德以及所獲知識的極度不均。任何制度都不能奢望建立一個人人均等的社會制度，除非我們不準備生育。某些人天生就具有強大的生活能力與成為公民的權力，而有些人卻極為不及格。若是導致這種差異因環境而造成的話，這還是可以挽救的，但一個天生性情堅強、健康與天性溫和的人，卻可能在最為卑劣與嚴苛的環境下成長；另一方面，一些毫無作為與讓人反感的人，可能是某些高尚與飽受教育之人的孩子，占盡了各種社會優勢。我身為一名從實踐中走過來的教育工作者，不禁會想到這一點，人們可以在有利於培養美德與能力的環境下成長，正如在任何社會主義制度下所能提供的。有些人只能懵懵地做一些最低級、機械的工作，而且其本性也是極度讓人反感的。即便國家能夠執行一種所謂高尚的孟德爾遺傳學說，也很難防止遺傳本身所帶來的不良影響。若某人將對一個孩子的遺傳影響，上溯到之前十代人的話，就會發現有兩千多個祖先或多或少地對他有一定的影響，每個祖先都可能遺傳給孩子某種偏見。

　　其二，我看不到任何形式的社會主義制度與家庭制度的統一。在社會主義國家裡，父母只會被視作培養下一代所必需要做的工作，同時為了維護這一工作而存在的工具而已。若人們想要確保環境所產生相同的影響，當然在上層階層裡，寄宿學校在一定程度上得到了實現，而在這點上，經驗告訴我，這種制度雖然對大多數人有利，對那些少數具有獨創性的人而言，卻不是最好的體制。而且，人們最渴望宣揚的卻正是這種獨創性。

　　當然，對於在一些平等的社會主義計畫中，還有一些最為基本的反對聲音。在這些問題徹底解決之前，我不能任由自己參與到這種無謂的猜臆當中。我不能繼續在這條邏輯的推理路上前行，因為，這些假設與看似有

道理的大前提，實際上並不是很牢固。

　　那麼，倘若一個天資聰穎卻不懂如何明智使用的人，或是某個享受幸福卻不懂得傳授給別人的人，抑或是一個過分沉浸於自己所享受的快樂之中的人，而不願與人分享、不願為了推動大眾的福祉事業而努力的人，對於這些人，我們又該怎麼辦呢？難道一定要強迫他們義無反顧地從事一些他們沒有興趣或無法從事的活動，在他們認為客觀條件根本不成熟的時候，盲目地依照別人的想法行事？大家都應該記得《荒涼山莊》[21]中的帕迪哥太太，那位瘦削的女士在勤奮的工作中自得其樂，不知道疲倦為何物。然而，她卻對那些不夠積極勤奮的人說三道四，甚至還要榨乾孩子們的零用錢用於慈善事業。在我看來，許多致力於社會改革的人就像這位帕迪哥女士，他們以辛勤的工作為樂，並熱衷於指揮別人。在一個以智慧與理性構建的社會，根本就應該沒有諸如帕迪哥女士這樣人物存在的空間。問題是，我們是否一定要經過這種帕迪哥式階段？對此，我不以為然。我認為，帕迪哥式的做法，並非是治癒這種疾病的一部分，相反這種做法是該疾病最為醜陋的表現形式。我認為，帕迪哥女士是走在一條錯誤的道路上，將人們引向歧途。

　　我認識一些自稱為社會改革家的人，對於他們，我報以衷心的尊敬與憐憫之情，他們能看到問題的所在，卻不知道該如何去修理，就像哈姆雷特一樣，陷入了無望的憂鬱，卻仍深埋在想要給別人帶來快樂的欲望之中。事實上，他們原先並不想這樣，最後反而迷失了自己。這種類型的人，通常是早年過得春風得意，就像翻滾的後浪，有著某種難以抑制的激越之情，想像著自然與藝術所具有的美好與可愛之處，時刻活在一個充滿

---

21 《荒涼山莊》（*Bleak House*）是查爾斯・狄更斯最長的小說之一。它以錯綜複雜的情節揭露英國法律制度和司法機構的黑暗。

美好體驗與細膩情感的天堂之中。這些人必然會有一些怪異與錯誤想法，認為這些就是每個人在現實中必須要追尋的東西。接著，隨著人生的流逝，他們越來越多地接觸到生活的稜角所帶來的痛苦，意識到原來大多數人都沒有活在這種幻覺之中，而是更熱衷於吃喝、享樂、金錢的樂趣，而對別人所發生的事情，卻毫不理會。只要他們自己身體健康與快活，其他人是如何虛擲光陰、忍受痛苦，這些都無關緊要。之後，那些之前懷揣著美好憧憬的人，心中的陰影逐漸變黑變濃，直到這些可悲的夢想者要做一兩件事去擺脫，要麼將自己禁閉於自家庭院那充滿芳香的小花園裡，孤芳自賞；要麼妄想將社會上這種不協調的聲音淹沒掉。另一方面，倘若他們本身是高尚的人，讓他們因此就失去了信心與希望，甚至對原先美好、寬容、幸福與純潔的事物中失掉了享受的樂趣，這是一個讓人感到悲哀卻又無法擺脫的窘境！

在現實生活中，也許存在一兩個具有幻想的人，滿懷著希望與勇氣堅定地踏上這條帕迪哥式道路。或許，他們會像羅斯金一樣，在構思與創立協會時，進行許多荒謬的試驗；或許，他們也會像威廉‧莫里斯一樣，接受新聞業與委員會的責問。然而，無論如何，他們都被牢牢地阻擋，從此止步不前。我並不是說，這種自我克制的生活不存在深厚的道德力量，但換個角度來說，一個天賦稟異之人放棄自己的特長，做一件永不能實現且注定失敗的事情，是一件非常可惜的事情。

我相信，當社會致力於讓大眾更好地享受幸福而合理地利用財產時，平等的理念就會悄悄地生根發芽。然而，在事情未分類之前，就嘗試著規劃召集，這的確是一件高尚的事情，但是，效果卻不會很好。因為，一旦他們要想竭力彌補損失，這種行為就證實了人類的衝動真真切切地存在。就好比太陽已經照亮了山頂，而山谷卻仍未感受到溫暖。

第九章　論「平等」

　　今天，我閱讀了蕭伯納先生早期的一部作品 ——《非理性的結》(*The Irrational Knot*)。他的作品表現出來的勇氣、幽默與力量，都讓我由衷地敬佩。書中雖閃爍著智慧的光芒，但卻浸透了憂鬱的情懷。因為作者以犀利的文字，描繪出了人性的本質，將人性中的卑鄙、醜陋、驚恐都赤裸裸地暴露在光天化日之下。這本書傳播了一種新思想，一種我認為是蕭伯納先生想要我們去理解的思想，一種充滿活力、樂趣、友善、明智與勇於向前、無所畏懼的思想。具有新思想的人，棱角過於分明，言語過於自信，不適合做傳教士。我想，如果蕭伯納先生能懷著一種敬畏感的話會更好。當然，這種敬畏感不是那種傳統的敬畏，不是那種對慷慨與坦誠之人的重大過失與失敗所表現出來的敬畏。

　　在這裡，我想談談這本書的主角康諾利先生，希望他的思想能帶我走出困境。但是，我又不能向他袒露心聲，說出我所認為真正神聖的東西。還有一點需要說明的是，書中認為金錢是世上最重要的力量，並且明目張膽地表述出來，對於這個觀點，我感到困惑不解。在我看來，金錢只是人們手中的一個武器或一堵普通的圍牆，一個自我的保護方式，而具有新思想的人是不需要這種保護方式的，只要他們保持自身旺盛的精力與寧靜的精神，就足以應對一切事情。並且，具有新思想的人總是說心中所想、做心中所想，完全按照自己的意願生活，這種獨立自主的本能，不需要畏懼所謂的權利。但是，我認為，蕭伯納所要表達的主要觀點是，即使你無法改變這個社會，但是若你自身足夠強大，就可以戰勝那些愚昧與軟弱，反過來讓這個社會服務於你。也許，在蕭伯納本人看來，書中的主角之所以會殘忍與野蠻，是因為這個社會將各種卑劣的手段施加在他身上。我想，倘若我們都能同樣勇敢、勤勉、幽默一點的話，就不會為那些卑劣的手段所屈服，陰影也就自然而然地消失殆盡。

我認為，下面這句話解釋了這個問題的奧祕之處：社會不可能因外界而改變，我們只能不斷地完善自身。由此可知，最完善的社會主義制度，就是最高級的個人主義的呈現。人們應該遵從情感和法律的發展，盡量讓自己在屬於自身的角落裡安靜下來，摒棄卑鄙與邪惡，選擇誠實與純真，變得無私與友善，這些都是基督教的平等主義。然而，只有我們都懷著這種緊迫感，想著與其遭受惡棍的威脅，還不如齊心協力將其繩之以法，才能一勞永逸。如果我們一味地忍受這些暴行，可能會觸發這些惡棍和旁觀者的良心，比起將那些罪惡之人關在孤獨的囚牢裡任其發怒，剝奪他們的權利，這個方法似乎要更好一些。當然，真正的解決方法，就是我們為了讓後代生活得更加輕鬆和幸福，而放棄個人的安逸與舒適。實際上，帕迪哥式的改革者們，卻非常樂於參加這種抵抗活動，因為他們空閒已久的掃帚終於可以派上用場了。

然而，當我們繼續向前行走時，旁人卻是一臉的迷惑和不知所措，這讓我們覺得非常驚奇。他們能夠聽到我們所說的每句話，看到我們的每個動作，這些本能都是他們與生俱來的，是我們無法改變的。雖然我們生活在一種本能的幻覺之中，卻仍能逃脫那些苛刻的邏輯，我們在任何時刻都能自願地選擇自己想做的事情。事實上，我們對這些都沒有絲毫的概念，每個現象都顯得那麼真實與淺顯，而對我來說，邏輯上的信念要比這兩種現象更具希望和持久力。因為，如果這種進步的力量在上帝手中，那麼在這個逐漸演進的人生夢境中，我們所扮演的角色都是神祕莫測的，遠遠超出了我們自身的想像與控制範圍。與此同時，如果這些都要我們做選擇，而我們又被環境中難以描述的枷鎖桎梏著，無法遠離這些行為另闢蹊徑，任其阻擋著意志的遠行，那麼，在這個充斥著令人厭倦、冗雜、赤裸裸的失敗生活中，我們可能會故技重演，陷入絕望的深淵。然而，我所能做的

第九章　論「平等」

事情就是，忍受著命定的痛苦，用自己的洞察力做自己應該做的事情。不管怎樣，我都將懷抱著希望，穿越崇山峻嶺，滿懷歡欣，找到晨曦初露的海面。

第十章　自我優越感

第十章　自我優越感

　　某天，我沿著劍橋的一條道路走著，周圍都是一群戴著方帽的年輕人。他們朝著一個方向前進，用現在一句流行的說法就是，他們要去「欣賞」一場比賽。我看見一位小女孩與她的女家庭教師，則沿著與人群相反的方向走著。女孩的眼神中透露出一種凶光，女孩的前額稍長，順長而柔軟的頭髮披在肩上。我猜想，她可能出身於一個學術氛圍濃厚的家庭裡。當我走過她身旁的時候，小女孩以斬釘截鐵與自滿的語氣對女家庭教師說：「我們顯得與眾不同啊！」女家庭教師敏捷地回答說：「蘿拉，不要亂說！」但是，蘿拉卻以某種近乎頑固的自滿口氣回答說：「不！我們確實與眾不同！難道妳敢說不是嗎？」蘿拉的自我優越感表露無遺。

　　我思忖著，蘿拉小姐啊！妳真是那種對自我重要性有強烈感覺的人。這種感覺可能會讓妳活得很開心，完全不會感受到痛苦。我敢肯定，這個年紀小小的自命不凡者，一定在心中對自己說：「我敢說，這些成年人都一定在猜想：那位沿著與比賽相反方向前進的、看起來聰明的小女孩，也許還有比看比賽更為重要的事情要做呢！」至於人們是否應該對自身製造某種幻覺，抑或還是希望這種幻覺能盡快消散的問題，這個才是真正需要考慮的。無疑，這種自我幻覺會增添人們的幸福感；但另一方面，倘若生活是一個不斷接受教育的發展過程，人類的目標應該在追尋一種道德上的完美結合，那麼，這種幻覺越早消散越好。人們會希望繼續維持這種幻覺，讓生活更為快樂。然而，世上再也沒有比對自身重要性這種優越感，更能帶給我們至高與持久的滿足感了。真正的幻覺，能夠超脫所有的失敗與沮喪，讓所有最卑微與簡單的行為看上去都無比重要。對於這些人而言，整個世界只不過是一個被別人注視的戲劇舞臺，而他們在舞臺上成功地扮演著適合自己的角色。

　　我認識一些擁有這種強烈感覺的人，他們從早到晚對所說所做的事

情，抑或哪怕是某人不經意的讚美之詞，都會感到無比高興。即便自己所處圈子裡的人對他全然冷漠，他仍可從意識到自身有能力圓滿地完成自身責任，獲得精神食糧而感到快樂。我曾認識一位沒有特別之處的牧師，在他布道演說時談到了一點，即人們時常會問起他保持微笑的祕密。他總是回答說，自己並未察覺到自己的微笑是否有什麼特別的魅力。若真是這樣的話，那麼佯裝宣稱很多人都注意到自己的微笑，這豈不是此地無銀之舉？正是他不斷將某種堅定的樂觀注進了微笑之中，才讓他的微笑顯得更具魅力。正如我之前所說的，這位牧師在其他方面並不突出，但可以肯定一點的是，一想到他那自認為上帝賜予的微笑持久地保持，便感覺到自身所肩負的重大責任感，無疑這讓他感覺自己活像一隻喜歡露齒嬉笑的可愛貓咪，即便當他的內心並未感到特別快樂的時候，他也會將這份美好的感覺維持下去。

　　但是，要想找到一位能真正坦率與直白地承認自己這種優越感的人，卻是極為困難的。一般而言，這種情感或多或少會在個人獨自的「消耗」之中隱藏起來。然而，那些基本的自我滿足感，一般都會自然地表現出來。例如，一些沒有此等幻覺的人，對於自身的容貌在鏡子中端詳良久，也會讓自己感覺到，原來從某個角度來看，其實自己也挺帥。一個沉悶的傳道士會以私底下某種心理的寬慰，讓自己不斷地重複著他布道時所講過的一句極普通不過的話語，並且還認為這句話飽含自己某種獨創性，會給別人留下深刻的印象；或是某位仁兄只是做出了一些無關緊要的發現，卻想獲得該領域權威注意的目光，以從中榨取少量的安慰感。然後，他就可以到處宣傳：我向某某教授提出我的發現了，他對此深感興奮，並要求即時予以發表之類的話語；抑或是一位普通的女士在一個茶話會上發表了一個談話，因此而感覺到自身散發出的顯赫與自信。可見，構成這種自我優

越感的條件，在生活中俯拾皆是。這種性質的優越感並不等同於自負，儘管這很類似。毋庸置疑的是，在許多真正成功之人的心中，若這種優越感不是那麼明目張膽地裸露著，那麼，這常常是構成他們取得成功的重要因素。但是，讓人感覺幸運的是，這種優越感卻時常出現在許多默默無聞與智力平平的人身上，讓他們的人生充滿了浪漫與樂趣。這種感覺，無論這種展現方式多麼卑微，但在很大程度上與公共形象有關。對於他們來說，這種自我優越感卻是聊以自慰與自我歡喜的重要源泉。即便這種優越感，降臨於一個沒有任何社交能力的人身上，隨著年歲的增長，他們的交友圈子在不斷地縮小，接受的邀請函越來越少，但是這種自覺處於有趣的氛圍之中，並且相信自己身處在不同的環境中或在一個更有眼光的社會裡，他們會贏得更多人的認同，從而讓他們倍感安慰。

　　畢竟，正如許多事情都在很大程度上取決於我們所珍視的自我幻想一樣，當這種自我優越感降臨於那些頭腦遲鈍、感知能力弱與任性的人身上，這對別人將造成嚴重的傷害，除非旁觀者都能抱著某種欣賞與幽默興趣面對。當我們發現一個人具有代表性的舉止，例如凡事準時這一特點，正如班奈特對柯林斯的印象一樣，充滿了人們所能想像的荒唐之事，這就成為了讓人值得高興的事情了。接著，這就變成了一種興趣，並不一定是不友善的樂趣，因為這帶給了「受害者」最深沉的滿足感。要想逗樂某位自我主義者，就好比挑逗一條鱒魚，透過一些簡單有趣的刺激，引誘牠展開雙翅，在空中翱翔而飛。

　　我曾認識一位頗有才華的朋友，他偶爾的拜訪總能帶給我無限的樂趣，畢竟他也從中獲得了某種尖酸的「快樂」。因為，他的要求就像一隻結構簡單的蒼蠅墜入池中，卻能冒出頭將他一口吞掉。我聽到他為自己時常收到大量的信件，或是別人總是無休止地向他尋求建議而感到厭煩的話

語。他的臉上掛著無奈的笑容，稱每天總有數以百計的人像是提著空空的自我憐憫的罐子，要他以自身的同情心去給別人「充氣」。他希望自己能夠有一點休息時間，但他認為，儘管這讓他苦不堪言，但是滿足這些人的需求是自己義不容辭的責任。我想，在這種坦誠的背後，必然有過往某種經驗的累積。因為我的朋友是一位堅定的道德主義者，不會故意說些謊話。唯一難於理解的是，我不知道他將自身的憐憫之心存於何處。因為我聽他除了講述自己之外，就再也沒有其他話題了。我想，他的這種以別人的請教作為自我安慰的方法，是一個說明生活中人性優雅的一面能夠戰勝動物本性的極佳案例。

有時，自我優越感會以一種誇張的自我貶低形式出現。某天，我在閱讀一本關於某位忠誠教士人生的書籍。書中描述到當教士躺在病榻上，臨死時對身邊的人說：「倘若你們要紀念我的話，就在我的墓碑上豎起一塊樸素的木板，在上面刻著我名字的大寫簡稱與生卒年，還有一些這樣的字眼『這裡埋葬著該教區一位微不足道的牧師』，也就這麼多。」

此人的謙遜無疑是真誠的，但卻給人謙遜與虛榮雜糅後奇異的困惑之感！若他的這種謙卑之情是無瑕的話，他就會覺得，那些真正值得如此描述的人，根本就不需要任何紀念碑；再者，若他對自己的功勞沒有任何自信的話，他就會放手讓那些想要紀念他的人去選擇適當的紀念方式。若是人們分析字面下隱藏的意思，就會發現，這是某種希望被人銘記的情感在作祟，隱約透出一種自信的希望，即自己的工作還是值得世人紀念與緬懷，還兼有某種不希望誇大自身價值的真誠願望。但是，緘默無語要比任何精心詣造的話語，更能證明他的謙卑之心。

自我優越感，並非隨著年歲的增長而增強。有些人可能從一開始就擁有了這種感覺。我有一位老朋友，他在從事一項毫無重要性可言的研究。

他與我的許多可悲的朋友一樣，除了談論自己興趣之內的話題，對其他事情都無言以對。「你不介意我談論我的工作吧」，他總是一臉燦爛笑容地說著，「你也知道，這對我而言十分重要」。接著，在解釋了一些極為艱深的術語之後，他還會說：「當然，這些對你們來說，也許顯得微不足道，但這些工作是必須要有人去做的，這就好比壘建科學廟宇的一塊小石頭，只有不斷地增高，才能達到科學的頂峰。我也時常覺得自己應該展翅高飛，飛向更寬廣的領域，但我似乎對此類工作有著特別的天賦。因此，我想繼續堅持下去，這也是我的責任所在。」說完，他會很不自然地用手擦一下額頭，接著又會談論另一個技術術語。他總是為時刻談論自己的工作而向別人致歉，但是無論到哪裡，與哪些人在一起，他總是在絮叨自己的成就。但是，在我所認識的人當中，他無疑是最為快樂的一個。

另一方面，這種優越感若能與心靈的某種平衡感結合起來，將是一種相當具有魅力的性格特點。倘若某人自覺無趣，談何激起別人對自己的興趣呢？在謙遜與憐憫之間，存在著某種富於活力與真誠的浪漫以及優越感。這有點類似於富於想像力的孩子，在講述一個以自己為主角的長篇故事。但是，具有這些能力的人，通常都會對此稍感慚愧。他們並不認為自己所想像的奇幻之旅真的能夠實現，他們只是在想，倘若事情能夠自然而然，那該多好啊！那麼，這種優越感，就完全取決於某種有趣或娛樂的眼光，將某種一成不變的生活方式應用到實際生活當中。富於想像力的孩子，通常都具有真誠的同情心與豐富的情感，當他們長大之後，通常都會發現，真實的世界更讓人驚訝與有趣，他們的視野也得到了拓展。在與別人會面時，他們會將原先只局限於自身的熱情與興趣應用於他人。這種性情會讓一個原先飽受自我優越感之苦的人，變成自負與自我滿足的人。他們對自身的影響力有著強烈的渴盼，渴望著能向別人傳播自身這種優越

感。但是，我們要感激的是，大多數人都會由於失敗或是罪過而變得謙卑起來。若是通往罪惡的道路是崎嶇的，那麼駛向正義的道路豈不是更為險阻？若某人天生就能遠離眾多誘惑，且保持精力旺盛、行動敏捷，此人十有八九會落入自以為是與道德自滿的圈套之中。然而，他那不受人歡迎的風度，更是增添了別人對他的致命偏見。因為他會認為，正是由於自身的善良而遭世人排擠，而實際上別人所討厭的其實只是他過於裸露的自我優越感罷了。這類人總在勸誡別人，若別人對他的建議不聞不睬而陷入困境，他也不會暗自得意。一些冷漠之人，總是為自己要去承擔別人的生活責任而感到戮觫。若他能逃避悔過，將此歸咎於自身的處事不當，但卻會被遺憾的痛苦所包圍。

誠然，道義上的義憤是一種奢侈品，真正有權沉耽其中的人，在這個社會顯得極為少數。如果有錢人進入天國有難度，那麼，自我優越感的人就會發現更為困難。這些人基本不受別人批評的影響，因為他們總能溫順地忍受著。他們有著一顆自認為善良的心，從不覺得自己會處於錯誤的一方。倘若他們真的犯了一些極為嚴重的過錯，就會以極為莊重的方式對自己說，應當溫柔地清除自身殘餘的自我滿足感與謙卑中隱含的榮耀感。在一個心智更為健全的人身上，正如哲學家們所說的，當滿足於歲月帶給他的成熟之後，仍能讓自己保留著批評世間事情的權利。因為，真正約束我們的事物，都是生活中讓人倍感痛苦、單調與難以容忍的事情。一個人自身的卑鄙、愚昧、軟弱或由於不詳的災難所造成的後果，有時讓我們難以招架，而非只要我們懷著虔誠與樂觀的心態或是掂量自身價值與良心的美德，就能做到這一點。

我想說，自我優越感的破滅，出現在教士身上的幾率要比一般人更大。這是因為教士這個職位，本身就必須讓人不斷地鍛鍊這種感覺，方可

第十章　自我優越感

勝任。之後，在這種感覺的引誘背後，其實就是某種特殊的虛榮，這是需要很多養分才能保持生命力的。自我優越感喜歡在諸如交際與典禮等公共場合上俘獲別人的眼光，這些具有本能優越感且同時還身兼教士職務的人，更容易認為自己就是活在一個神聖的人生旅途之中。雖然他們帶著疲乏的精神，穿著光鮮，卻作為人們精神的庇護者，時常將自己意淫在講臺上，動情地演講。他們的雙眼凝聚著火光，似乎自己已經看到了真理，並且堅決地對抗著罪孽。他們相信自己的話語與語調有一種令人震顫的特性，有某種火焰在噴湧或存在著精妙之處。而事實上，這可能正在灼燒或穿透了那顆罪孽深重的心靈。人們可能認為這種批評過於苛刻了，但我從未說教士的這種心態具有普遍性。我想，這種情況要比人們想像中更為尋常，我也從未說這與深層的人性渴望或至關重要的認真感有什麼不符之處。更進一步說，這種自我意識的優越感，對於那些必須要在氣勢宏大環境下工作的人來說，是一種寶貴與亟需的素質。這種素質通常讓我們產生深刻的印象，並且讓那些見到他們演講的人感受到真誠。一個對形象無所計較的人，通常難以說服聽眾。因為聽眾更關心他所傳遞的資訊，而非只是傳遞資訊的一個喉舌。我常想，若是強行要求那些具有此等魅力的人，放棄這種寶貴氣質的話，是否真的適宜？因為，這種給人強烈印象感的能力，是他們取得成功的一個重要因素。要想真正地將一件事情做好，就需要我們自身對工作擁有極強的自信。無疑，對於一個公眾人物而言，無論內心多麼誠懇、冷漠或卑微，若缺乏了自我優越感，只會展現出糟糕的外在形象。我更傾向於認為，自信與一定程度的自滿，都是極為寶貴的財富。重要的是，某人一開始就要對自己所說、所做之事充滿自信，其次才是自身能力與是否適合的評估。

　　有一個很有趣的故事，我不敢確定該故事的真假，但也常聽人說起，

也就信以為真了。大主教曼寧無疑是一個擁有強烈自我優越感的人，有一天晚上，正當他要將自己的主教袍放入西敏寺的聖器收藏室，有人突然敲門，並不顧看門人的抗議，執意闖入。此人身材魁梧，看上去像一個富有的商人，而且此人顯然正處於某種強烈的情緒之中，朝著曼寧走過來，開口就說了一大堆憤怒的斥責話語：「你用自己虛偽與鬼祟的方法迷惑了我的兒子，你讓他成為了一名羅馬天主教信徒。你已經破壞了我們家庭的幸福與平和，你傷透了孩子母親的心，讓我們一家人都陷入了悲慘之中。」富人繼續按著這種語氣說了許久，曼寧則站在那裡，長袍依然在身上，保持著高貴的自尊。直到這位唐突的闖入者口乾舌燥之後，最終以威脅的手勢停止了話語。其中幾個在場的人想上去阻止富人，但都被曼寧揮手叫退了。曼寧用手指著富人，慢條斯理地說：「先生，我已經讓你說完了你要說的話了，你也應該聽聽我的答覆吧。你已經在這裡誹謗了神聖的教堂，你在如此需要安靜的地方肆無忌憚地撒野，說了一些邪惡與讓人憎恨的中傷話語，並詆毀信念。我現在要告訴你，在三個月內之內，你也將成為一名羅馬天主教的信徒。」曼寧說完之後轉過身，繼續自己的準備。那人聽了之後感到極為苦惱，似乎想要說些什麼，但卻找不到要說什麼。富人環視了一下四周，最後垂頭喪氣、灰溜溜地走出了收藏室。

這件事情發生之後，一位當時在場的人，終於鼓起勇氣向曼寧說出了自己的疑問：「難道您真的有預知未來的能力嗎？您真的預知到這個人會在短時間內皈依天主教嗎？」曼寧笑了笑，雙手搭在他的肩膀上對他說：「親愛的朋友，其實我也不知道未來的事情會怎樣。但是，在當時那個尷尬的處境下，我必須這樣說，因為這是應付那個情況的最佳辦法。」

上面這個例子，充分反映了偉人及偉大的心靈具有超乎尋常的力量。但是，人們也並不能肯定，這樣做是否就是傳教士在應對類似情形所應採

第十章　自我優越感

取的最佳方法。

　　我們還是將這個問題從宗教領域轉移到日常生活中來。在現實生活中，無論男女，一旦他們對道德問題懷著強烈的責任感與深切的憐憫心，急切地想要推動事物的發展，那麼，行為舉止、演說時的手勢與氣勢都將對其自身的發展產生著極大的作用。人們常說，那些具有影響力的偉人，都具有某種天賦，當人們在與他們交往的時候，都能從他們身上感受到那種與生俱來的才能，他們所做的事情都極為有趣或重要，他們與身邊的那些人之間，似乎都維持著某種特別的關係。毫無疑問，那些優秀的人在面試的過程中，常會讓應聘者深受鼓舞，儘管他們也知道自己並沒有什麼特別之處，只是應聘人員中的平凡一員。

　　這種偉大之人所具有的優越感是政治家、律師與醫生必須要具備的特質，但是當自我優越感與自我主義、自私、冷漠為伍時，這就變成了一種相當可怕的組合。正如之前所說的，這會讓那些偉大之人自滿。但是，換一個角度來看，這種自我優越於自我主義的組合，也浸透了道德的本性。雖然會讓人跌入失敗的深淵，但是卻給了人們深刻的啟示。這時，倘若沒有《聖經》上所說的以一顆全新的心接受洗禮的話，失敗之疾必將無法治癒。對某些人來說，這種自我滿足是抵禦外界批評的堅強盾牌，不允許有人接觸他們所認為的優越感，因為這些人都小心謹慎，害怕將自己內心的自我主義暴露出來，便很少給外人機會，從不試圖讓外人接近他們，即使是他們十分親密的朋友也是如此。與此同時，他們卻對外宣稱自己所有的言行，都是在最高動機的指引下做的，就算別人會有發自內心的抗議，也會被他們冷靜的寬容所包容。然而，對那些真正有著優越感的人來說，批判者根本不理解他們的所作所為，只會阻礙那些有益事物的發展。

　　我認為，有這樣一種類型的人，他們永無止境地追求那些具有影響力

的事物，對那些別人認可的東西充滿了渴望。事實上，他們可能都是有權有勢的人，並且有些還非常富有，時刻準備著用金錢或者建議幫助別人，不惜一切為那些有求於他的朋友爭取職位或解決困難。當然，他們這樣做的目的，並非真心地幫助有求於他們的人，而是為自己贏得聲譽與讚美。也許，在他們看來，他們或許不應該幫助那些人，但是他們必須依靠這些給予別人幫助，以收穫聲譽與讚美。因為他們能夠自由地支配時間與金錢，並且討厭任何的干擾，急切地希望得到別人給予聲譽上的回報，所以在處理任何事情的時候，他們的動機都表露無遺。然而，這必將造成一些難以挽回的後果，許多曾經得到過他們幫助的人，最終都會對他們怨恨有加。夏多布里昂曾說過：「想著讓別人迅速償還恩惠，不能造就真正的感恩。想著擺脫那些受益於自己的人，不是真正的仁慈。」

　　身為普通人，有時候對別人真誠、關切的憐憫以及對自身重要性的強烈感知，這兩種情感會不可避免地交織在一起，導致問題變得複雜，不可思議。所以，我必須要承認這一點，自我優越感的基礎並非完全出於有益。當然，這只是個人主義的一種表現形式而已。但是，有一點卻很清楚，我們會因過分關注自己而受傷，同樣也會因為不夠重視自己而受損。倘若人生的目的就是追求自身的價值，承擔事物強烈的責任感，也只是一種強烈的自我重要性感覺罷了。我個人贊同認為價值本身並非人生目的的邪說，但是，價值都是在我們不知不覺中產生的。我相信，任何謙卑與真誠的男女，無論是愛與被愛，在通往天國的階梯上，都要比那些精明的遊說者更為接近人生的價值。但是，也許我的這一看法是錯誤的，相反，世人眼中對讚賞與尊敬的評判標準才是正確的。誠然，我們無法看清那些強大的本能如何植入了人類的心靈，如何將成功的價值超越了事物的本身，也許只有造物主才能看清這一切吧。與此同時，人們懷揣著希望，在未來

第十章　自我優越感

的發展道路中，尋找著那些所謂的完善的批判標準，因為他們覺得應該有
這一條標準：不以實際影響為標準，而是以手中所擁有的資源作為衡量
尺度。

　　誠然，自我優越感帶來的效果是毋庸置疑的。人們可以從基督教學派
不斷發展壯大的例子中，看出其所具有的巨大力量。一個性格堅韌的女
人，透過啟發了潛藏於許多人心靈中的觀念，一種真實且具有活力的觀
念。然後，將這種觀念變成某種確定性的東西，傳播給那些感情用事、心
智模糊的人，並讓他們銘記於心。這種做法不僅積聚了大量的財富，而且
自認為承擔了上帝的意旨，從而不會遭遇廣泛的反對之音。然而，正是人
類這種動物的本性，決定了這些做法的成功。因為人類都急於尋找領路
人，並追隨其後。只要某個善男信女能說服大眾，以一種武斷、不容分說
的氣勢，代表他們懷著對人類的某種使命，就能吸引一群忠誠的信徒。這
時，人類的信仰就超越了智力與常識的範疇，完全贊同那些所謂的預言家
的說法，並朝著那個方向前行。

　　但是，這種一呼百應的現象對這些預言者而言，是極為危險的。自大
自滿，過度自信以及所有偽善的缺點都會迅速滋生、繁衍，慢慢地，他們
會失去所有的分寸感，無法在一個未知與神祕的世界裡成為一名謙卑的學
習者。同時，他們希望造物主能顯露出未來的跡象，讓他的善行能變得永
恆與豐碩。但是，在羞辱與絕望的黑暗山谷裡，預言家必須意識到，上帝
其實是在容忍並利用著我們，他並不需要我們，正如某位讚美詩作者曾說
過，上帝不從任何人的遊戲中獲得樂趣，上帝拯救了別人，自己卻成為了
被拋棄的人。聖保羅曾清楚預見到了這種可怕的命運。因此，任何意識到
自我優越感的人，哪怕只是微弱地察覺到這種意識的人，都應該謙卑地祈
求自己能從中解脫出來。迴避圓滑、踐行坦率；即使無意中犯了錯誤，遠

離內心任何深藏的罪惡，都應該為此而感到高興。如果犯了一些明顯的過錯，道德上的不義或身體的殘缺，都要心懷感激。因為，我們懷揣著上帝在教育我們的心態，想像著他能從脆弱而又堅硬的黏土中，製造出一個個美麗的雕塑，那麼，這種信念就能阻止我們包涵任何經歷，無論多麼讓人不悅，多麼讓人痛苦，都顯得微不足道。直到人生的最後，我們仍可以獲得一種真正的分寸感，明白人是渺小而又偉大的。

第十章　自我優越感

第十一章
凱爾姆斯科特與威廉‧莫里斯

第十一章　凱爾姆斯科特與威廉·莫里斯

　　四月的早晨，涼爽無風，我待在費爾福德享受著這一切。陽光灑在小小的廣場上，四周是各具特色風格與漂亮的石壘房子，喬治王時代堅固的面牆點綴著豎框的山形牆。在不遠處，有一個讓人神往的教堂，巨大的燈塔，在天際邊上劃出了堅實而柔順的輪廓，魚卵狀石灰石透出了沙石精妙的細節，歷經歲月的風化蛻變成了橘黃的色調，自有其溫柔端莊的一面。教堂裡，遺留了許多中世紀的藝術珍寶。紗窗、木工手藝、紀念碑，無不顯得氣派、端莊與寬敞。在國王學院的小教堂旁邊，有著斑斕的窗花，我想這應該就是整個英國最為高雅的窗戶了吧。顏色顯得無與倫比，蔚藍色與深紅，綠色與橙色雜碎著，呈現出簡練明快的藝術效果。教堂的禮袍，則置於白色精緻的壁龕中，至於其設計，我真是哭笑不得，將聖人們打造得精細卻醜陋的面容，我並不知道設計者出於故意還是自然而為，卻不得不稱之為一種具有簡樸熱情與溫馨的體驗，讓我甚為感動。

　　這並不像一些最為現代氣派的玻璃所透出的柔和、典雅的瓷器外觀，但窗戶上卻堆積著「魔鬼」，像極了蜜蜂聚集在蜂巢一般。這些形象怪誕、鼻子長長卻又善良的人物造型，顯露出極不負責任的粗心大意。一些是火紅色，一些則是拖著長尾巴，一些則是多鱗的雜綠，一些則像犰狳上的裝甲，所有的造型都散發著極度的熱情與歡喜，卻展示著毫無憐憫的工作。人們會批評這些畫面：一個面容扭曲、被折磨的女人，裸露著胸脯，被投入熊熊烈火之中；一個人用一條金光閃閃的掛鉤，將一個悲慘的惡棍放入岩漿滾滾的鍋爐之中；一個人面帶微笑，在最高處用手拿著攪拌器；一個金髮男孩，露出了痛苦與抽搐的臉龐，這些恐怖的景象在設計者心中又該是一幅怎樣的想像呢？我們無法因為他們展示的強烈「幽默」，而寬恕這些設計者。難道設計者真的相信，這些事情的確在充滿仇恨的陰間地獄裡不斷重演？我猜想，應該是的。這些畫像對於那些住在附近整天看到

如此景象的村民們，他們又會產生怎樣的心靈震撼呢？我們可以預見，這些圖像會讓一個原先充滿想像力的男孩或女孩變得壓抑，最終可能精神失常。因為他們會覺得，若是異教徒或無宗教信仰者被如此殘忍與罪惡地對待，而上帝怎能繼續保持沉著自若；倘若這些卑鄙可恥的行為是某些精神失常、憂鬱或無情之人所作所為的話，那麼，這將讓人們的心理更容易承受一些，但這些奇幻的小惡魔，卻又如此的爽朗與愉快，充斥著邪惡的朗笑，無疑是在享受著極度殘忍所帶來的病態樂趣。

在那些所謂信仰者的臉上，找不到一絲悲慟或沉重的信號。也許，村民們那淳樸與村野的心理品味，正適合對付這種罪惡的現實。人們不禁會聯想到高尚的牧師吉布林，他一生中許多歲月都在這裡擔任父親的助理牧師，他又會對此有何感想呢？也許，他那溫順與柔軟的心智，將此作為某些宗教意義上的一種象徵，即上帝對人類極度貪婪與腐化的一種無情的怨恨。當人們將耐心、性情溫和、樂於助人而又神祕的吉布林與此地連繫在一起時，內心會稍感寬慰。但是，人們很難想像，吉布林能在這般清苦的空氣中呼吸。精神的清風沿著狹長的小路冷颼颼地吹著，一方面被這種深不可測、從不妥協的神學傳統的高牆所阻擋，另一方面則被嚴苛的新教主義所牽絆。世人會忍不住地說：「這是多麼矯揉造作的方式啊！」但我想，人們絕不應將此地視為人類精神之域所綻放出的芳香花朵。任何體制似乎都會對人類某種性情，做出自然而本能的反省。

我沿著農場肥沃而低平的小路緩步而行，密密麻麻的灌木榆樹環繞四周，一直蔓延至萊奇萊德這座人口常年流動的美麗小城。在這裡，也有一座古老精緻的教堂，豎直著一個並不刺眼的塔尖。「一個美麗的石塊錐體」，正如一本舊時的旅行書這樣描述一樣。在這裡，可以看到漂亮的山形牆房子，分布在有圍牆與階梯狀的花園之中。石球角柱邊上，還有一座

古色古香的亭子。河流在下方流淌著，穿過大橋，一直流向修長的泰晤士河。在那裡，清澈的河水不時地翻滾著，在一個寬闊的池塘中濺起各位富於想像的浪花。放眼平展的牧場，金鳳花肆然綻放，萊奇萊德房屋的尖頂，鶴立於簇擁的房屋頂部，一直向西延伸開去。

放眼遠處，有一條人煙稀少的崎嶇小路。人的心緒品味著美景，加速的心跳也隨之起步。我離凱爾姆斯科特越來越近了，而大沖積灘則在兩岸不斷擴展著。在兩邊低矮的樹林裡，莫里斯曾面朝南方，有感而發：「這裡的景色真不賴！」接著，就走到了一條蜿蜒曲折的十字路口。我懷著愉悅的心情，走進了這些分布散亂的村落。在這裡，每間房屋都有其自身的魅力與風格所在，到處都可看到一座高高的山形鴿房。一座木製炮塔，則聳峙於堅實的牲口棚與草垛之間。這裡有一個面積不大、並不顯眼的教堂，還有一座石製的鐘塔。接著，小路不斷向前延伸，直至消隱於曠野的遠方，但那裡應該也是村落的盡頭了。那裡，正是我所要找尋的地方。此刻，我內心懷著敬畏感，心跳不由加速。當我接近了一個充滿甜蜜與美好記憶的地方，這個地方比許多藝術大師的故居還要讓人感到親切。

當我想到自己要到某個藝術聖地朝聖時，心中不免升騰出一種敬畏感。一般而言，所到的地方，都不會因為現實與心中所想的相差萬里而掃興。我從羅塞蒂的書信中早已對凱爾姆斯科特瞭若指掌，從莫里斯詳實與充滿情感的描述、圖畫以及其他前往此地旅行的遊記中確信，自己不大可能失望而歸。事實證明，的確如此。

這個地方不僅如我心中所想的那樣，而且還有其自身的微妙與自然優雅的氣質。這裡的房屋要比我想像中顯得更為寬闊與美觀，花園雖小卻不減其姿色。我之前就不認為，這會是一個羞怯或充滿鄉野味道的地方，很難找到看到整個莊園全貌的角度。道路兩旁是村舍，一幢巨大的建築，一

半是倉庫，一半是車匠商店，用來滿足農場的一些日常需求。透過一扇敞開的大門，可以看到一張長椅上堆滿了工具、木板、側板、輪軸與鐵路貨車的配件，甚至還有束薪。乍看凌亂不堪，實則井井有條。繼續往前走，看到了一座牆疊的菜園，一些龐大的灌木、月桂樹、棉毛莢蓮等豐滿地在菜園內拔起；而在灰色的房子之外，薄薄地塗著灰泥。在一個石堆覆蓋的屋頂上，疊著山形牆與煙囪。左邊則是寬闊的牲口棚與牛欄，一個農夫正在用鼻圈的繩索牽著一頭牛崽。

目光越過此地，就是一片開闊的空曠地，那裡有一堵低土牆以及泥土疊築的防洪牆。蕁麻在上面叢生，枯萎的莎草在河道中漂流，而禿鼻烏鴉則在榆樹上喧鬧地築巢。沿路上，我們遇到一些友善、淳樸的伯克郡人，也找到了負責此地的一位園丁。我們在一邊與他交談，一邊沿著這座房子的另一邊環繞，走到了草地的開闊地帶，家禽在那裡歡樂地俯啄仰飲。古舊的木料農場與破舊的欄舍，還有被棄用多時的鋤犁，都井井有條地放置著。莫里斯曾這樣寫道：「我多麼喜歡這裡的整潔！」我發現，莫里斯最鍾情的，還有這個忙碌農舍之下自然而簡樸的雜物。

在這裡，莊重的房屋顯得更為高貴。透過一堵敞開的大門，我們得以一睹這座古式標準的果園，與其接壤的是春天花朵綻放的尖狀物。園丁正在鬆著沙礫上的土壤，以一種正式且友善的態度迎接著我們。但是，當我們要求是否可以進去房屋參觀時，園丁語氣堅決地說，絕不允許任何人進去。接著，他就不理睬我們了，繼續做著鬆土的工作。

我們多少感到有點窘迫，於是沿著往回走。我們瞥見了前廊上鋸齒狀精細的雕紋，勻稱的翼板以及隆起的建築。我想進去看看那寬敞的客廳以及掛毯的房間。還有一個關於薩姆森的故事，曾讓羅塞蒂對自己的工作感到厭煩。我想去看看那株巨大橡樹的根系，親眼目睹帷幔上刺繡著莫里斯

最為美妙的抒情詩：

「荒原之朔風，呼呼撲，靜夜之冰霜，滴滴泠。」

我想參觀那間臥室，在那裡，莫里斯當年曾極為舒適地享受著健康食物的樂趣，盡情地揮霍著用餐的時間。他當年所飼養的雄孔雀與紫杉，今天早已不見了蹤影。我不敢確定，椅子、桌子、家具裝飾、圖畫等是否會成為阻擋我與這個地方產生的精神交會，我只得朝著教堂的方向走去。教堂的外邊，顯得簡樸與清秀，而在教堂內部則有一股真正中世紀精神的氣息，正如「亞瑟王之死」時的那個「中古世紀的小教堂」。教堂四周的牆壁顯得空蕩，壁畫有一半被破壞了，卻「貼」在堅固的臺柱，充斥著一種遠古簡樸的氣息。讓我感到悲傷的是，我並沒有看到莫里斯的墳墓。儘管在我的想像中，營造了這樣一幅情景：他的靈柩從萊奇萊德由一輛裝飾精美的農場馬車起運，那天還下起了無情的細雨，而在教堂的墓地裡，我看到的景象似乎給我發出了一個錯誤的信號。一個傻里傻氣、自我意識強、打扮過濃的鄉村女孩在攝影機面前擺著各種姿勢，彷彿在炫耀自己的審美觀，要將一種有損身心健康的虛榮與世間庸俗的情感，帶到這簡樸的鄉村生活中。這可能就是名聲所留下的醜陋一面，讓普通人對名人們的生活及生活遭遇的細節深感興趣，但卻沒有絲毫激發他們對這位名人的理想或動機，產生任何憐憫之心。一位真正的崇拜者，要為他們的追尋之旅所付出的代價就是，一般無知之人都在一旁流著垂涎的口水，盲目的跟風。於是，我懷著悲涼的心情，離開了這個地方。我希望自己可以在這些景物周圍設置一堵無形的籬笆，只有少數真正懂得其中所蘊藏祕密的人，才有進入的鑰匙。

而此時，為了表達自己內心的一些美好情感，還是讓我以莫里斯對這幢房子本身所寫的句子來闡述——

「我想，自己深愛這幢房子是有道理的。雖然，我的言語在你們的腦海中無法營造出一幅富有任何魅力的畫面，但是我想向你們保證一點，這些魅力是真真切切地存在的。那些在泥土上建造的古老房子以及生活在這裡的人們，同樣如此充滿魅力。傳統的游絲仍在空氣中彌漫，草地與田野、樹林與河流，總能帶給人喜憂參半的感覺。一定程度的常識，會讓人們對這些事物產生濃厚的興趣。也許，還有少量情感沉澱的原因吧，我想，這就是這座古老的房屋所賜予的魅力。」

「我的雙腳沿著他們熟悉的道路前行，上升的道路指引了我進入一片面積較小的田野，一邊則是河流湧上的　灘滯水；而在仁方，我凱看到簇擁的小房屋與牲口棚。在正前方，則是一座灰色石頭疊砌的倉房，一面牆上已覆蓋了常春藤。在牆之上，可看到一些灰色的山形牆。鄉村小道在滯水潭的陰影下永無止盡。我穿越了這條路，拉開了一扇門閂，進入牆內，接著又站在一條通往古老房屋的石路上。在石牆與房屋之間，花園散發著六月鮮花馥鬱而濃烈的香氣。在這個修剪得當的小花園裡，玫瑰鱗次櫛比地盛開著，香氣飛滿天。乍一看，讓人們的心緒盡消，惟餘一片美麗在心頭蕩漾。黑鸝在拚命地歌唱，鴿子則在屋脊上咕咕鳴叫，禿鼻烏鴉在高高的榆樹繁茂的葉子上，饒著舌頭，而雨燕則在山形牆上如車輪般繞著圈子。房屋本身，就是這個夏天當中所有美麗與適宜的守護者。」

「喔，我的天啊！我是多麼熱愛這片土地，這裡的四季、天氣以及所有的事物，所有在這片土地上生長的事物，都被我深深地喜歡著。土地及其撫養的生物與滋養的生命，都是那麼的貼心。我只能直抒胸臆，我是多麼熱愛這裡啊！」

這些充滿美感的語句，洋溢著純樸之情。但是，這會讓某些人自大起來，同樣也想寫出一些彆腳的句子。但是，我想說，在整個午後，身處恬

靜的曠野當中，白色的雲朵在低低荒原的唇齒間翻滾。我被這個身材魁梧的男人的思緒所縈繞：那個一頭捲髮，留著鬍鬚的人，雙眼似乎很警覺，卻又那麼散漫。但是，他卻能注意到任何渺小的細節，一雙看似粗大笨拙的手，竟能從事如此細緻的工作。看到他身穿著粗製的藍色服裝，以優雅的步態在四處閒逛；時而俯下身子，觀察花壇上的各種鮮花或瞥一眼天際，或漫步到小溪、釣魚取樂；或在客廳的桌子上筆勢如飛，抑或在織布機前專心致志地工作。他是如此的直率、友善、明朗與自然，以他對世間萬物的認知深愛著自己所眼見的事物。在他的血管裡，血液在賁張，生命在無休止地運動，或者在回想起羅塞蒂走過人煙稀少的荒原時，那雙視野廣闊的眼睛，一半在專注的閃光，一半則懈怠著、無精打采、臉色蒼白，似乎被異域渺遠的夢境所牽饒，緩緩地踱步，全神貫注於自身熱烈的思想當中。這就是英雄不散的魂魄啊！

　　在我的記憶深處，他們的情感與幻想攪拌出了這人世間最為美好的意境，只是在某些精神上，思想如浪潮般從一個未被發現的海岸出發，湧入了生命與愛的場景當中。這些，我自己都無從思量。但是，這個地方似乎充滿了未知的景象與難以望穿的神祕。無疑，我們認為營造比例精確的世間景物確實值得考量，但是在這一望無盡的綠色牧場、山形牆與城牆上歲月剝落的痕跡所散發的從容之美，還有那芳香花朵的綻放，小溪的清流，看到這些美景之後，我們真正地愛上了某種深沉與神聖的東西，甚至象徵事物本身仍保留著某種神化的力量，直到今天仍舊感動著我。當我沿著向西的小路返家時，房屋與樹林的陰影漸漸被拉長，跌落到山靜日長的曠野草地上。

　　英雄？我真的這樣說過嗎？在這裡，我不想談及羅塞蒂，儘管他那顆充滿激情的心與反覆無常的夢境常被人們神化。在深思之後，我發現，他

已將自身所有的缺點清除了。但我卻不能剝奪莫里斯享有英雄這一名號。讓我用文字描述一下，當莫里斯將這個美好地方視為家園前後，所發生的事情吧。莫里斯在人生早年的成就，要超過許多人一輩子的建樹。他曾寫出許多藝術成就極高的詩歌，曾墜入愛河並結婚。莫里斯交友甚廣，財富也在不斷地增加。他喜歡自己工作的每一個細節，無論是設計、紡織、染色等。他有一群忠誠的工人與工匠。莫里斯公然地反抗著這個世界，對於社會的尊稱，顯得毫不在乎。他擁有無與倫比的精力與健壯的體魄，讓他能從各種活動中享受到有益的樂趣。

在所有快樂的人生歲月裡，一股陰雲浮現在他的心靈，阻擋了他在陽光下呼吸。也許，原因之一，就是他個人憂鬱與悲傷的情緒所致，原因之二可能是在前半生高產與無休止的能量消耗之後，體力逐漸下降所致。當然，這些都只是一些很次要的原因。讓莫里斯開始反思自己的是，想到人類所有的勞作，正是勞作生活讓他無法享受生活中所有美好的事物。這些美好對他而言，正是生命存在的本質所在。一個推波助瀾的因素就是，他意識到自己已經開始缺乏高級審美享受的能力了。享受美感的本能在凋謝，甚至從原先憂鬱的天性中連根拔起。他開始意識到，人們不僅沒有從對藝術或自然的喜愛中獲得樂趣，即使讓他們真正接近這些藝術或美景，也難以從中獲得任何樂趣。接著，他的思想愈加朝著陰暗的方向發展，認為現代藝術歸根結底是空洞與缺乏靈魂的玩意。莫里斯便看到了那些與自己所擁有的一樣美麗的房子，古老的教堂在形式與細節的精緻上存在著某種自然的本能。這些事物幾乎代表著一種簡單之美，存在於熱烈的歡樂之中，而這些歡樂似乎正從這個世界上消失。在古代，當時的建築師可以建造出一個既堅固又具有美感的倉房，而其中的細節只需將石塊加固，甚至細心地打磨，並將心思花在隅石、窗臺與濾石上，用堅實與勻稱的橫梁來

支撐屋頂，然後用平整的瓦片覆蓋，使得房屋的每個部分都具有鮮明的特色。而現在，如果人們想要自然的建築，就必須要用磚石來修砌薄薄的牆，用鐵杆緊緊地捆紮，並用鋅鍍的鐵器來做弧形最上方的屋頂。誠然，這樣的建築很糟，但更糟的是，似乎沒人會注意或介意這些建築的不同之處。他們似乎認為新式房屋更為方便，而至於美觀方面的問題，則從來就不在他們的考慮之列。他們殘酷無情地推倒原先的建築，或將原先的建築修補得面目全非。所以，莫里斯開始覺得，現代藝術在其本質上不過是些矯揉造作的東西，只是為了少數休閒人士而存在的奢侈品，再也不是基於一種深厚與普遍人性的本能了。他認為，藝術會被人類的相互競爭、庸俗與物質主義所傷害致死，而所有這些傷害藝術的東西都必須全部消失，只有自然的事物才可從新生的樹墩上生長出來。

　　莫里斯不是一位個人主義者，但是人們可能會誤認為他所關心的事物要重於其他問題。莫里斯的一位朋友曾抱怨說，如果自己死了，莫里斯會為之悲傷，並懷念自己。但是，這卻不會阻礙莫里斯以前的生活進程，也不會分散他的工作精力。莫里斯所關心的是，一種社會的趨勢、階級的對比、人群的組別，而不是某個個體的存在。因此，在冷靜的反思之後，他得到了下面這個觀點，繼續將自己束縛在一個自創的藝術小天堂裡，他發現了這樣做是一個非常錯誤的做法，而且也是罪惡本性的展現。世間的喧囂、醜陋與迷惘，這種悲傷對他來說都是很高尚的。然而，那些生活貧瘠、沒有歡樂甚至毫無人生希望的人，常常會進入到他的思想，讓他著迷。他也開始將心思轉移到此，同時，還想辦法理清手中那些混亂的事情。

　　在 1880 年新年的那天，莫里斯寫道：「我正處於十分沮喪的情緒之中，所有的事情都糾纏在一起，難以理清。最近，我總會感到莫名的憂

鬱（憂鬱這個詞，可能用得有點不太恰當，但我實在是找不到第二個詞了。），並不是因為我自身無法以愉悅的方式享受生活，而是人到中年，總會遇到一些嘲笑，或許這些嘲笑根本就微不足道。我想，這些都可以接受。因為人的性情變得緩和了，就極有可能從原先只關心自己的事情上，轉移到別的更具有意義的事情上。我希望，自己心中所醞釀的那些偉人的變革，能在這個世界上得以慢慢的實現。」

　　從莫里斯所寫的這些話中，我們可以看出，他義無反顧地投身於社會主義運動之中，放棄了詩歌創作與許多原本卓有成就的工作。他頻繁地參加一些會議與委員會，寫了很多傳單與宣傳的小冊子。為了社會主義運動，他肆意地揮霍金錢，不斷地參與此類的宣傳演講，同時，還忍受著別人的誤解與辱罵。他曾在雨中向那些冷漠的遊手好閒者演講，推著一輛車子在廣場上售賣社會主義文學的作品。他也常常與警察發生衝突，因此成為了治安辦公室的常客。他還被人冠予「具有詩味的家具商」的稱號，成為令朋友或敵人困惑不解與鄙視的對象。也許，這份工作真的不適合他，但他卻做得不賴。他在與別人交往的過程中，培養了極大的寬容心與幽默感，甚至獲得了稱得上圓滑的一種能力。但是，常年在惡劣的自然環境中工作，還有自身的壓力、對身體健康的忽視，最終都導致了他的死亡。然而，比死亡還糟糕的是，逐漸叢生的沮喪感，使他漸漸地意識到，社會主義運動的時機還不成熟，就算人們能夠抓住他們真正想要的權力，也無法進行使用。他也開始發覺，工人們在社會規模中日漸上升的需求與滿足，並不是讓他們滿懷信心、誠實地對待工作、熱愛工作的保障，而只是希望能順利轉為中產階級，成為一個「小型」的資本家，這一切都是莫里斯不願意看到的。

　　很多時候，在他耳邊都有一種言行在「嗡嗡」作響：一個富有的資本

家或僱傭著許多勞動力的雇主，即使不是奢侈地生活著，至少也能過得相當體面，他們卻在繼續占有財富的同時，宣稱著社會主義思想，這難道不顯得十分荒謬嗎？莫里斯曾在一封回信中表達了對這種言行的抗議，他這樣寫道——

「其實，在很多時候，我也無能為力了，我無法控制自己的思想，大腦不允許我停下來休息片刻。在現實生活當中，我看不到任何具有思想價值的東西。很多人都處在一種有序的生活安排下，這種安排能讓一些體面的人活得充實而快樂。但是，在我看來，他們只是混混日子，用別人的辛苦勞動換來自己安樂的生活，正就好比他們正在不停地啃噬著同類的血肉。還有一個更糟糕的事情，在這樣的生活下，人們變得更加腐敗、沉迷、虛偽，永遠處在底下的精神階層中。然而，讓我內心感到不滿的是，如果我不履行自己的職責，那麼，我的一些朋友反而會因為我的失職而讚美我，而不是指責我。同時，這又是一件多麼讓人痛心疾首的事情。」

然而，到最後，在經歷了所有陰謀、爭論與妒忌的惡劣環境後，他接連參加的所有組織都逐漸解體了。並不是因為他不相信自己堅持的理念，而是因為眼前的障礙實在難以逾越。他最終釋然了，懷著感激與悲傷參半的心情，又回到了過往的生活，重新回到了對藝術與工匠生活的熱情之中。他開始創作一些美麗、浪漫的散文故事，並給故事配上一個優雅的標題。他慢慢意識到，要想全面掃除邪惡制度，是不可能靠個人的力量完成的。無論他多麼努力與認真，也不可能在某個階段或人生中得到實現。他也開始意識到，社會如果要將某些思想付諸實踐，那麼，也只會在這種思想清晰明瞭與廣為熟悉之後，才能得以實現。促使人們接受一種他們根本毫無觀念或毫無意願的生活方式，則顯得徒勞無益。然而，以前的他總是將人們在美好事物中獲得快樂，視為自己人生的一個神聖責任。

事實上，人們都知道，任何人在任何時代，都不可能在這一方面影響深遠，但是不得不承認的是，他確實在不斷地醞釀與培育人們的這種思想。他摧毀了家庭與藝術中一些卑劣與偽善的傳統，透過寫作的方式，為無數心靈打開了一扇通往純潔、不被世俗破壞的浪漫而遙遠的烏托邦大門。不僅如此，他仍舊勇於順從自己所視為神聖的東西，做自己認為正確的事情。他是一位天然憂鬱與不切實際的人，不甘願為一位苦行主義者放棄肩上的負累與恐懼，而是為了理想，他放棄了自己狂熱的工作，全身心投入到了生活中，將自己的祝福傳遞給了別人。當然，他的這些行為，完全出於對那些出身條件劣於自己的人們的憐憫之情。

　　在這個他深愛的角落裡，這種比平和陽光的綠蔭更加甜美和安靜的習慣，理應發出更為洪亮與急促的音調，從而闡述精神。當莫里斯居住在凱爾姆斯科特時，在那段迷惘的日子裡，他曾說過：「我覺得我的個人信念，應該是這樣的。在這個和平的地球裡，我不能因為任何私人的煩惱而報復自己的權利。然而，在這裡，我卻能感受到友善之情。面對眼前這優美的景色，我絕不想板著臉去迎接。」這是多麼高尚的情操與高雅的語言啊！也許，他的天性只允許自己享受在安全感下的美麗，以及生活的樂趣。但是，我認為，如果人類都這樣生活的話，他將沒有個人的敏感性，將不為任何人可悲的言語所動。眼前那些情景，可視為讓他獲得心靈寧靜盾牌的信號。但是，他卻放下了盾牌，用胸膛抵擋銳利的箭矢。在他那高貴的瘋狂中，修正自己所處世界的錯誤之處。也許，他更像一位偉大的騎士。

　　我想，這大概就是環境對一個人心靈震撼巨大的原因。莫里斯曾說：「任何最細小的事物，都是不同尋常的，有著獨特的甜美之處，就像一個天真無邪的童話故事一樣。」事實的確如此，在莫里斯走上這條道路之

前，已經有許多簡樸與安靜的人，在這裡度過了他們的人生。但是，莫里斯有著自己獨特的觀點，他意識到最為微小的甜蜜難以被禁錮，就好比手中最細小手指上的寶石，五光十色，璀璨奪目。

我認為，兩件事情可讓生命增添力量。其一，對自身特性有所了解，對自身的重要性有著強烈而可怕的感知力，將自身控制在手中，將某個巨大而又難以控制的成分與元素聚集在一起。這種巨大而神祕的元素充滿了悲傷、罪惡、痛苦、歡樂、希望、死亡，它們的本性在尖銳地對抗著。但是，可以肯定的一點，就是這些元素都與我們的某種行為方式在一定程度上有所關聯。其二，正是在這個讓人悲傷的節骨眼上，許多凡人與藝術家的悲傷終止了。他們過分地強調自己所喜歡與渴望的東西，而忽略了其他事物。當痛苦的浪潮襲擊他們時，他們被徹底湮沒了，充滿了困惑，抱怨著所有的一切，掙扎著要站起來。

但是，對那些真正的人才而言，這又是另一回事。這些人的內心充斥著一種欲望，希望所有人都能分享他的樂趣，然後從中獲益。這種想法，讓陽光投下了陰影，攪亂了玫瑰的芳香，讓鴿子咕咕的叫聲聽起來悲愴，這讓人感覺到，別人是在遭受痛苦，並且沒有人願意伸出援助之手。更讓他感到悲傷的是，某些遲鈍的心靈從急躁的羈絆中解脫之後，他們的歡樂就變得邪惡與野蠻，從而難以忍受任何甜蜜與純真帶來的樂趣。他一直以為自己真的很聰敏，盡自己最大的努力，在緩慢與疲憊的時間裡安慰別人，而實際上，他自己也是身處沉重與沮喪之中。但是，這些時候，他自己並不知道，思想上美妙的漣漪，已經在波瀾不驚的池面上擴展開來。也許，他被藐視和侮辱，但對此卻毫不在乎。然而，所有偉大而神祕的計畫，無論其本質是黑暗的，還是光明的，都將以細緻而又實實在在的方式進入到自己與別人的生活當中。那些偉大的設計會變得更為宏大與圓滿，

在生命之屋中還將建設有寬廣的廳室及閣廊。一個筋疲力盡的騎士，盔甲上滿是凹痕，額際布滿了灰塵與汗水，雙膝跪在神廟前，這讓這個地方的靜寂更具美感。

然而，那些生性樂觀、從不感到苦難與疲憊的人，不僅臉上沒有倦容，而且雙手也未曾因勞作而瘦削與粗糙。在他們的思想世界中，清澈的雙眼能洞穿籠罩在清冷原野與樹林上纏繞的迷霧，只有他們熱愛的事物，享受著單純與高尚的歡樂。在白天長時間的勞累之後，滿懷疲憊與憂鬱的他，終於倒下了，歡樂的鼓聲從高牆圍繞的城鎮上響起，彷彿在舉辦一場熱烈的音樂會。他所富有價值的人生，卻沒有隨著生命的終結而結束。

第十一章　凱爾姆斯科特與威廉·莫里斯

第十二章　演講日

第十二章　演講日

　　這個夏天，我參加了學校演講日的一些活動。事實上，我參加過很多次這樣的活動。正如賀拉斯說過的那樣，不管是否被邀請，上帝都會與我們同在。其實，我也沒想過從這樣的活動中獲得什麼樂趣。因為參加此類演講的人都是很盲目的，就像一隻綿羊，從一片草地被趕到另一片草地。雖然被友善與溫柔地驅趕著，但還是無法改變被驅趕的本質。可想而知，在這些場合下，聽眾也只是被「填鴨式」地灌飽。當然，也不可否認，我們在這裡會遇到一些富有魅力與有趣的人，但你卻沒有時間與他們好好交談。但是，我還是樂於參觀一下。因為我認為，當人們在演講結束離開之時，會帶走友善與美好的心情，還有年輕與充滿希望的回憶。

　　這所學校雖然不是一座最富盛名的學校，但是卻有著悠久的歷史。這裡的建築物都顯得宏大而實用，而那些充滿了現代與新潮的裝飾，卻散發著古色古香的成熟味道。在校園中央，有一個小小的卻極為有趣的庭院，有綠色的草地和美麗的花園，還有成蔭的樹木。在這裡我們會度過美麗的一天，明媚的陽光和清新的空氣，讓人們不會感到悶熱。

　　演講活動的第一個節目就是午餐。我坐在兩個友好的陌生人中間，謹慎地交流著對教育的看法。讓人意外的是，我們都贊同一個觀點，古典教育作為鍛鍊心理的價值似乎被過分地高估了。或許，當代教育將過分的精力投入到體育競技方面。但是，無論如何，公共教育系統是我們國家培養人才的基礎，教育男孩們學會紳士的舉止，管理那些被奴役的人群。同時，我們都認可一點，學校是培養學生品格的理想場所，公共教育體系也是讓世界羨慕的。

　　在如此有深度與建設性的思想交流中，時間飛快地流逝。

　　接著，我們聚集在一個大型的廳室，看到許多驕傲的父母與美麗的女生，興奮地簇擁在一些身材結實、彬彬有禮的帥哥身旁，當然，那些美麗

的女孩都穿著她們認為最漂亮的衣服。我真為他們感到高興，因為他們都是我們國家未來的希望。我看到，穿著教士袍的校長，渾身散發著學術的寬容氣息。人群中，那些年老的紳士們笑著回憶年輕時的颯爽英姿，而隨著時光的漸漸流逝，他們還是那麼的英勇，這不得不讓人高興。在這裡，我感覺自己身處一群幽默與歡樂的人中間，他們都曾被一種想要改變現狀的模糊觀念所鼓舞，甚至感到振奮人心。

　　這時，人群中響起了雷鳴般的掌聲，接著，便是一幅我們再熟悉不過的畫面。一位年輕的演說者進行了虔誠的朗誦，還要求在座的朋友都能洗耳恭聽，年輕的人還應從中受到一些啟發。然後，就是主教兼校長出場了，在接下來的時段裡，他將要發表演說。我認為，聽一位有才華的人娓娓道來的演說，這種感覺還是挺不錯的，儘管我並不認同他所說的大部分內容，也無法證實其正確性。但是，他是如此的真誠與自然。此刻，如果有聽眾想對他的演講提出疑問，都會自慚形穢。然而，我卻不禁會想，為什麼在這些場合，總會說一些千篇一律的話語，並且還被人們視為可行的呢？一開始，校長就說，男孩們在學校的生活時光是人生中最為快樂與重要的時光，是其他成年人羨慕的生活。我不知道其他聽眾是否認可他的這句話，但我肯定男孩們並不這樣認為。倘若我可以以自己曾經在這些場合的感想作為判斷依據的話，那麼，我認為自己曾經就讀的學校是一所相當不錯的學校。但是，當時的我卻嚮往著離開學校，了解外面廣闊的世界，充分體驗自由的興奮與樂趣。也許在某種程度上，我們這些老一輩的人，確實應該羨慕這些年輕學生面前有著許多我們曾經沒有把握住的機會。但是，我仍然堅持認為，在這種「反之亦然」的寓言故事中，我們也不會真的願意與他們交換位置。如果一個人可以有更為輕鬆的選擇，他會心甘情願地想重新回到紀律嚴明的軍營生活嗎？會在可以自立之下，拒絕自立

第十二章　演講日

嗎？對此，我表示懷疑。

　　接下來，校長談到了教育方面的問題。他語氣強烈地說，儘管很多人對現代教育眾說紛紜，但當我們年紀逐漸增長之後，大多數人都會意識到，其實所有文化都是根植於希臘與拉丁古典文化之中的。儘管我敢肯定事實並非如此，但我與其他聽眾只能滿懷熱情地為之鼓掌。我想，這位校長真正的意思是，他所掌握的文化都基於古典教育。此時，在演講臺上的校長，是一個精力旺盛、真誠且明智的人，但是卻不是一個嚴謹的文化人，只是粗略地浸淫於文化之中，簡單地認為德國文學是朦朧的，法國文學是不道德的。他說自己沒有時間閱讀小說，但是會在每個基督教的禮拜日抽空閱讀一下。或者在他感冒之際，躺在床上匆匆地翻閱一下威夫里的小說。但是，他卻認為自己是一位飽學之士，而且其他的人也是這樣說的。我想，他或許唯讀過一些關於神學自傳的書籍。這讓我不得不相信下面這個觀點：我們的國人之所以不喜歡優秀的文學作品，是因為我們處於一個易受影響的年齡階段，教育體制的節衣縮食，沒有傳授一種真正的文化，而在沒怎麼閱讀古典作品時，一味地將古典作品視為人類智力高度的衡量標準。在我看來，這似乎在爭論人類進步之時，缺乏信仰所帶來的悲哀。但是，我們都認為現在的自己是一個有高度文化素養的人，有著深厚的希臘與拉丁文化的底蘊。

　　接著，主教以一種莊重的口吻談到了體育競技。過往的經驗讓他深信，任何值得做的事情都應該做好。但是，他卻沒有談到：是不是所有的遊戲都值得去玩呢？年輕人是不是只需透過體育運動來填充休閒的時間？成功的運動員只需以獲得的榮譽和別人的崇拜，為自己的嘉獎？老師是不是應該對諸如保齡球、板球、划船以及足球等運動有著強烈且深切的認可？是不是這樣之後，人們就不會形成某種失衡的分寸感。他還告訴男孩

們要盡全力從事體育運動，並且告訴他們，體育競技絕對深受基督教義重視，他自己也對此深信不疑。他宣稱，男孩們應該培養男子氣概和勇氣，摒棄懶惰與邋遢。但是，我個人對此一點都不認同，我認為，現行組織下的體育運動跟美德可以直接掛鉤。如果參加體育運動的人缺乏美德，那麼運動的普及就會變為一件危險的事情。同時，頻繁地舉辦體育運動，會大大降低個人的自主性，在許多學生的腦海中形成了一種錯誤的成功觀念。

但是，我認為，校長受邀發表演說，也是懷著宣傳現狀好處的目的，不說違反常規的東西，只是在努力地踐行這一目的。

接著，他談到了以下幾個方面，對人而言，真正重要的是性格與品行，智力只是上帝賜予我們的禮物，而優於常人的運動能力也是上天賦予的天賦。但是，在某種程度上，我們卻是平等的，我們都有責任與義務，不斷地努力提升道德高度。那些在道德方面有所建樹的人，也不一定是著名學者或運動員，而是那些勤勉、信賴、友善、慷慨與具有公共精神的孩子們。當談到這一點時，他的情感頓時豐富起來，彷彿這是某種極為大膽與出乎意外的表述，認為有著警世的坦率，給人一種正在忠實地闡明人生真正價值存在的感覺，並且用一雙勇敢的手將世間錯誤的喧囂都一掃而空。我並不想為此鼓掌，而是用鞋跟有節奏地蹬著地面，發出的聲響似乎對這位高尚但卻遠沒有確切主張的人，無聲地反對。

但在，在這裡，我感覺事情並不像看上去的那樣高尚，他口中那個指定的目標並非一個成功的目標。他並沒有談到什麼回報與自我克制的生活，也許這些才是最為高尚的，而應被提出來。但是，這些只能證明，那些意識到自己既沒有超群的天賦，也沒有運動能力的男孩們，只能繼續等待。這是一種錯誤的社會主義平等，以道德平等為幌子，強調的卻是一種安慰獎。在此，我覺得這個假定是不正確的。倘若人們能仔細地觀察一

下，這種與道德路線平行的生活，其實最為糟糕。真正應獲得獎賞的，是力量本身，而不是良好的心願。校長似乎忘記了一句古訓：繁榮是《舊約》的祝福，而災難則是《新約》的祝願。人在具有認真、慷慨、謙遜、公共精神這些特性之後，都將取得最終的成功，這與智力、天賦和身體沒有任何關係。人們什麼時候見過一位毫不謙虛、懶散、斤斤計較與缺乏精神的人能獲得與此相反的品格？我必須坦白地承認，這樣的人太少了，幾乎為零。然而，許多自私、占有欲強、毫無原則的男孩們卻在智力與運動上取得了成功，並且做得很出色，累積了大量的金錢，還贏得生前身後的名聲。回想起我過去的學年時光，像這樣的例子也並不少見，在我的記憶中，那些在世上取得顯著成功的人，都是鐵石心腸、謹慎的人，表面上溫和可親，而其做人的本性卻只做那些有回報的事情。所以，我不敢肯定地說，生活的獎賞只落在那些心靈純潔、友愛與富於原則的人身上。

在此，我們姑且不理會校長的說辭，那麼得出如下的結論：他的演說注重於對成功的讚美，而其中的道德說教則在於，若你無法在智力或運動領域取得成功，你可以透過一些不自我誇耀的美德，獲得別人在某種程度上的讚揚。我斗膽說一句，宣揚這種所謂的成功是極為庸俗的，也是對謹慎而幽默的自我利益的一種美化。我想，如果主教宣揚公正無私與默默的忠誠與奉獻等這些教義的話，那麼他的熱心聽眾將會少許多。如果他宣稱，無論那些笨拙與友善的舉止中包含多少美德，都是通往世俗成功的最大障礙。那麼，我想說，雖然這是一句大實話，但是如果他這樣說的話，就會顯得沒有特別的教育意義。然而，我想聽到的，並不是一些讓人震驚的悖論或憤世嫉俗的評論，而是一些更具氣概、公正與不拘於傳統，更為熱烈與無私的東西。校長並沒有教育男孩們要因為事物本身的美好而去關心這些事物，而是依據事物被社會的接受度，轉而注意那些吸引眼球的東西。

從某種程度上講，聽到校長的演講，的確受益匪淺。他體格健壯，為人友善，散發出父親般的慈愛與真誠，他的美德彰顯出了自身的價值。我認為，他並不曾有過一些低級或是不純、甚至惡意的想法，他的人生道路從一開始就平步青雲，他是一位學者與運動員，但他從來沒有刻意去追求成功。要解釋這些，很簡單，因為成功如甘霖般降臨到了他身上，也許，同時還會有一些金子掉下來。

　　演講活動那天，孩子們、父母們、老師們，無論老幼都聚集在一起，崇拜著成功。並且，校長在這場關於成功的演說中，表現得非常棒。至少，在場的所有人都能明白：成功，最簡單的一點，就是不能為了自身欲望而將別人的利益置之不顧。但是，在大家心裡同樣有一個疑惑，為什麼我們要考慮別人的情感呢？我們下定決心，要有道德地實現我們自身的理想，而那些被落下的孩子們則屬於軟弱、靦腆、孱弱、犯錯、笨拙與不受歡迎。他們被認為無法獲得勇氣，而只能羨慕那些成功的人，而且還要盡可能有風度地表現出來。但是，我們卻將如此模糊又讓人不滿的思想拋諸腦後。我們聽到了號角，吹起了橫笛，並且在天國中自由自在。同時，我們熱切地崇拜著那個偉大、充滿勇氣與五光十色的世界。

　　但是，我希望在興高采烈與自我滿足的頂峰，看到一些甜美與大度的人。他們充滿了上天的智慧，能夠暫時將顫動與花哨的簾幕撥開，向我們展示另一種景致。但是，我們不得不承認，無論我們多麼愚笨、無聊或懶散，無論我們的理想多麼卑微，誘惑多麼邪惡，仍能分享人生所繼承的一些美好東西，即便裡面充滿了無數失敗的紀錄。實際上，尋常的罪惡感被毫無歡愉的勝利與沒有友善的笑容所打動。但是，如果我們能夠對抗這種錯誤，並能忠誠地完成這些無聊的工作，讓自己變得更好一些，更為強大一些，更加無私一些，那麼，在一些布滿沙礫的道路與恐怖的景象前跋

涉，就不會感到徒勞無益。我想，接下來，我們就可能被某種更為甜蜜與真實的感覺連接起來，聚攏在一起。或許，我們認為生命是一種需要分享的東西，而歡樂則是需要我們盡情享受的，而不是認為這個世界充滿了美好的事物，我們要孜孜不倦地收穫與爭取這些美好的事物。

或許，這位善良的校長想採取了更為簡潔的方式，告訴這些男孩們一個古老的故事，就像薩摩斯島上波利克拉特斯的這個故事一樣。如果這樣的話，我會感到更為自在。波利克拉特斯是一位專制的暴君，但他雙手所觸及的事物都會變得美好起來，以此避免過度繁榮所帶來的懲罰。他將自己那枚著名的印章戒指扔到大海，一兩天後，這枚戒指奇蹟般地出現在晚宴的餐桌上。他在晚宴上吃魚片的時候，在魚的肋骨上找到了那枚戒指。校長可能會說，這個故事告訴我們，不要試圖獲得所有美好的東西，因為，古代希臘人就有這樣一種思想，認為上帝嫉妒凡人的繁榮。然而，我們的繁榮通常被自認為聰明與溫柔的話語所粉碎。因為，人類最邪惡的一個敵人或者最迷惑與盲目的缺點，就是一種自我滿足感與安全感，但這不足以破壞涉世未深的孩子們天真的樂趣，卻可以讓他們帶走一些有益的東西，回去慢慢咀嚼思考。正如有些麵包卷放在口中很甜，但吃進肚子卻痛苦不堪。

人們可能會認為，我對主教的演講進行如此這般的分析，只是為了強調自己能做一次更好的演說。事實絕非如此，一想到演講時緊張的神經，面對場上黑壓壓的人群，要時刻注意個人的舉止，我就雙腳發顫。我無法做到校長的四分之一，並且一開始就怯於這樣做。他與聽眾能夠打成一片，而我則無法從容地做到這些。也許，這對我而言，算是一種悲劇。

校長的聲音沉重圓厚，具有穩健的力量，就像小溪的流水透過鐵管注入蓄水池一樣，聽眾聽得津津有味，毫不掩飾對成功的渴望。父母們雖然

表現得沒有學生那麼明顯，但內心也是一樣的焦急渴盼，似虎狼一般，希望自己的孩子能夠出人頭地。一旦，父母得知自己的孩子愚蠢或品行不當時，那種失落的情感，是我見過的最為可悲的感情。

校長在演說達到高潮時，能悄悄安然地駛進風平浪靜的結束港灣。老實說，這是一次極為世俗的演講，但是，我不會抱怨這篇演講的性質。可能在基督耶穌時代，就被該教派所使用了。但是，有趣的是，許多在場的人們都認為這是符合倫理道德的，是標準的宗教式演說。

若某個年輕人在 23 歲時，成為了一名職業投球手，之後又成為一名職業的銀行家，那麼，他就完全實現了校長所說的完美理想，也許，這就是職業投球手的道德觀與銀行家的信條所在。然而，我不認為這是一個很糟糕的理想，但是，這也並非是一個高尚的理想，不是一個符合基督教義的理想。這就好比一個偽裝之後的世界，只不過重複扮演著「披著羊皮的狼」的情節。當我們被帶進這個世界時，還自言自語地說：「這個動物雖然披著羊皮，但我們還要牢記古訓，小心為上。」

演講結束之後，由一群聲音尖銳但未經訓練的男聲唱詩班，以古老而歡樂的曲調唱起〈光榮的阿波羅〉（*Glorious Apollo*）及〈向微笑的黎明致敬〉，還有一首古老的校園歌曲，聽著這些聲音，我們不得不緊閉嘴唇，偷偷地擦拭不經意間從眼角掉下的淚水。回想起四十多年前，我們也許像他們一樣，坐在一起，而現在卻各奔東西，音訊全無。

歌曲唱罷，我們組團參觀校園。那些神色莊嚴的小禮賓們穿著模擬的制服，走過跟前。由於地勢不平坦，隊伍也顯得高低起伏，在中間躬送著許多人。此時，我看到一位性情溫和的老派上校，仔細地盯著另一個方向，原來那裡正舉行著一場休閒的板球比賽。之後，我遇見了一位老朋友，我們一起散步、閒逛。一位友善的老師向我們兩個介紹了一些教室與

第十二章　演講日

房屋，並稱讚著這些絕妙的搭配。一些學習間裡堆滿了學生所扔的垃圾，我們嘗試著用不成熟的口吻與那些學生交談，在荒誕與休閒中，自娛自樂。之後，我隻身一人走著，讓自己沉浸在這單純與簡樸的情感氛圍之中。看到這些面容清秀的學生，內心的情感難以莫名，就像一道小溪流過這些古老的建築。不論好壞，他們都會留下自身的印記。

在一個房間裡，一些學生將自己的名字簡寫寫在桌上，或是刻在紙板上。在新人的腦海裡，關於他們的記憶，很快就會趨於黯淡。這些新人充滿了朝氣，占據著時間，用一雙有力的手翻過一頁頁墨跡芳香的手寫稿。他們對未來思之甚少，更別說過往了。但是，他們中的某個人，也會突然間好奇而固執地想去記住某個人。

手中關於人生的牌，很快就被打完了，而我們在年輕時無憂無慮玩牌的日子，卻恍然如夢，不堪回首。一晃數十年了，逝者如斯。身處這裡，我想到這些孩子心中充滿了希望與愛，他們的未來具有無限的可能性。突然間，我想起了自己的同輩人，我們這代人作為一個整體所做的事情是多麼渺小啊！也許果斷地說，大多數人的生活是一團糟，這是有失偏頗的，因為，他們中的許多人都是誠實與值得尊重的公民。我所思考的並不是如何成功，而是某種以高尚心靈與慷慨氣概應對生活的能力，將自身的才華發揮到極致，將愛的熱情以及勇敢的熱望傳播開來。但是，真正做到的人，是多麼稀少啊！慢慢地，我們變得為人懶散、嗜錢如命、庸庸碌碌，而那些被我們視為榜樣、奉為偶像的人，其實都是失敗得一塌糊塗的人。因為，他們對自身欲望氾濫無法管制。而且，那些人也與毫無大志的人相互安慰著，還有一些人則墮落到保守主義的低俗之中，將時間用在緊緊抓住一些常規與固有事物之上。還有一部人則像伊卡洛斯一樣飛翔，妄想接近太陽，但他們蠟製的翅膀早已融化，無法飛翔。還有一些人則與偉大一

詞毫不沾邊，卻時刻奢望著。

　　難道情況只能這麼悲觀嗎？難道這永遠都是一場對抗著命運，卻毫無希望的鬥爭嗎？難道失敗遲早都是無可避免的？然而，最「安樂死」的失敗，就是柔順地墮入到一種安逸與傳統的方式之中，按照世俗的標準，心滿意足與認真地打掃大街上的枯草與汙垢。如果這就是大多數人注定的命運，那為什麼在年輕之時，我們內心會滾動著一些朦朧與閃耀的理性，隱約閃爍著那種浪漫感、高尚的魅影呢？到底怎樣做，才能讓我們心靈為之高漲，在清晨升起冉冉的旭日，得到陽光的沐浴呢？夕陽西下，當我們透過窗櫺向外瞥望，是否會看到曦微與美麗的希望在呼喚我們？

　　此時的天空一片粉紅，背後是一座古老的塔樓，給人一種無限力量的感覺，一種纖塵不染的尊嚴，這些都勇敢地湧上我的心頭。當晚禱的歌聲在小教堂上空迴盪時，我的內心又泛起了那種欲言又止的感覺。難道世間萬物所帶來的靈感與激勵，都沒有半點意義與暗示嗎？莫非這根本不是一種真正的靈感觸發，而純粹只是少年精力旺盛的某種偶然思緒？我想，這絕不是幻覺，這是我們應當追求生活標準。人生最偉大的勝利，就是讓希望長存於心底，不管歷經多少失敗，幾多失意。

　　當我還沉浸於自己的思緒之時，學生們三三兩兩地從我面前走過，滿臉興奮之情，互相竊竊私語，注意力都集中在自身及同伴身上。我聽到他們談論著一些瑣碎事情，一些不連貫的名字，一些直率的讚美與批評，還有一些不明智的反唇回應或有趣的廢話。我們盎格魯－撒克遜民族性情中最為奇特的一點是，當我們處於最快樂與歡愉的時候，都將精力揮霍在對彼此之間坦誠的嘲弄之上。雖然，我已記不清楚自己在學生時代的某一場對話，但一想起當年的朋友與同學，內心就會湧現出愉快。現在，我是一位作家，比起我所說的內容，我所說的方式更為重要，言語只不過是一

些瑣碎思想火光四射的噴濺而已。我們將一些身體結實而羞怯的孩子視為未來的英雄，不斷地重複彼此的笑話。然而，這對彼此又是多麼嚴屬的批判，對弱者或是奇異者的容忍度又是多麼的渺小啊！但是，我們又容易忽略那些性格幽默與身體強壯的人身上的缺點。

最終，這些八卦與閒聊、喜愛與討厭所編織的小網，不斷累積，卻又不斷被打破。我想，我們都是無可救藥的保守主義者，只會為了自己的權利與特權而站了起來。對於孩童時代的天真、公正或是慷慨，我是絕不心存幻想的。因為，孩子們真正崇拜的是風度、實用與多變。但是，回首過往，人們卻早已失去了某些東西，因為，一種希望仍能保存熱情與專注度的欲望，卻在心裡悄悄地萌芽了。我覺得，將自己從以前所犯的錯誤中總結出來的人生經驗或教訓，傳授給這些快活的少年，也會收效甚微。但是，人們會再次為已逝的少年時光感到哀婉，無法讓別人親身感受自己所經歷的。就好比美德一樣，只可意會，不可言傳。不然，美德也就不復為美德本身了。這些真誠的少年，都會犯一些屬於自己的錯誤，這或許是所有的祕密所在。人活於世，是為了獲得一些人生閱歷，而不是安逸地享受快樂。現實生活中，從那些與我們一起行走的人臉上，都可以看到一些罪惡的誘惑，那些誘惑以清晰可辨的符號顯露在外。既然這樣，我們只好教育孩子，讓他們的心靈趨向純潔與善良，遠離邪惡。也許，這是我們唯一能做的。

板球比賽已經結束了，這些球場上的勇士們也開始解散了。與此同時，茶會則在榆樹下開始了。在那裡，面帶笑容的夫人們，穿著整潔的女僕們，還有一些滿面笑容的男孩們，都會熱情地招待你。人們總是不斷地催促著男孩們點菜，並且還為此感到頗為有趣。如果學校無法改變學生的性格，至少，要讓這些樂觀的英國學生能以世界上最令人愉悅的方式同別

人交談，不讓任何人感到尷尬，待人有禮，風度翩翩，同時又不展現任何一點自我意識。我想，外人可能對此會有一種思想上的偏見吧。因為，我們顯然還沒有被大洋對面的美洲視為禮儀或周到的典範，我們將最好的都留給了自己。當我表達了想欣賞一些新建築的想法時，一位外表看上去充滿魅力的年輕人，自告奮勇地想要做我的新導遊。在整個參觀過程中，他很少用到誇張的形容詞，最高級的讚美詞也就是「相當美觀[22]」。但是，我能從他的語言中感覺到，他對這個地方懷有一種真摯與不容懷疑的驕傲。

也許，這些學校最美好的一點，就是這個地方的風貌以及在此居住的人們的精神面貌，不管是節假日還是平時，都沒有什麼兩樣。這裡最讓人羨慕的地方，在於可讓精神變得更加清醒，但這並不能掩蓋一些缺陷或彌補一些不為人知的疏離感。如果某人在平常某個時間參觀一所公共學校，就會發現同樣有很多人在勇敢地生活著。雖然那裡同樣存在著毫無尷尬的禮節，但根本無需大驚小怪，這裡的生活在任何時候都可向民眾開放。因為，我們英國人從不刻意為某個時刻預留什麼，就算是在哪裡學做烹飪，肉都要被切得整齊有條。

然而，這種生活也有其弊端，我們常會被外國人誤解。因為，我們沒有向他們展現出自身最好的一面。但是，我們覺得，無需為了別人的感覺而委屈自己。因為，這並非是缺乏美德的表現，而是某種自滿與狹隘的愛國主義情感在作祟。

最後，無論是在主人，還是客人的心中，逐漸會泛起這種感覺：遊戲已經結束，並且節目已經接近尾聲。我們的主人展現出來的好意，是希望即將離開的客人能逗留更久一點。我有一位老朋友，是一位害羞之人。有

---

22 英國人講話一般都是低調的，彰顯出一種 understatement 的感覺。展現了含蓄的感覺。

一次，他舉辦了一個大型的花園聚會，還請來了樂隊伴奏。他的表現一直很好，但最後感覺自己的神經實在繃得太緊，無法繼續忍受下去。為了不那麼唐突，他找到了樂隊的負責人，告訴負責人自己接下來不要演奏那些曲目了，而演奏一曲「上帝拯救國王」。結果，他的客人們都悻悻地離開了。然而，在如今的生活中，這種隱喻的「機制」已經不再需要了，我們會自動離開，不再需要友善的主人繼續堆著僵硬的笑容掩飾內心的疲憊並心有餘悸，下一次舉行類似的節目又將是一年之後的事情了。

　　對我來說，這一天充滿了各種心理衝突與深厚情感所帶來的震撼，我帶走了充盈的記憶。因為，我覺得，生活也許應該更加簡單與容易一些。如果我們或多或少地拋棄一些拘泥的思想，就可懷著更多的熱情與直接的態度面對自身的問題。同時，我也看到了居住在這裡的人們，他們過著充實、進取與活力的生活，有足夠的自律，讓所有人都能樂於遵從，並且允許在自己許可權範圍內，放棄一些個人思想與行動的自由。我看到了一個充滿高度可能性與希望的地方，將諸如工作、遊戲、友誼等美好的記憶財富賦予了居住於其中的人們，並高舉著個人應當順從共同利益的「斯巴達式」的理想。由此可知，這一理想並非要由法律來維持，而是要靠個人榮譽感與一種體制來支撐。

　　倘若這種環境不鼓勵創新，那就不是對國民傾向性的一個正確的反思。只有當某人全身心而慷慨地致力於該居住環境的利益時，而且沒有任何個人的計較，不帶一絲自負與炫耀感，這才是人類真正的進步。的確，人們希望在這個地方增添某種程度上的智力刺激與心靈的自由，但人們卻不想從中帶走什麼，因為他們想看到我們學校的力量能不斷增強、擴充與拓展，希望這一過程能沿著原先的路線繼續，而不是另闢蹊徑。所以，當我們想培養更深層次的希望與熱情，讓那些更為純樸的道德標準、更具活

力與智力的生活，在我們學校普遍展開，就不要忽視在日常的平靜歲月中
創造奇蹟，從而滌蕩那些恐怖與忘恩負義的汙點。同時，讓我懷著《舊
約》中〈詩篇〉的精神，以「我們的同胞及同行之人」的名義，希望耶路
撒冷 [23] 萬世繁榮。

23　耶路撒冷是耶穌基督誕生的地方，被基督徒視為聖地。

第十二章　演講日

第十三章　文學「點睛」

一週前，有兩個文學圈子裡的朋友與我在一起。他們兩人都是富有成就的作家，對自己所從事的藝術領域深感興趣。而且，他們並非只限於在專業或技術方面投入精力，而是在其他一些領域裡也能頗費心思地研究。

在這裡，我將分別介紹這兩位朋友，一個叫穆斯格雷，一個叫哈里斯。穆斯格雷是一位資深的作家、五十歲左右，透過寫作獲得了豐厚的收入，在自傳文學、批評文學、詩歌與短文寫作等領域當中，都取得了舉世矚目的成功。但是，穆斯格雷卻缺乏一種創造與想像的天賦，缺乏暗示與演繹的能力。穆斯格雷具有敏銳的觀察力，為人也風趣幽默，但他無法在自己的觀察之外，將這些事情做得更好；與此相對，哈里斯則是一位相當年輕的作家，對人類情感方面的寫作尤感興趣。穆斯格雷對當代現狀更感興趣，哈里斯則活在過去與未來。穆斯格雷觀察人們的行為以及他們的表現，而哈里斯則總在思考一點，即過去的人們必然做出了某種行為，才導致了現在的這個結果，或人們在不同的環境下，可能做出不同的行為。哈里斯在自己的幻想中自娛自樂；穆斯格雷鍾情於生活的細節，喜歡食物、喝酒、歡宴與社交，樂於會見新面孔；哈里斯則對生活的一些裝飾門面的東西漠不關心，過著清苦的生活，不喜歡擁擠的人群與吱喳的喧鬧，對現狀過分的挑剔與不滿，哈里斯覺得無論現在怎樣文明，總是感覺人類可以做得比現在更好！

穆斯格雷坦承一點，即身為一個作家，獲得了比自己本應得到的成功更多的名利。我想，在世俗眼中，哈里斯則是讓他的朋友們失去了希望，難以為自己超群的天賦正名。這可能與某種程度的夢囈或缺乏活力相關。穆斯格雷喜歡寫作這種行為，總是有很多事情可做；哈里斯並不喜歡作文，總是懷著某種恐懼的責任感。但幸運的是，他們兩人都沒有藝術上的嫉妒之心，哈里斯認為穆斯格雷這種人，有一種讓自己處於驚人「麻木狀

態」的能力，正如一湖難以泛起波瀾的「死水」。哈里斯則同樣羨慕穆斯格雷精妙與美好的性格，還有一絲不苟的精神。一般而言，文學人都不會在他們的圈子內討論自身的藝術行為。他們都會有屬於自己的一套「方法」。這種方法可能並非最佳，但對他們本人而言卻最為實用。然而，他倆對此不會感到不安。文學上的交談，一般都具有一些走馬觀花的性質。忙碌的人，喜歡將之視為消遣，而不願真正談及。但是，穆斯格雷願意討論所有的事情，而至於哈里斯，他則認為寫作並非一個職業，總是懷著神聖的敬畏感，將之視為某種神聖的使命。

這場討論，是在晚餐的時候開始的。看到這兩人文學理念的巨大反差，讓人感到甚是有趣。穆斯格雷具有驚人的心理靈活度，用餐與爭論可以同時進行，對即將的討論表現出濃厚的興趣。哈里斯則扔下未吃完的食物，拒絕再吃，他推開了盤子，間或喝上一杯水。哈里斯是一位禁酒者，心不在焉地喝了一杯水。

我們爭論的重點，就是文學的「點睛」，以及這種「點睛」在何種程度上具有可行性。哈里斯尊奉福樓拜學派，認為講述某一件事有很多不同的方式，但只有一種最佳的方式；而找到這種方法，則是作家的職責與目標所在。在這點上，他是十分堅定的。

「我不贊同！」穆斯格雷說，「我認為只有一種理論是正確的。但在實踐中卻分支為許多流派。看看所有真正偉大的作家，比如莎翁，在我眼中，他的作品總能給人一種既匆忙又不曾修改的印象。如果要以某種方式去表達一件事，他在第一次表述的時候，就不會抹去這些。他只會以更為準確有效的方式再次說明而已，他的作品存在著不少瑕疵與不恰當的段落，但正是這些『不和諧』的存在，賦予了他的作品一種真實感。」

哈里斯說：「是的。莎翁的作品，確實有很多東西值得去研究。但我

無從理解，你將如何證明莎翁深思熟慮之後故意為之的呢？莎翁在他戲劇中的寫作，讓人忘記自我、沉浸其中。因為這種效果，就是他心中想要達到的。如果他讓劇中角色以更為溫順、更為準確的方式去講述一件事的話，未免會更為妥當一些。因為人們在現實生活中也的確會如此，莎翁一直以他們的大腦在做各種思考。莎翁躲在自己所塑造的人物角色背後，移動著這些角色的手臂，透過他們的眼睛觀察生活，借用角色的嘴巴呼吸。正如生活本身就是匆忙與不連貫的，所以，藝術的完美，本質並非匆忙與不連貫，而是要給人這樣的一種印象。我認為，莎翁並非純粹出於自身的不耐心而對此不做修改。看看當他以不同的方式寫出來的作品吧，就比如莎翁的十四行詩，那可謂是他苦心孤詣之作。」

「是的。」我說，「那確實存在某種藝術成分，但我覺得這並不是故意為之的藝術。我認為，這些作品也不是在速度緩慢的情況下寫就的。當然，在一首十四行詩中，詩人是很難一氣呵成的。詩的節奏總是需要從各個方面擴展，就像許多捆繞的電線，人們必須要從中選擇最為恰當的那一根。」

「那就另舉一個例子。」穆斯格雷說，「看看司各特吧。他自稱是『寫作速度狂』。他的校樣是極為非凡的，裡面充斥著各種不可思議的句子、語法錯誤等。他自己並沒有對此做出修改。但是，他的出版商幫他做了這些，並且將原文一些混亂不堪的句子縷順得井井有條。」

「喔，當然。對此我不會表示否認。」哈里斯說，「藝術氣質與活力才是最重要的。司各特的想像力，曾一度讓人驚訝，覺得難以置信。在我看來，他似乎對自己所創作的作品說：『現在就讓年輕人奮進起來吧，讓他們在我們面前玩耍吧。』但我認為，他的藝術成就確實因粗心而沒有變得更加完善。儘管他已然取得了偉大與高尚的成就，但他若能為此而付

出更多的心血，那麼作品將會更為出色。當然，人們始終會對諸如司各特與莎翁這樣的天才，抱有敬而遠之的畏懼感，大眾也能夠原諒他們的任何錯失。他們僅憑藉巨大的靈感所創作的作品，都要勝於多數人為此而進行的苦苦思索。若某人的想像之域，能擁有與司各特和莎翁一樣強烈的正義感，那麼，此人的匆忙之作也要比多數人辛辛苦苦完成的作品更為完善。但對於那些能力稍欠之人，若他們編織錯了，就不得不要拆散，重新編織一次。有時，當我在寫作時，總會有一種不安的感覺：就是人物性格，感覺與他們的衣著並不相稱。接著，他們必須要脫掉原先的衣服。也就是說，只有這樣，人們才可以看到到底是什麼擦傷了他們。現在，我想以《包法利夫人》（*Madame Bovary*）為例來說明一下。這本著作是作者苦心孤詣與嘔心瀝血之作，這點應該是毋庸置疑的。但人們閱讀的次數越多，就越能感受到某個細節與運筆的寓意。這本書最讓我震驚的一點，就是最終的結果在該書的開頭就已經隱喻了。這種方式是福樓拜在整本書的寫作過程中，腦海裡一直銘記要完成的使命。他知道自己要往哪個方向走，更知道要以多快的速度前進。」

「你說的完全正確。」我說，「但試著以福樓拜另一本書《布瓦爾和佩庫歇》（*Bouvard et Pécuchet*）為例，運用同樣的寫作方式獲得的結果，我只能說作品本身糟透了。雖然，每個細節都精心雕琢，做到了完美。書中這兩個古怪的形象在諸如農業、教育、古董、園藝、蒸餾香水、製作果醬等方面上都有所涉獵，無論在哪一種追求上，他們都犯下了相同而荒唐的錯誤。但讀者卻會覺得，這完全是一種缺乏現實責任感的表現。因為讀者會覺得，一個人不可能有精力從事這麼多行業。這只不過是一大堆典型謬論的集合罷了，鑑於這些人的特殊追求，這都是很自然的。但讀者對於同樣的方式一而再再而三地濫用福樓拜所描述的行為，讀者們就會感到難

以容忍。因為福樓拜心中一直有些大實話，直到他死前，仍找不到如何將其表達下來的方式。《布瓦爾和佩庫歇》一書，缺乏了一種主次分明的脈絡感與順從感，這就像拉斐爾前派早期的畫像，在每個細節上都極為追求完美。儘管，這種感覺是存在的，但並非人類視覺能理解的畫面，而且也不是一種正確的表現方式。人類的心靈會集中於某個中心點，然後將所有的一切協助工具都調動起來。在藝術領域裡，我想任何事情都取決於某個點的集中。戀人依依惜別、鳥兒在稀疏的樹上無力地哀鳴，落日在霧籠的荒原邊緣上火紅燜燒著，這些元素都構成了一幅真實的現實生活圖景。若在這個時候，你突然跑去研究植物學、鳥類學、氣象學，這就會讓中心點模糊起來。即便當你稍稍偏離主題時，你的目的也只會是為了強調主題。」

「是的。」哈里斯嘆息道，「你說得很對。這一切都取決於某種分寸感的掌握。而在所有討論藝術點的過程中，最為惡劣的就是每個人都必須要找到自身的標準所在，也就是讓人們無法接受別人的觀點。就我而言，《布瓦爾和佩庫歇》幾乎可以說是一部毫無瑕疵的藝術作品，這種藝術的魅力充滿了活力與生氣。當然，我也並非全盤喜歡。但是，對於這種藝術魅力的存在，我是毫不懷疑的。在所有最高級創作的背後，必然隱藏著某種具有絕對正確性的藝術，必須與諸如科學、形而上學與宗教等領域區別開來，因為這種創作的背後，擁有一種真實與難以改變的法則，這就是我所信奉的藝術信條的核心。」

「但這種觀點最為不足的一點，」我說，「就是當某人創立了自己的某個鑑賞標準，在某個時代顯得對稱與華麗。然後突然冒出了某個全新的創作天才，將原先這些古怪的標準全部推倒，砸成碎片、破舊立新，創立了新的法則。在我看來，藝術的標準有時只不過是天才作品的某種集合罷

了。我始終很難相信，藝術中存在著某種定式。也就是說，一個嗤鼻者或是一個燭臺，無法代表摩西就在高山之上。最終，這只不過是摩西對兩個嗤鼻者所持的觀念罷了。」

「我完全同意。」穆斯格雷說，「所有評判的最終標準是：『我喜歡，因為我喜歡。』任何時代的鑑賞家，都只不過擁有了是否同意的權利。我的這番話，不是針對大眾而言，而是對許多有才華的批評家而言的。」

「不！不！」哈里斯抬起了那雙憂鬱的眼睛，盯著穆斯格雷的臉說，「不要這樣說，你要是這樣說的話，就是剝奪了我全部的信條。當然，在藝術的道德層面上，必然存在著某些中心的標準，正如倫理道德一樣。例如，在倫理道德當中，殘忍能變成正義，倘若前提只是需要有足夠多的人認為這是正確的嗎？難道真的就沒有哪條絕對的原則嗎？若真是這樣的話，那麼，在藝術領域中，一些偉大的畫作與傑出的詩歌，歷經世代的流傳後，仍在人們腦海中記憶猶新，難道這本身就無法證明什麼嗎？這些作品的正確性與美感，雖然是批評家們所認可的，難道最根本的原因，不是源於它們本身的蘊含所致嗎？我對此的觀點是，世上無疑存在著某種絕對美感的原則，而且我們正逐漸接近這種原則。有時候，人們像古希臘人一樣，離這個原則十分接近。再舉個反例。難道人們會認為斷臂維納斯是醜陋的嗎？」

「答案是肯定的。」穆斯格雷大聲笑著說，「我想，要是人性沿著另一條道路發展的話，就會形成另一種新的為人們所接受的美感。我們可能會認為，斷臂維納斯是一個野蠻與不健全的物體，對我們而言是一種可怕與拙劣的模仿。我想，這就好比對雄性大猩猩而言，深刻的皺紋、長長的上唇，從鼻子到嘴巴深深的鋸齒狀的線條，這些雌性大猩猩在青春期主要的生理特徵，可能是極為耀眼與可親的。美麗只是一個相對的概念。」

第十三章　文學「點睛」

「我們已經遠離原先的觀點了。」我說，「真正的問題在於，當藝術不斷拓展的時候，原則是變少還是增多了。我個人的想法是，這些原則的確變得更少了，但表達的方式卻更趨多元了。濟慈試圖這樣總結道：『美即真，真即美。』但這不是一句嚴謹的話語，因為正如某位易怒的哲學家所說的：『為什麼要用兩個相同的詞語，指代同一事物呢？』」

「在某種意義上，這是準確的。」哈里斯說，「我們所得知的是，在藝術領域中，題材顯得無足輕重，真正重要的是一種表達方式。寫作的風格、繪畫的主義、小說的情節、戲劇的插曲，這些都是相當基礎的元素。福樓拜曾希冀在某個時代，人們將不再討論題材這個問題。藝術家能做到像利用音樂那樣，表達一些無形的東西。」

「我必須坦誠，」穆斯格雷笑著說，「對我而言，這種說法一文不值。一位畫家可能在畫作中，沒有繪出任何具體的東西，而只是在營造某種和諧的色調，讓一幅圖畫簡單地擁有了色彩共鳴的質感。我個人以為，這就是一個是否觀察精細的問題了，在創作過程中是否伴隨著極為微妙與表達的啟示性。有些人會說，這只是一個事關現實感的問題。而問題的關鍵點，是作者應將一種現實感傳遞給讀者，即便他創作的這幅畫在讀者心中產生的情感異於作品本身，但對我來說，這完全是一種象徵意義。」

「完全正確，」哈里斯說，「藝術超越了象徵意義，就變得愈為純潔，這正是我為之追求的夢想。」

「嗯。」我說，「這給了我一個坦承自己想法的機會，我也從來未能真正地了解所謂象徵主義在技術上藝術的作用。通俗地說，一個象徵意義，就是某些讓我們回憶或啟發其他事物的情感。因此，藝術的精髓，就是純粹的象徵主義。色彩的輕拂，能讓觀者有一種『林地在遠方』的感覺。某個段落的描述，能帶給我們一種心理場景或某種情感。即使書頁上

只有五個印刷精美的字，都會讓人在想像的空間中，得到快樂或悲傷。對於多數完美的藝術品，我的觀念是，這不會讓你考慮到是否結束的問題，而是沉浸於其中所描述的內容。正如某句古諺所說的，『所有努力的目的，就是為了掩飾努力過的痕跡』。我想，有些人則透過一系列的缺失而達到了這個目的，但最傑出的藝術作品還是要能直抵人類的心靈。」

「是的。」穆斯格雷說，「我個人的感想是，這種錯誤在於只能用某種方式去做。每個人都有屬於自身的方式，我同意那種認為最優秀的藝術在於那種看似最漫不經心的觀點。」

「也許，站在一個旁觀者的角度來看，確實如此。」哈里斯說，「但這並非從創作者本人而言的。就創作者而言，藝術的樂趣，就在於能看透困難的所在，並且看到藝術家是如何戰而勝之。想像一下過往藝術家所經歷的個人挫折所帶來的樂趣與當代機器製造的區別吧。根據所使用的不同媒介，當然會存在某些不協調。打磨一顆寶石，不可能與建造一座大樓相比論。寶石的價值在於白璧無瑕；而對建築物而言，一些凹痕有時卻很正常，正如在沙礫路上，耙子所留下的痕跡一樣。當然，音樂必須是完美的，給人堅毅、果敢卻又出乎意料、合乎情理的感覺。因為這都是媒介的需要。某天，我看到一幅大型油畫，一張高尚的藝術畫作，這是在藝術學院看到的一幅畫，就在靠近旁門的地方擺放著。畫面的背景，是許多混雜顏色的塗抹，更像一些碎步拼湊起來，而不像一幅畫。但是，走遠幾步看，原先的混雜從整體上卻變成了一個河谷，浸水草甸流經夏日的草地與茂密的灌木叢，這些都是完美的組合。畫家知道自己需要什麼，同時畫家具有某種超凡的想像力，將這張圖畫的結構表述得極為完整。但看到他如何成功地創作出來，卻也能帶給觀者強烈的愉悅感。這就是我所希望達到的藝術效果。」

　　「是的，」穆斯格雷說，「我們應當同意這點。但我的想法是，藝術家要做的，是讓自己對某個主題的了解更為溢滿，然後任其溢出。我從不相信一點，即痛苦地拼湊或將某些部分黏合起來會具有價值。但是，這一個過程應該是極佳的實踐方法。在我看來，這卻像愛德華・利爾在《荒誕書》（*A Book of Nonsense*）之中的一個人物，為了做某一道有毒的菜餚，將所有讓人厭惡的材料都倒進去一樣。這種行為卻以別人嚴肅的話語來結束：用布端上菜，然後馬上將東西倒出窗外；或是當你弄好之後，立即扔掉。倘若真是如此，忍受痛苦則不算太糟，因為你將能更好地續寫自己的人生。但是，任何作品都必然激發最熱切的活力。我相信，這種情感能夠在豐富的心靈中，甜蜜自在地流動。

　　以紐曼的《為我人生的答辯》（*Apologia Pro Vita Sua*）為例，這本書在幾週的時間內就完成了，但這卻是飽含著作者的熱淚寫就的藝術傑作。」

　　「咱們換個角度，看看阿里奧斯托的《瘋狂奧蘭多》（*Orlando Furioso*）吧。他花了十年時間寫了十六個版本而且成型的劇本，卻沒有任何一句冗餘或無聊的話。」我說。

　　「是的。」穆斯格雷說，「當然，藝術家都是以自身的方式做了事情。一般而言，最優秀的作品都是在短時間內，懷著巨大熱情完成的，並從這種快速寫作中衍生出某種詼諧感與曲線美。這是任何事物都無法給予的，真正重要的是要有一種清晰的結構感。但是，這無法透過狹隘與煩躁不安的處理來達成。這就要求藝術家彰顯智慧與掌控能力的時候了。但是，即便如此，這完全取決於個人的喜好。我承認，自己更喜歡整體上的宏觀掌握而非細節上的雕琢完美。」

　　「我覺得我們都同意一點。」我說，「即認可文學上的博大與活力，

而且這是兩個極為重要的特點。在一些次級藝術品中，卻存在著一種恰當的精細與完美。在打磨寶石或創作十四行詩時，對細節所需要的關注，與在建造大教堂或創作史詩時的精力耗費是無法作比較的。我們都不會贊同任何急忙、懶散與笨拙的工作。我們所需要的是，發現這種不規則、不恰當與不適宜東西的存在。我們的分歧之處，只是在完成某種特殊工作，需要適宜的精確量這一問題上。穆斯格雷認為，在福樓拜的例子中，他試圖在小說中用打磨寶石的方法建造教堂，或是用建造巨型雕像的方法塑造微小的雕像。」

哈里斯悲傷地說：「是的，我認為這是必須的。儘管，當我得知福樓拜花上幾個小時找尋某個詞語，而甘願忍受折磨的這種做法，我很是不理解，但若真能夠得到滿意的結果，我認為，這些犧牲的時間非常值得。」

「但是，我卻不滿於他這樣對待時間的方式，」穆斯格雷說，「我寧願要一份沒有完成的工作，也不想要更為精細的工作，儘管我認為有時應當努力掌握後者。在這個藝術珍寶需要過重的累積、只有完美作品才有機會獲得人們認可的時代，也許，某人可能會花費三十年寫一個短篇故事，再花 20 年潤色。在當代，很多沒有說出來的話，其實都已經說出來了。我承認，我並不推崇這種仔細與費盡心思的工作。這讓我想起了一個關於瓷器工人的故事。某位瓷器工人，花了五十年時間在瓷器上繪畫，最後卻在熔爐的時候破碎了。在我看來，這無疑是對時間最為嚴重的浪費了。」

「但從另一個角度來看，我想，這樣的人生是我夢寐以求的最為高尚的人生了。」哈里斯面露出不悅之色。

在我聽來，哈里斯的話像是在某個禮拜儀式行將結束之時，說出的一些傲慢式的祝福。而此時，晚餐已經結束了，我們到圖書館休息了一下，穆斯格雷說了一些他最近與一位編輯爭論的瑣事，同時也緩和了氣氛。他

說，一位編輯委託他就某個文學議題寫一篇論文，但編輯卻始終反對他在論文上的觀點。穆斯格雷就在這位不滿的編輯面前表現得無精打采，透過坦率的問題安排了幾個「陷阱」，讓編輯來回答。之後，他精心寫了一篇文章嘲諷這位編輯的觀點，並且溫順地提交了上去。當這位苦惱的編輯再次否決之後，決定讓穆斯格雷從自己的書信中節選幾段解說性的文字。

這是一種引人發笑的做法，談不上任何有益之舉。哈里斯在聆聽的時候，難以掩飾自己對此的反感之色，並在詩歌朗誦會將要結束時，以工作為託辭提前離開了圖書室。

當哈里斯關門出去之後，穆斯格雷給我遞了一個眼色，說：「我想自己剛才所說的故事，讓我們那位年輕的超現實主義者感到了不滿。在我的這個故事裡，他始終沒有感到半點樂趣。他認為，我的做法相當庸俗。我覺得他可能也是正確的，但我卻無法在他這個層次上生活，儘管我肯定這樣也是蠻不錯的。」

「那你認為他的工作怎樣？」我問，「難道不是很有前途嗎？」

「是的。」穆斯格雷沉吟半晌之後說，「事實該怎樣，還得怎樣。他真的具有良好的文學天賦，但他卻從不肯妥協。無疑，理想主義在藝術領域裡，是一種非常有用的東西。不時會有這樣的人出現，並且勇於為此而付出代價。哈里斯所不理解的，是藝術也有兩方面：理論與實踐，諸如教育與宗教等很多領域都存在這樣的問題。但是，這種理想主義理論家的危險之處，在於將其變成一種學究式的問題。他們對形式這個問題過分沉迷了，而一個簡單的真理是，無論形式多好，你都必須要把握住實質的內容。問題歸根到底，在於如何將藝術應用到生活當中。有時候，你必須要屈尊俯就。在事關人類最終目標的這種重大問題上，就必須將人類自身納入考慮範圍。如果你的目標只是想引起其他藝術家的注意，這就變成了一

個是否應該追求博學的問題了。就好比你做一位華而不實的木匠，只是想為了獲得其他木匠的讚揚。當然，若你滿足於指引別人如何應用或怎樣變得流行的話，這樣也還是具有價值的。但是，如果你將藝術完全孤立於理論之中，無法將之應用於生活當中的話，你就只能是一名學者，而非一位藝術家。倘若首先無法做回一個人，怎能成為藝術家呢？因此，我認為人性應該排在首位，但這並不意味著我們就必須繼續庸俗下去。當然，我只是一個專業人士。我的首要任務，就是透過誠實的勞動來維持自己的生計。我坦承一點，自己絕沒有定位為一位大眾行善者。哈里斯卻並不關心收入多少與作品是否打動人心。當然，也許我應該提升一下文學的標準。我樂見普通人能夠自己鑑賞什麼是好的藝術，而非完全屈服於傳統情節劇的藝術。但是，哈里斯卻並不關心，哪怕是兩便士價值的存在。他就像一位加爾文派教徒，確信自己已經得到救贖了，而對牧師表示懷疑，認為其他人都不可避免地要受到詛咒。正如我所說的，這是某種高尚的理想。但當這種事情發生的時候，卻並非是一個積極良好的信號。世界上最美好的藝術創造者，諸如荷馬、維吉爾、但丁與莎翁等，都得益於許多也許根本不知藝術為何物之人的吹捧。試想一下，讓荷馬去討論藝術形式這個問題吧！我認為，當形式主義發芽之日，就是藝術開始墮落之始。這有點類似於宗教，最初始的那位老師對神聖的美感有著無與倫比的激情，後世的追隨者卻將之降格為神學。這類年輕人之於藝術，恰似神學之於宗教。他們在編纂的過程中，糾纏於某種概念，從而失去了對事物本身全貌的了解。我個人對偉大藝術家的概念就是，他們能夠發現美感是如此致命地吸引與讓人著迷，無法控制心中的話語，必然噴湧而出，無法讓內心平靜下來。接著，一些人就開始認為，這就是他們潛意識中讚賞與渴望的東西。只有少數天賦超群之人，才認為自己能夠加以分析，並運用自身的分析來達到

相同的效果。但是，這其實是不可能做到的，藝術必須都要各自擁有其生命力。」

「是的。」我說，「我贊同你的觀點。哈里斯是一位苦行主義者，並且有一種隱士的氣質。在很多方面上，這是一種優點，但這種藝術卻缺乏一種生命的傳遞。到頭來，只是一些很貧瘠的東西，恰如一朵無籽的花。」

「讓我們表達一種庸俗的希望吧。」穆斯格雷說，「他可能會陷入愛河，這將他帶到一個讓他可以停泊的彼岸。我們到音樂室去吧，看看我能否將這隻羞怯的鳥兒，從其棲息處引誘出來。」穆斯格雷是一位傑出的音樂家，他打開了窗戶，演奏了巴哈著名的《觸技曲》(Toccata)。幾個小節奏罷，哈里斯這位理想主義者神不知鬼不覺的走了進來，臉上似乎帶上了某種需要寬容的慚愧之情。

第十四章　仲夏之遐想

第十四章　仲夏之遐想

　　每個人都能夠從自身的人生經驗中得知，生活中有些日子在記憶中是尤為深刻的。即便是在一大片快樂的時光裡，人們的心情都會因某些特別的愉悅時刻所點亮。人們在當時無法預知日後這段日子會讓人如此神往，當時光飛逝，在黎明與夕陽返復之間，在陽光普照的狹小空間圍繞成為「最完美的星星，當我們身處其中移動時，自己卻看不到。」

　　我個人的感覺，就是營造這種「天人合一」的場景。正如某位學生所說的，這種場景必須要有適宜的陪伴。同樣重要的是，陪伴也應該處於某種恰當的情緒之中。有時，適宜的同伴在慷慨之時，反而顯得無聊，而當其本該安靜之時，卻甚為喧鬧。但是，當他處於一種適宜的心情時，我們的感覺就像在攀登峰頂時，身邊有一位熟悉與極富同情心的嚮導。他會在關鍵時刻給予幫助，內心關於進退的想法，常常與自己互相吻合。他並非一位受僱的助手，而是一位具有兄弟情義的同伴。

　　某天，當我思考這個問題時，竟發現原來自己也有這樣的同伴。他是那麼樂觀、可親與幽默。我走到哪，他都會跟隨到哪。有了他的引領，生活讓我感覺充滿了美好。有人說他感情用事，但是他卻絲毫不覺得羞愧。他不想爭論，同時，他也並非如隨時消散的蒸汽或堂吉訶德式地表露情感，或為死亡而尋想，他只想在長時間的緘默中，尋覓最深沉的樂趣。在緘默之中，我們的思想指引向了同一點。所謂真正的考驗，不過是電光火石的一些微妙瞬間，在心與心之間無形地移動。

　　驀然回首，讓我樂趣倍增的時光，無疑是我度過的某段沉悶與單調的歲月。所有的事情彷彿都朝著錯誤的方向發展，並且擰成糾結的一團。幾個人在金錢的問題上與我發生爭執，他們的行為固執得與不可理喻，至少我這樣認為。同時，自己的工作也陷入了停滯狀態。也許，我之前趕路的步伐太快了，而現在則進入到一片荒蕪的原野，在石楠花下無法辨認出道

路，不知何去何從。對我來說，這並非任何特殊的任務，而我力所能及幫助的人們，似乎毫無緣由地繁榮與獨立起來。現在，不僅沒人想要聆聽我的觀點，也覺得自己的確沒有任何有價值的觀點值得說出來。誰不知道有心靈的框架呢？當生活似乎只是一場漫無目的的遊戲時，越容易讓事情墮入深淵。當人精力耗盡，希望的清泉幾近枯竭之時，我覺得自己彷彿身處於沃爾福德女士某本書描述的家庭那樣：他們想要一起出去吃晚餐，而殘酷的事實是，根本沒人願意搭理他們。我的靈魂也陷入了這種狀態。

　　有一天早上，某種美妙的情感，莫名其妙地降臨到我身上，以其自身特有的方式，將尋常事物中的美好特徵都顯現了出來。之前幾週的追尋，純屬徒勞。這種感覺就像一隻任性、溫柔、美麗卻又冷漠的貓咪，欲擒故縱的舉止：牠直直地盯著我的前額，當我想去尋覓之時，牠卻蹦跳著跑進了叢林；當我停下追尋的腳步，牠那一雙無辜的灰色眼睛，卻過來慰藉我。現在，這種感覺又不請自來了，撫慰著我的心，就像一位長年未見的老朋友。之前所有的一切耐心與焦急的守候，現在證明都是白費功夫。那天早上，早餐的香氣進入到我的鼻孔，似乎為恭迎我祭火的煙氣；花朵的形狀與色澤，充滿了深厚的神祕，而綠色的牧場則似乎是一個中年男人想盡情跳舞的地方。灌木叢中鳥兒尖聲鳴叫，彷彿特別為我的耳朵所準備的演奏會。我們很快就變得騷動起來，就像華茲華斯面對這種情感時，那種激越的心情。我們稱，這一天應賜予到懶散的手中。雖然褻瀆的人可能會問，那位休閒詩人 [24] 怎麼可將餘生都美化掉呢？

　　我坐在一輛移動輕快的火車上，而司爐似乎正在密謀著一場有趣的事情。在聖埃文斯這個小鎮上，我願意詳述這個地方所有的魅力。清澈與寬敞的小河上，蔓延著燈芯草，散發著古色古香氣息的磚房，靠近碼頭的花

24　指上文的華茲華斯。

圍，延綿的旱金蓮花倒映在潺潺流動的河水裡。映入眼簾的那座港灣狀的大橋，雄偉地矗立著。溪流之上則壘著一座古老教堂的塌牆，但我必須要牢牢控制內心的慾念。儘管我有很多理由相信這是一個極富魅力的地方，但我不能流連於「毀滅之城」的美景。當我們沿著美麗河堤的道路上漫步，走過纏繞的酸橙樹，越過漂亮的教堂，而在霍頓山脈懸掛著的山林裡，那景色便顯得更加迷人。

在這裡，我們看見了一座磨坊，是一間很大的木製結構的房子。屋頂利用排水管排水，奇異的走廊與突兀的閣樓，覆蓋著麵粉的碎屑，一切顯得那麼的恬靜。一個巨大的輪子，被羊齒植物覆蓋在大門洞裡，水底下則雜草叢生，水流沿著向下的露天人工水渠悠然而流，多麼美麗的小溪！河流與水渠，以及一些滯水都沿著柳樹遮蔽下的小島流淌著。放眼四周，盡是繡線菊、聚合草、蜂斗菜與草木樨。頭頂上的陽光，穿透了漂移的白色雲層，垂直照射下來。在飄蕩著水草的美麗小池塘中，魚兒則靜止不動。倏忽，我的心靈被大地的歡樂與美麗所占據。誰還會關心之前或日後煩心的日子呢？誰會理睬所謂的詭辯法、決定論或事關人生命運、目標等這些東西呢？懷著清淨的心境，閒看蚊蚋在金光中嗡嗡地舞蹈，而在某個偏僻的角落裡，橙木的支根深入水中，呼吹著漫漶的溪水。

在這裡，我們租了一隻小船。在悶熱的上午，我們慢悠悠地搖動著，槳櫓發出著「咕噥」的聲響，水滴不時落在水面上。從一個河岸到另一個河岸，從一個池塘到另一個池塘，船舵輕輕晃動著蘆葦與水草。坐在船上，可以瞥見淺水潭中倒影的山谷，蔥翠欲滴的林子。遠處，峰巒層層疊嶂，讓夏日的空氣為之顫動。一群牲口在淺水之處站立，水流沒膝，慵懶地顫搖著尾巴，鼻孔噴著氣。

到了中午，鳥兒也逐漸安靜起來，只有蘆叢在微顫、隨風仰俯。在一

把巨大的鐵鎖旁邊，是一大堆被砍碎的木材。清澈的水流流經一座半掩的閘門，思想的清泉彷彿瞬間浸滿大腦，內心的感觸難以形容。這種來去的感覺就像一個破滅的泡沫，但在多數時間裡，我們都很沉靜，只是微微頷首或以微笑來交談。我們最終到了目的地，這裡是一座被綠葉遮蓋的房子。河流旁邊就是教堂墓地，而教堂似乎悄悄溜到了河邊，想看看自己在河水中的倩影。

這個地方，世人稱之為海明弗爾格雷。但在那天，對我而言，它卻在我心中有一個無法言喻的名字，因為在歷經塵世風霜洗禮之後，仍能保持著一份清醒，我覺得極為難得。那天，在旅行途中，我看到了一座富於浪漫色彩的小村落，簇擁著屋頂與條狀伸出的煙囪，這一切絕非夢境，而是真實存在的地方。我想，居住於此的人們，都應該過著簡樸與慵懶的生活。日常的買賣，八卦與隱忍，結婚與死亡，但對旅行者而言，這是一個讓人心醉神迷的地方。在這裡，可以忘卻煩惱與悲傷，撫平生活的棱角、醜陋與骯髒，堪比世外桃源。這裡的人們活得真實，心靈感受到了生活的美好，而這些正是我們所要尋找的，但卻總是無疾而終。對於我那位朋友而言，一位居住於此的睿智與友善的藝術家，無疑是生活在一個花的天堂。他的房屋牆籬上，必然繞滿了攀爬的玫瑰，引誘著燕草植物抬起蔚藍色的尖頭，在空中招展。他是如何將這一切布置得如此完美，又迎接了這些黃金時間的呢？也許，他從來就沒有想過，這些景色對我們這行人而言，是一份如此美好的禮物。

之後，我們從一本紅色的小冊中，發現這個地方因古老的歷史回音，而充滿了生命力。在穿過草地上的一座小教堂時，我想到了心寬體胖的查爾斯·詹姆士·福克斯[25]。他曾在這裡舉行婚禮，迎娶了新娘。溯流而

---

25 查爾斯·詹姆士·福克斯（1749-1806），英國輝格黨著名領袖。

下，古柏[26]的小狗，曾將他牽引到自己不可能到達的黃色睡蓮生長的地方。在教堂裡面，有一個小型的厚板，當年兩個妙齡少女曾睡在這裡。著名的威廉絲（Gunnings）姐妹們，因流連於此處的景色，分別嫁給了公爵與伯爵。在小道旁有點破舊的莊園裡，度過了快樂的青春歲月。我時常思忖的是，兩個小女孩在豆蔻年華時逝去，這是否算是最好的分離呢？當博斯韋爾根據天上大熊星的方位，到達了荒涼的北方，那位高貴的公爵夫人是否對困窘的他表現出傲慢呢？她可能並沒有想到，兒時與自己玩耍的姐妹，骨灰就埋在這清涼溪流的聖壇邊。

　　然後，我們在教堂庭院的城下，小憩了一會，看著水草依然飄揚，魚兒在水中紋絲不動，而在庭院的某個溫馨角落裡，在一年內的某個時節裡，生長著白色的紫羅蘭，花朵卻早已凋謝。它們的生命力，卻仍宛如剛綻放之時以香氣與顏色向世界彰顯著自己一般。我認為，花朵或樹木，都具有感知力。不僅如此，所有的生物都具有某種感知自身的能力。我相信，花開時節對於花朵而言，是一種彰顯生命的幸福。對藝術家而言，亦是如此。

　　靠近我們的是一堵牆，一座寬大、堅實的喬治王時代的房屋。在向外敞開的窗戶與百葉窗反射的光芒閃爍於平整與陰翳的草地上，滿眼都是綻放的綠色與清淡的陰影。踩踏過去並占為己有，自己可能會被視為一個粗野與非法的闖入者，雖然沒人會占有半分，但為什麼這些景致，會給人帶來如此深沉的幸福感與祥和感呢？

　　這些都是難以言說的，一切都在我們的想像之中。人們會遐想夏日悠閒午後的長長景致，自己則坐在一棵碩大的無花果樹下，躺在睡椅上，享受著陽光灑在自己身上的溫暖。翻著書頁，細聲地交談；或掩卷沉思，僅

26　即威廉·古柏，英國作家。

憑記憶重述一些古老而美麗的故事；也許某位可愛的小女孩，從某個房屋蹦跳著出來，湛藍的雙眸閃爍著希望與無邪的慾念，抑或是一個身形高大、身手靈活的男孩，光著頭脫著鞋，身穿法蘭絨在草地上漫步，散發自己旺盛的生命力與健康。不經意間，男孩跳下了一艘平底船，搖動著鐵鍊，解開鐵鍊扔到船頭，發出「哰嗒」的聲響。然後，撐一長篙，一撥，船就晃晃移動了，穿過微光與陰影交會的光怪陸離地帶，直到浴池。所有的一切都直抵心靈，人們將生活中所有的煩惱與愁緒都滌蕩一空。原來所有失敗的陰翳與苦楚，都有其美好的一面。

接著，就是一幅更為深遠與讓人反思的美麗畫面，丁尼生稱之為「逝去的激情」。一念及所有美好的生命都在指尖消逝，人們便無法逗留片刻，不禁唏噓。但是，日落的陰影已經悄然爬上了日晷的鐘面上，教堂的鐘聲也預示著這一天的漸漸消隱。倘若認為這種和諧的感覺，只是在年齡增長與閱歷擴展後才發生的話，這就是認知的一個盲點。事實上，這全然是另一回事。因為，只有年輕時才能最為深刻地體會到任何易逝之物所留下的遺憾之感。當人逐漸變老，就容易將不滿與憂慮雜糅在一起。他們就會猛然發覺，千年前賀拉斯的格言變成了事實：

「人生苦短，何以擷取遠方飄渺的希望呢？」[27]

於是，人們開始學會感恩這陽光明媚的日子。當一個人年輕時，感覺自己能夠享受所有的美好；對於陰翳與濛濛細雨，則顯得不耐煩，難以忍受生活的甜酒被稀釋沖淡。

我認為，這就是對這些景致魅力的一種解讀。歡樂與永恆的可能性，被短暫的憐憫之心所染色，起伏不斷，最終像溪流的漣漪一樣緩緩消散。

這種閱歷感想的幻滅，並不似年少時的那種哀婉之情。因為，年少之

---

27 原文是拉丁文。此處譯其大意。

時，哀婉的本質就其自身而言，會為生活增添某種樂趣，帶來了某種微妙的美感。即使這不是短暫易逝，也是難以占有。

問題在於，真正的煩惱，沉重的憂慮、羸弱的身體、流逝的人生，所有這些在詩人筆下或作家描述的情景中，顯得浪漫與唯美；而事實上卻沒有一點浪漫氣息可言，只是些淺白通俗且讓人反感與難以忍受的東西。那個曾經奮發圖強、身形矯健的少年，如今已經成長為一個男子漢。現在，金錢總是拮据，孩子總是帶來憂慮，妻子的生病與坐立不安，自己也是滿身毛病。在一天天的疼痛與折磨之後，在向晚時分，他蹣跚地走到了一棵不知歷經了多少歲月的懸鈴木，佇立在樹的陰翳下。他若仍能感受到這個地方美妙的力量，仍能沉浸其中，獲得心靈的安慰，此人必然是一個睿智、平和與耐心之人。

享樂主義者與隨時追求美感之人的盲點，在於他們將生活中堅硬與討厭的一面，劃分得過於陰暗。生活有一個習慣，喜歡將所有「藝術性」的椅子顛動，而下面則有軟墊來緩衝，一切都顯得那麼突然。所以，如果某人真正富於智慧的話，就會意識到，心靈的活潑要遠離在這片總是午後的地方打瞌睡的誘惑。真正應有的人生態度，應該能夠在這個世上扮演好充滿活力與男子漢氣概的角色。與此同時，腦海中將諸如銀行存摺或收支總帳等煩人的問題，統統拋在腦後，讓心靈盡情沐浴在夏日的陽光之上。

「可享受此等樂趣的人，皆為睿智之人；時常被心智困擾，絕非明智之舉。」

這是古代一位清教徒詩人的詩句，詩句中飽含的大智慧，是我一輩子所嚮往的。我自己也是一位深受焦慮之苦的人，而解決焦慮之道，就是心態的平衡，但是，切莫認為這種寧靜的生活就是全部。另一方面，不要去相信那種理論，認為人生就是一個不斷向前驅趕與喧嘩的過程。衡量一個

人是否成熟進步的象徵，就是一些世俗活動或惱人的交際是否開始讓他感到過度的煩憂。倘若感受不到這種煩憂，人就會變成一個享樂主義者。換另一個角度來看，透過仔細的觀察，看看一個人在一天的工作之後，能否從容地享受假日；或轉而感到無聊、不安、疲憊。倘若其人屬於後者，那麼，此人就犯了與那個福音故事中瑪莎所犯的同樣的毛病。因為，上帝批評最多的，便是兩姐妹中的瑪莎。

人們想要嘗試了解人生的本意，絕非讓人一味受苦或安逸，而生活對於每個人來說，僅僅都是學習者。有時，智慧可能透過懸鈴木的葉子，在耳邊向你絮語，同時還夾著紫羅蘭在空中的芳香。有時，這可能源於一場思想交流；有時，則透過翻看一本充滿智慧的書籍；有時，則在沉悶的時光裡靜靜地感悟。當某個難以忍受的思緒，在輾轉反側之時有所啟發，那時我們便會敞開心扉，謙虛地接受生活。

也許，一些讀者會認為，我在寫作時，過分地強調了生活中更為燦爛、美好與寧靜的一面。其實，這是我深思熟慮後故意為之的。因為我相信，我們應該盡可能地享受人生無邪的樂趣。即便如此，這卻不等同於我們忽視了自己的對立面。我覺得但丁所描述的蜿蜒與黑暗樹林，於我而言並不陌生，因為很多單調無趣的道路，使得我不願再次涉足。我的身體處於健康狀態，事業看似也處於上升期，但是，我卻對幸福的樂趣過於敏感。一般而言，其實就是對憂慮與負擔病態的敏感。

快樂與不快樂，這是一個很主觀的問題。正如古米治所說，當她將自己的煩惱告訴別人的時候，她說道，「我感覺自己的煩惱總是比別人更多。」倘若秉持追求平和心態的使命，就好比一個牧師在布道時與自己內心真實的想法背道而馳。有一點卻值得肯定，即無論一個人如何感傷於自己的錯誤或想追求與眾不同，成長的祕密正是在於這種悲傷之中，不斷孵

化，不斷進步。也許，更多的祕密卻隱藏在這種無能為力的悲傷背後。一個人必須要了解真理，不論人們多麼懼怕它。人們在自己的幻想中，待的時間越長，學習的時間也越長。當人們得知了真理就在那裡，而對於其他人是否相信，則顯得毫無關係，難道這便是一種苦澀的安慰？我想，是的，這是一種安慰，因為在此基礎之上，人們可以承受許多東西。

　　一個人的思緒，從原先美麗的場景上漂流得越遠，他所獲得的美妙感受就與日俱增。白天的熱氣已經消散，微風吹拂著河面蕩起層層漣漪，塔樓的陰影在水面上橫斜著，我的同伴們都微笑著起身，而我又迷失在懶散的自娛自樂之中。他們卻並不知曉我的思緒飄向了何方，只是覺得我在在異域的思想之海中，而且孑身一人。

　　他們或許在猜想，當我回首自己人生的時候，發現痛苦壓倒了幸福。倘若一切可以推倒重來，我是否想再活一次？倘若我真的能再次選擇的話，難道我不會選擇再活一次嗎？儘管如此，我慶幸自己沒有這樣的機會。因為，這完全是在心神懶惰與精神萎靡之時所做的臆想。我並不認為，生活的目的就在眼前，而屬於我享受自己生活的時日終將到來，到時還可審視一下恐懼所具有的意義。之後，我們沿著原路折返，就像夏洛特女士一樣登上船，沿著西向，在朦朧的通航水道上前行。為什麼我無法向朋友們講述內心這些黑暗的事情呢？如果可以的話，這樣豈不更好？但事實上，卻沒有人能分擔在我肩膀上的負擔。

　　薄霧漸染西天，將蘆葦、農場、緩緩的流水融合成一片，難以分辨。樹林森森，迎著夕陽，濃厚成翡翠綠，一顆星星從漆黑的山頭上升騰起來。當我們逐漸靠近，燈火開始從簇擁的房屋敞開的窗子裡反射出來。當我們穿過黑乎乎的房子時，山形牆與煙囪黑壓壓地映襯著那片光亮的天空。所有的沉悶與無聊，甚至溫馨的事物，都被暮色滌蕩，留下了神祕柔

和的浪漫感！這座小城，充滿了英雄神話般的魅力。一個人在橋上靜靜瀏覽風景，看著船隻在緩慢滑動。在人們心中，高尚的理性又是什麼模樣呢？是一個中產階級的市民，還是一個天使？陰影與垂降的燈火，交織了另一種夢幻；鐘聲則在草地與河流上飄蕩，但是，這極為渺遠、難以言傳的美感，與日常生活單調勞作的真實一起相互感染著，卻在此時溶溶地駐進了心間。這感覺，不是更少，而是更多！也許，這樣更好。因為，這一切給我帶來了更為深沉的價值感與自身的重要性。我們必須牢牢抓住這種永恆的偉大之感，因為最終的祕密就在此，而不在無力的掙扎與焦急的延遲之中。這些只不過是旅程中的一些小插曲而已，而這些靜謐的生活並不一定能從溫馨的家裡捕捉到。

第十四章　仲夏之遐想

第十五章　象徵

第十五章　象徵

　　這是一個聰明人羞於輕信別人的時代，這也是科學精神演進所造就的極為自然與可喜的結果。人們對任何事情都會加以調查，自然法則龐大的結構為世人所發現，展現出讓人驚訝、微妙的過程，而這顯然又有其偶然的因素，沒人能預見最終的結果。這種科學探索，讓科學知識坦率得讓人振奮，但成長的知識卻沒有增強我們反思與行動的自由，儘管這種成長是極為有限的。至少，我們能逐漸認清自身的界線在哪裡。看到人類自身豎起的界線，要比上帝意志所劃定的範圍更讓人興奮。我們不再為某些權威主觀的理論與狹隘的傳統所桎梏，這的確讓人振奮不已。我們再也不會在魔術或神祕主義前俯首稱臣、顫顫巍巍了。誠然，迄今為止，科學領域的研究，讓人們能不斷深入探索原先局限於對具體事物的淺薄印象。同樣的做法無疑可以應用到諸如哲學、社會學、心理學等學科，我堅信，人類終將有能力了解清楚宗教與道德發展的進步法則。

　　正如上文所說，摧毀盲目的輕信是一件值得高興與有益的事情。許多明智的人，從學習與上帝打交道的過程中找到了幸福，發現隱藏在萬物背後的是一種創造性與原創性的新力量。雖然這看起來是多麼的不可理喻，但這絕非異想天開。總之，任何人都無需以馬賽克式的宇宙進化論中一些詳盡的細節，調和自身的宗教信仰，或以接受希伯來先知從森林召集大熊，將某些為了私欲而浪費糧食的無知男孩撕成碎片，這些事實讓人們認知了自己的信仰。這純粹是一種收穫，而且沿著一個有益的過程。許多人被拋棄到命運之船的外面，卻仍然謹守著一些盲從的信念，那些更為高遠與崇高的特性，被人們之稱為信仰。

　　我們已經知道了許多神祕的背後，隱藏著各種解釋，許多自然的謎團都得以解開，但卻墜入了「物質主義」的泥潭。一些人懷著錯誤的觀念，認為對一些物質現象的解釋，同樣在洞察抽象的現象研究中適用。但是，

任何懷著哲學或詩性的精神接近科學研究的人，都能極為清楚地看到，其實人們所做的只不過是一些分析而已，包圍我們的神祕也只不過是向後退遠了一步而已，黑暗仍然是濃厚得難以穿透。我們所學到的就是自然法則如何運行了，我們還遠未清楚其如何運轉的原因。我們真正掌握的知識，是一些冒失與無法讓人滿意的理論。例如，舊時的救贖行為，必然讓人覺得無望與不圓滿。科學精神的危險，並非在於其過於強調的不可知論，而是由於其對不可知性的了解還不夠深入。科學宣稱能解釋萬物，而實際上所掌握的資料仍是寥寥無幾。物質主義的哲學變得專制，威脅著思想的自由。每個人都有權利根據自己的人生經驗推斷或演繹某個理論，而我們沒有權利做的是絕不能將某種理論強，加於那些人生閱歷並足以支持這些理論的人頭上。我們可以允許他們按照我們的假定行事，但若他們認為這是毫無根據的話，我們則不能因此而責備他們。

　　某天，在與一位熱忱的天主教教士交談時，他將《聖經》中的「光明」視為教會權威的所在。他說，自己就彷彿身處半山腰，由於地勢的坡度，無法看清隱約遮蔽的山谷。他說，在山頂上可能站著一些具有良好信念、視野清晰與自信的人。如果這些人將他們所看到的山谷的情形告訴他，他將不會有任何懷疑。但是，這種類推，在每個點上都會逐漸分解。因為，這種類推本身的寓意，就是任何到達山頂的人，都不可避免地看到相同的景象。但是，在宗教領域裡，山頂上站滿了人，而他們的信念之虔誠也是不容置疑的。但是，他們對山谷下的景象描繪卻千變萬化，無一雷同。更為重要的是，他們都極為坦誠，認為他們所形成的心理印象，是逾越了科學或智力評判的範圍。這完全是觀察者對事物主觀認同的一種推斷，並且承認這是難以給予證據證明的。科學地位的力量在於，當科學的觀察者身處一種被無數研究所證實的觀察時，在某一個階段法則的應用就

第十五章　象徵

將得到確定。任何通情達理的人，都沒有任何懷疑的藉口。當法則與宗教假定相衝突的時候，在任何情況下，都無法證明這種假定只是一種主觀的臆斷。無法被證實的理論在證實之前，必須被假定地接受。宗教上的假定認為，人生是一個不斷接受教育的過程。但是，許多有能力的人做出的任何道德或智力上的選擇之前，卻已經關閉了心靈的窗戶。這些例子，依然無法證明這個理論的真實性。

透過研究，可能會證實一點，即所有的宗教理論或信條，只不過在人類絕望與可悲的掙扎之時，有了一種期待的寄託，因為意識到自身對痛苦的本能恐懼，以及對自身追求幸福這一不可剝奪的權利，抑或為許多人存活在這個世上只是為了迎接痛苦或不幸，給了這些駭人的事實一個合理的解釋。這個祕密如此不為人知，而哲學仍未能解釋上天賦予了人類正義感，卻又為什麼時常違反這一概念本身呢？

事實上，科學的進步，為信仰與希望的特性研究，創造了巨大的需求，展現了自然規律在運作方面上有著許多悲觀的一面。如果我們想在生活中獲得任何滿足或寧靜，就必須要篤信這一點，那就是科學所要展現的上帝並非要讓人類庸庸碌碌、一事無成。倘若可能的話，我們必須要獲得一些希望，但這些希望並非反覆無常與冷漠。這一切，讓我們必須要面對許多事情，讓我們有所畏懼。當上帝關照我們，我們便會精力旺盛、充滿活力，內心知足。然而，真正具有價值的解決方法，就是帶給了我們勇氣、耐心甚至是歡樂。

當所有的事情似乎都在對我們殘忍、不公、轂觫之時，能讓心靈得到安慰的事情，在很大程度上就取決於周遭環境是否充滿了美感與高尚。當人們身處在困頓的悲傷之中時，瞥見到熟悉而又友善的目光時，誰不會感受到其中巨大的愛意，在黑暗的背景中微弱地移動呢？當然，倘使這種愛

是世上最深沉、最強大與持久的話，那麼，他們對自己說出了同樣深藏於上帝心底的話語。這是基督教天啟的獨特力量，轉念於仁慈的天父之愛，感懷著上帝所創造的萬物，而無論哪一個人充滿了憂鬱與焦慮的負擔，都能得到上帝的緩解。上帝會讓人看到春意盎然的綠葉摩挲著青空，欣賞花朵的顏色，嗅著芳香，聆聽音樂協奏的美妙音調，緊繃的神經，就會時常發出這樣的信號：如果你能找到諸如美麗、平和與歡樂的途徑，人們對死亡的恐懼，就會因人生可愛的快樂結尾而得以減輕。親愛的人，只是匆匆逝去，安靜地進入了沉睡的狀態而已。任何在夕陽西下的歸家之人，看到薄暮呈現出流光橙黃色的帷幕時，而且輕輕地向西邊的荒原上垂降下來之時，古老的房子則在星光閃爍的牧場上獨自黯淡，此情此景，誰能感受不到超越生死之門後的一些甜美的回憶呢？所有這些都是一種象徵。因為這些景象所喚醒的情感是名副其實的，正如科學對任何現象的分析所得出的不容爭辯的證據一樣。許多人所犯的可悲錯誤，就是罔顧了科學真理，而將情感模糊了。相對於蜜蜂社會學的初步研究，或與星群的某種同軸性力量，這些情感對我們而言，關聯更為緊密。相比於永不切斷的生命之線無可爭辯的自然法則，我們的情感更為真實與栩栩如生。也許，我們希望這些情感的法則，能夠被分析或系統化。因為將某種確定性視為褻瀆，這是一種很靦腆與猶豫不決的表現。我們可能認為，只要更深入地鑽研這些祕密，我們對生活的觀念及上帝的感知，就會變得更為深刻。

　　如果我們過分依賴於象徵主義的宗教機構，便會時常犯下一個錯誤，就是將這種象徵主義過分狹隘地限制為傳統的儀式，抑或是令人生畏的宗教儀式。有人說，宗教是向窮人們敞開的唯一一種接近於詩歌的形式。在某種意義上，任何將生活中的一些簡單與尋常經歷，從智力與藝術的影響中分離出來的做法，都將變得神聖與純化起來，這無疑是真實與實在的象

徵主義。人們可以理解的象徵主義，最美好的象徵則是能表達最普通的情感。但是，為了強調某種情感的範圍，而犧牲了更為寬廣的視野，則是一個很糟糕的觀念。將宗教的神聖影響局限於某個特別的建築物或特定的儀式，這是與象徵的精神相悖甚遠的。天父既非待在基利心亦非在耶路撒冷，但是天父卻被人們所崇拜，代表著一種精神、一種真理。與此同時，一些人從樹木與花朵，陽光與雨水等現象中，很不自然地看到了象徵自己的影子，討厭自己自由活動的範圍被限制。以上這種思想，是一些明智與寬容的人應該應抵制的。因為旁邊有井，而將手中的水罐打破，這種想法便顯得十分邪惡。一個人無法透過打破自身的界線而讓狹隘的靈魂變得更加寬廣，而他所要做的，僅僅是將美感推向更為深遠的前方。即便是錯誤的憐憫之心，也是必須要抵制的，孩子們更容易在耐心傾聽一個勵志故事而受到啟發，而在對孩子們橫加指責時，他們不會接受一絲內容。

　　另一方面，讓一個人從小在愛的環境中成長，卻要他去尊奉一些狹隘的象徵意義，以便激發心底趨向更為寬廣的心靈，那麼，這個人就會被這樣的環境鬧騰得窒息。要是純粹出於對權威或風俗習慣的膜拜，則完全是錯誤與羞怯的表現。一個人在擁有一件新衣服之前，絕不應該丟棄原先那件合身的衣服。但是，出於某種錯誤的哀婉之情或不可理喻的忠誠感，當手中有了更為寬大的禮服，卻選擇了更為狹窄的衣服，這完全是愚蠢的表現。

　　我相信，對許多善男信女而言，他們的思想早已超出了原先傳統信念的範圍。他們自身並沒有任何錯誤，但卻出於某種對利益集團或偽善之人抱有的恐懼感，他們就不敢打破這些枷鎖。當然，我們必須要仔細權衡，一個人到底更看重安逸還是自由，我想說的是，信念最為重要的特點，就是必須要富於彈性，能夠順應發展的需求，能夠迎接思想不斷地向前更

新。行文至此，我並非建議大家超越基督的傳統。我想說的是，我們並沒有掌握最簡單的原則。我竊以為基督教能夠擁抱最大膽的科學推論，是因為一個簡單的道理，而且這根本與其自身無關。宗教信念與科學衝突的地方，是因為支撐這種信念的人頑固地堅持一些《聖經》中描述的神奇事件。他們偏好於對其中一些文字的理解，而這些卻顯得缺乏科學根據。但是，在我看來，後者只不過是當代信仰發生的一個自然的背景而已，而完全與基督教的本質無關。奇蹟，無論是真是偽，總之都是無法證實的。任何將一些尚未證實的事件作為支撐信仰的憑條，都是沒有任何生命力的。但是，耶穌基督本身的個性、力量、感知，都從周遭的細節中獲得了顯赫的影響。我們可能無法核實耶穌具體說了某句話，或是沒說過什麼，但同樣類似的是，任何通情達理之人都不可能這樣認為，它只是某些顯然無法理解耶穌的人虛構出來的一個概念而已。所以，它的教義，整體主旨是清楚與讓人信服的。

　　就那些自稱為虔誠的基督徒而言，儘管還有很多紀錄的細節存在一些不確定性的因素，但我想要他們做的是，採取一種簡單的妥協態度，繼承基督教義的遺產以及神祕的象徵，而不要感覺自己好像被任何神學傳統所束縛。任何人都無法透過一些固執的規定，阻止人們直抵耶穌基督或上帝的愛。基督教義完全是一種個人主義的教義，建構了行為與情感智商。其中的難點在於，教徒們的制裁與指引，已經被世人對世俗精神的目的以及社會組織的野心所取代。我想，虔誠的基督徒應該懷著感恩之心，接受這種團結與寬容、簡單與美好的象徵。但是，他們自身應有更為高遠、更為寬大的象徵範圍，有著自然之美，藝術以及文學一些的象徵。所有平和與情感的激情之夢，讓人們渴盼的心為之顫動。當這些情感引領人們變得自私、殘忍或追求感官刺激的話，他們必須要忍受世人的唾棄。正如我們也

第十五章　象徵

不可能相信宗教情感會允許這種與基督精神背道而馳的分離，但是我們要篤信一點，無論其文字具體如何表述，無論其形式及其散發出來的味道如何異樣，宗教的本質是讓我們活在上帝愛的光輝之中我們。而且，我們必須要更進一步將它發揚光大，深信宗教的目的是要指引並促進人與人之間這種溫柔與憐憫的兄弟情誼。這樣，方可在這個充滿黑暗的世界裡互相依偎。但是，譴責這種狹隘的宗教形式或避開它們，則是與基督精神完全背道而馳。宗教教義遵循並尊敬法則，儘管他們知道，自身的教義不斷的擴展會將這種法則撕成碎片。當然，因為自由是福音的精神所在。平等之下的自由，有可能在一些情形下，一個人必須要抵抗在他看起來是道德或智力上的專制。簡而言之，人們必須要明白一點，自覺的不虔誠或對自身的限制，必然會決定自身。有時候，同情別人的感受，似乎與自己對虔誠的理解發生衝突。但我想，優先考慮別人而克制自己，這至少不會犯錯。

平和與溫順，最終總會戰勝猛烈與暴力。和平演進，會為一個國家帶來更為圓滿的結果。因為我們完全知道，這要比以一種武力的革命更為適宜。即便是現在，一些狹隘的宗教體系，憑藉著一些牧師的柔和、善心的勸說，也能獲得了進一步的推廣。因為，雷聲總是不與閃電同步的。

信念的勝利，可能不需要透過爭吵或爭鬥，而是憑著靜默而又難以抵擋的潮流來完成。即便是現在，翻滾的海水會輕輕地潛入沙子，注滿了原先波瀾不驚的池水。

在象徵崇拜這個問題上，還存在著一個更深層次的危險，那就是倘若某人完全依賴於此，將象徵構建於充滿美感、哲思與宗教的宮殿裡，那麼他就很難實現這個追求了。我們的誓言並非是已獲得的，而是難以企及的東西。只有遠方遙不可及的東西，才會讓我們不斷前進，因為停下腳步恰恰犯了大忌。我們都是人生的旅行者，若是為了美感、情感或宗教所陶醉

或感到茫然無措，而停下了腳步就此扎根，這就好比我們睡在一片讓人神往的地方，失去了前進的動力。我們已經擁有了許多，再也難以激發繼續前進的步伐。但是，滿足就是某種沉睡。

在藝術的腳步上苦苦追尋的憂鬱，激昂的樂章縈繞不去的傷感，攬到美不勝收的景色時發生離別的惆悵，這些都只不過是與我們同行的「嚮導」，唯恐我們流連止步的一個警醒。人們都應該見過在一片高地上，一座古老房子的山形牆、教堂的塔樓，在微微的夕陽下，白嘴鴉棲息於一片黑暗的乾枯樹枝上，由此人們便覺得如此美麗的生命景象，卻不可思議地展現在這裡，不由得沉浸其中。但是今天，正當西邊的落日漸漸將浮雲染成金紫，我在路旁看到一個年老的勞動者，他背上扛著耙子，沿著耕地，沉重而緩慢地走著，茁壯的小麥縱橫於阡陌，附近的一座風車旋轉著，「呀嗒」的聲響不時在田野間迴盪。我是多麼希冀一些能帶來永恆之感的場景、畫面或是聲音，但此情此景告訴我，人生的目的沒有完結。那這代表著什麼呢？我也不知道。在人生的逆旅之途，我腳步緩慢，面容枯槁地勞作著，辛辛苦苦地維持生計，所有的一切都懸掛於漸漸消退的深紅日光下。溼漉漉的小道，反射著天國金黃的色澤。再往前走，是一座窮人救濟院，在廣袤的原野上顯得如此單一、鶴立雞群。我的目光越過樹籬，在消防車庫後面是一大堆火山的岩燼與垃圾。那裡有一座整齊劃一的公墓，一間陰森森的太平間。整個場景讓人哀傷與華而不實。在一排排墓碑之下，埋葬著許多失敗的人與罪孽深重之人，骨頭想必也似腐朽不堪了吧。墓碑上沒有刻上半句希望的話語，只是在錫製的墓碑上刻著生卒年而已，沒有比這更讓人覺得恐怖的了。人們不禁會聯想起讓人悲傷的儀式、憂鬱的牧師，以及一群親戚。興許他們可能在心底暗自慶幸著這個可憐、無能的傢伙，他的人生終於宣告結束了，其可悲的人生徹底成為歷史。儘管這個場

第十五章　象徵

景警示著人們不要逗留，因為人生追求的目的仍未到底。此時，暮色漸深，我朝著城市的街道方向走去。黃昏籠罩的夜色，將一切卑汙與單調的事物拭去了。夜空中，只有那些形狀不規則的房屋尖頂，刺破著安靜的天空。窗戶透出一縷燈光，有一種家的味道與溫馨之感。教堂塔樓上晚禱的鐘聲慢悠悠地敲響了，當我聽到鐘聲時，頗有「夜半鐘聲到客船」之感，不禁虎軀一震。這一切都看似傳遞給了人類靈魂的一種甜美、歡樂與平和的象徵。

　　之後，我卻陷入了長串反思當中。當生活的每個方面都存在著許多象徵之物時，總是選擇那些能夠帶給自身滿足或安樂形象之物，這便是極為危險的。荒山野嶺之上，一座座孤零零的公墓，讓人覺得悲傷得恐怖，但這必然也是一種象徵物。這裡必然見證著上帝心靈那一可怕的部分，某種奇異的缺陷或裂口，在上帝的世界中湧出，將那些滿足於自身需求的象徵之物分離開。這種想法更讓人感覺舒適與奢侈。但是，這並不能讓我們身心備感安全、無憂與歡樂。靜觀時間慢慢地溜進世界黑暗的深淵時，而非懷著某種病態的心理，或懷著可怖的感覺，這也許才是最好的。華麗禮袍下的骷髏，死亡坐在君王的肩膀之上。但是，我們必須要忠實與睿智地提醒自己，陰翳在前方等待著我們。之後，在單調與沉重的時刻裡，我們應該找尋讓自己感到平和的象徵之物，而不要憤怒地將這些東西扔到一邊，這只會讓我們想起自己所失去與喪失的一切，但是我們注定了要耐心與希望地等待。雙眼飽含著希望，看看廣袤地平線上金色光線與紫色的陰影壯景，在不斷地更迭。因此，我們不能以類似於商人買賣的態度。將自己對生活中神祕的歡樂售出。因為，即便我們的謹慎也無法讓自身更加接近上帝，而是要以孩童般爛漫的心情，仔細地估量善意的話語，讓狹小的房間光明起來，保持微笑，讓平淡的食物豐盛起來。對於那些將天父禮殿變成

商品之人，則無需妒忌或覬覦他們的收入。

　　這個問題最為本質的核心，在於象徵本身的價值所在。我們的人生，並非只是一些被焦慮日子填充的空間，讓人憒憒欲睡；某種讓人無從想像的巨大設計與不可或缺的元素，彷彿湧動在星星密布的天宇間。無論是過去還是現在，我們所想的缺乏次序，沒有行動，沒有話語，最後只能埋藏於黑暗之中。但是，這些永生的事物在上帝心中，卻被我們稱之為古老的事物，與當前的事物一樣，甚至在一百萬個世紀之後亦是如此。倘若我們能夠接近真理，從中學習，在最黑暗的日子裡，精神上的煥發是不可能無端消失的。人們心靈中最為悲哀的是，想到一些原本該如此的事物，卻變成了另一個模樣。若我們讓自己意識到，上帝是不以人的意志為轉移的話，那麼，在真理之光面前，我們毫無端倪的疑惑、悲傷的遺憾都會隨之消融。正如清晨沾在青草上的灰濛霜氣，在日出之後便消散了。當每顆圓狀的露珠，在拂曉時分燃燒的旭日下，閃耀得活如一顆顆珍珠。

第十五章　象徵

第十六章　樂觀

第十六章　樂觀

　　我們許多盎格魯－撒克遜人都是樂觀主義者，我們喜歡舒適的東西，即使事情並不像想像那般發展，也會假裝表現出大度的樣子。若是活潑的盎格魯－撒克遜人得不到葡萄，也不會說葡萄是酸的，而是宣稱他們根本就不想要葡萄。這裡，有一個關於英國殖民總督的故事。總督想要從自己掌管的財政部獲得貸款。他對財政部長說：「部長，給我注意了。你必須要為我的這樁生意提供貸款。」部長吹起了口哨，然後說：「嗯，我會盡力而為的。但這很難說啊！」「喔，你總會有辦法的。」總督說，「我可以悄悄告訴你，這絕對是至關重要的。」第二天早上，部長拿報告來說：「我跟你說過了，這是很難說的。董事會並不批准。」「該死的，」總督寫著自己的東西，頭也不回地對部長說。一週後，財政部長遇到了總督，因為上次貸款的事，財政部長覺得不好意思見總督。豈料，總督面帶微笑地對部長說：「部長，很高興碰到你，順便和你說一下關於貸款的事宜。我已經想清楚了。上次幸好你沒有那樣做，否則，這就是一個極壞的先例，我們這樣按照規矩辦事更好。」

　　這裡就充分展現出了盎格魯－撒克遜民族真正的樂觀精神。我認識許多樸實的英國人，他們都想獲得某個名分，或是擁有自己的成就。但是，如果他失敗了，即便他並不經常失敗，他也會和藹可親地說，他對此甚為感激，如果自己成功了，這就是一場毀滅。這種樂觀的精神，同樣流淌於我們的哲學與宗教之中。而且，在這個世界上，只有盎格魯－撒克遜民族能夠自我炮製這些充滿活力的理論，為自己未能達到的願望開脫。無論自己的願望能否實現，他的祈禱都會實現的！希臘人會祈禱，即便他們並不稀罕什麼，而上帝仍會給予一些善意的東西，不讓一些邪惡的願望應驗，即使這正是他們想要的。精明的古羅馬人曾說，上帝將給予我們最適合的東西。因為，在上帝的眼中，別人要比他自己更為重要。但是，忠誠的盎

格魯－撒克遜人則堅持認為，即便自己的祈禱被拒絕，在某種程度上，自己的願望還是應驗了，只不過是以某種迂迴的方式應驗而已。因為，在他們的意識之中，上帝是不可能身處悲傷或憂鬱的境地，他們無法理解在悲傷之中還存在著美感。

　　然而，對凱爾特人而言，悲傷本身就是可親與美麗的。他們認為，呼呼地悲號著的風，還有低雲的淚水，都能帶給他們甜美、奢侈的情感享受。一些悲傷的閱歷對他們來說，是美好的。當人生逐漸趨向終點之時，愛對於他們來說，就像在背上的那個姐妹，而不是快樂的源泉。但是，這種想法，在盎格魯－撒克遜人看來，是一種病態的想法。在盎格魯－撒克遜人心中，悲傷籠罩心頭的日子，是一些些被浪費掉了的時光，一些寸草不生的荒蕪時日，理應被盡快地遺忘或抹去。這些日子沒有任何神聖之處，而是充斥著悲傷，就好比崎嶇的小道，他們必須快馬加鞭地逃離出去。只有這樣，才能帶給他們自身安全與歡樂的感覺。因此，那些關於強韌與易於滿足的盎格魯－撒克遜人心靈的各種說法，都是如此。當詩人無法壓抑的情感爆發時，印證了「上帝在天國，世間井然有序」這一現實說法，後者卻與日常經驗背道而馳，而前者倘若是真的話，那些在世上苦苦追尋上帝的人則沒有任何安慰可言。當白朗寧說這個世界本意是強烈和善良的時候，他只不過是在向這種已經劇烈燃燒的樂觀之火添了柴火。因為，對許多人而言，這個世界沒有任何特別存在的意義，只有極少人能真正回應善意的話語，儘管這與日常生活中一些可感知到的經驗所牴觸。但是，或許，一些深刻而驚喜的事情正在等待著我們，這也許就是一些人最希望看到的吧。

　　我個人認為，年紀越大，就越能清楚地看透人生，明白人生要比自己之前所想的，更讓人費解與迷惑，甚至可怕。用一個比喻來形容，就是這

不是一個可以耐心接受教育的過程，並且我完全相信這一點。但是，在我看來，這更像是一場板球遊戲的遊戲規則。你走到三柱門前，就只有一次機會，而一些最為勇敢與耐心的人，卻可能在一開局時就犯了一個錯誤，那麼，他的局數就已經結束了。然而，一些羞怯、膽小的選手，卻可能獲得了天降的好運，能繼續留在場上，準備進入比賽，知道他的心靈處於一個正確的位置，雙眼直直地盯著對手。

這可能是關於生活的第一個可怕的事實，在一開始，粗心的人可能不會受到懲罰，而有些人卻馬上遭受嚴厲的懲罰。在學校裡，一個學生可能無視所有制度，不管這些制度是人為制定的，還是神性規定的，但他卻可以不帶汙點地走進社會。然而，另一個羞怯而又善良的孩子，可能一開始只是走錯了一步，在日後的人生上，始終被這片陰影覆蓋。實際上，學校教育經常強調這個世界的不公，卻從不努力抵消這些不公的存在。一些校長總是傾向於壓迫一些軟弱的學生，而不是抑制那些過於張狂的行為。

然而，當我們走進更為寬廣的世界時，又看到了什麼呢？到處都是讓人困惑不已的事實。或許，我們會看到一個天真無邪、美麗的女孩，被持續、痛苦的疾病所擊倒，這種懲罰也許對一些身強體壯或滿頭銀髮的罪犯更為適用，因為他們的雙手沾滿了血腥。我們也常會看到不幸降臨於一個英勇與富於美德的人，他是一個友善而且助人的人，他的妻兒子女都得依賴他，但卻在人生的某個時段被擊倒了。但是，另一方面，我們常看到一些卑鄙與謹慎的罪犯，為人自私而狠毒，卻能安然地享受物質生活。任何人與這些人進行交談時，只會覺得相互間充滿隔閡，如果大膽地問他們是否對世界有何誠實而有益的建樹，他們可能會說，那些好人所經歷的災難，只是一個個例外而已。

一般來說，為人勇敢、心靈純潔之人，都應得到獎賞。與之相對，懦

弱與汙穢之人都應受到懲罰。也許，我們常以這樣的想法來自我安慰。但是，對於那些例外之人而言，他們在相信這個全能、公正與充滿仁慈的上帝這個問題上，還有多大周旋的空間呢？道德家們說：「正是人性的罪孽，讓他們遭受了這些痛苦。」這是一個毫無意義的回答，因為當這些黑暗的陰影壓在一顆無法負擔的心靈上時，他唯一能做的，就是為一些不值得的東西痛苦和哀嚎，之後，陰影也將更加黑暗。我們對人生也會有相同的愛意，自身追求幸福的權利以及對愛的追求，都是與生俱來的。如果，我們最後看到，痛苦與失去將帶來幸福，那麼，我們能快樂地忍受這一切嗎？但是，就目前而言，這種前景還沒有降臨到我們身上。

但是，我們仍活著、笑著、希望著、忘卻著。我們沉浸於安靜的日子，以及習慣了身邊友善的同伴。對於一些人而言，逝者已矣，我們只能微笑地相互依偎，強忍著痛苦，高舉陽光的火炬。一位朋友曾說：「這是多麼病態啊！何等的自我折磨啊！」但是，這就是生活，我們無法改變。為什麼不去享受樂趣，而要忍受痛苦呢？這種思想無法遠離我們。但是，我們也有需要做的事情，不為別人而生活、認知、獲得某種準確的資訊。因為，我認為上帝是粗心或冷漠的，抑或軟弱無能的。我只有從人生這個討厭的東西中飛出去，才能獲得這個地球上所有的平和、歡樂與滿足。然後，懷著樂觀之心承擔黑暗或苦楚所能帶來的最為沉重的負擔。因為，我確信，只有在死後才會擁有某種不受陰影籠罩的安靜、力量與愛，這些我們每分每秒都在渴望的東西。有時候，當太陽照耀著大地，身旁有自己喜歡的朋友的陪伴，風信子的香氣從樹林中吹來，在這充滿安靜與甜美的環境中，我會誤以為這是來自上帝的愛與溫存。但是，當我在清晨驚醒的那一瞬間，內心因思念著心愛之人而飽含痛苦，同時，在撕心裂肺地吶喊，最終陷入死亡的恐怖之中，這時，世界上所有的美麗熟悉的場景以及優雅

第十六章　樂觀

與美好的景象，都充斥著醜陋與厭惡。我想，這大概是因為我們都身處於某些無情或無法理解的法則之中。對我們的幸福與心靈的平和無所關注，只在黑暗中盲目與憤怒地運作，讓人收穫痛苦，而讓其他的人獲得了歡樂。這些都是人生中最黑暗與最可怖的時刻，但是，即便如此，我們依然要繼續生活著。

當我心情舒暢地寫作之時，會看到，在綠草蔥蔥的牧場上，天鵝絨般的綠草連綿天際，栗樹則像塔頂高高豎直，在陽光下搖曳，顯得非常沉穩，同時，還有一隻畫鸝在果園隱蔽的深處高歌，這些都是讓人無憂無慮、心醉神迷的美麗景色。然而，我覺得滿足的原因，是我此時此刻還活著。驀然回首，我發覺自己也曾擁有過很多美好的事物，但是，時過境遷，都不再屬於我了。當我心中產生這個念頭的時候，古老教堂的鐘聲在荒原上迴盪，預示著的一天時光又靜悄悄地墜入了迷離的過往。倘若我能從一些悲傷或痛苦的時日中，汲取一些力量或某種耐心的話，生活也許會顯得更為容易一點。但是，痛苦的記憶讓我對苦楚更加懼怕，害怕再次受到打擊。過去悲傷的思緒，讓未來的苦楚顯得更加黑暗。當一切塵埃落定時，我寧願選擇某種力量，而非安靜。但是，生活讓我意識到自身的弱點，讓我不得不束手就擒。

今天，我騎著馬，在長滿金鳳花的草原上靜靜地前行，環繞著一條清澈、潺潺的小溪。樹上都冒出了綠油油的葉子，只有橡樹與胡桃仍姍姍來遲，仍舊慢悠悠地舒展著鏽紅色的葉子。隨風飄來的是一陣濃郁的芳香，原來是從山楂樹籬那邊飄過來的，還有一隻布穀鳥躲在那裡歡樂地歌唱著。在小路的拐彎處是一座年久失修的水磨，至今，仍能聽到水磨裡齒輪轉動時，相互摩擦的咕嚕聲。一株淡紫色的丁香花從花園裡探出頭，空中到處都彌漫著它的芳香。但是，在我一路前行時，心中卻充溢著沉重的不

安，這股不安埋藏在我心中，玩著貓捉老鼠的遊戲，時而開心，時而又恐懼與不安。

四周全是美麗的景色，以及動聽的聲音。一般來說，與安靜而悠閒的人在一起，會讓我那顆躁動不安的心，沉靜下來獲得寬慰，但是，事實並非如此。在我看來，此情此景似乎毫不顧忌我的感受，殘忍而傲慢無情地嘲笑與藐視著我。不知何時，我的思緒收了回來，回到了一間我曾度過許多快樂時光的舊屋，而世事變遷，那間舊屋現在卻屬於一位陌生人。我記得，在某一個安靜而有趣的聚會上，在夏日溫暖的黃昏下，我坐在臺階上，屋頂樹林裡的貓頭鷹發出雜亂叫聲，牠們互相吹著自己的口號，卻毫無聲息地飛翔著，然後，在草地或栗樹上發出平和的調子。放眼四周，全是晶瑩閃閃的草原，在小港口的燈火照耀下，海岸線顯得更加慘白，這一切都是如此的美麗與安靜，讓人覺得不可思議。但是，我知道，即便是在那個時候，這種感覺也會時常被失落、煩惱與恐懼困擾。但是，任何細小的煩惱都已過往，在某個時候，消失殆盡，卻又在未來顯現出來，恐懼的陰影便充斥在日常生活中。如果允許我下一個定義的話給它，這就是人們所要應對的魅影。

現實生活中，是否真的存在忘憂泉？任何煥發純潔與力量的源泉，都能讓我們再次歡飲，並獲得鎮靜與勇敢嗎？也許，這是每個人都必須經歷與回答的問題。就我而言，我只能說，這種力量有時賦予了我們，有時卻離我們遠去。如果我們因此而感到憂慮，卻是多麼的愚蠢。但是，這也是不可避免的。倘若世界的美麗與歡樂，能讓人在黑暗的時日中確信一切都會好起來，那麼，人生的旅程將變得更容易一些。但是，人們懷抱著這樣的想法，就真的能快樂起來嗎？當然，人們可以控制自己，可以獨自承擔痛苦而不吭一聲，甚至能夠說出一些深刻與勇敢的格言。因為，我們不想

打擾別人的平和，只願耐心地等待某種神賜的思緒歸來。但是，如果在孤獨的信念中，人的心智會不會認為悲傷才是更為真實的？如果，某人從自身的閱歷中得出結論，認為在悲傷的重壓之下，世界的燈火彷彿漸次熄滅，諸如健康、平和、美麗與歡樂等都消失得無影無蹤。那麼，人們會不會不禁發問：難道悲傷不是最為真實與最為現實的感覺嗎？在這死一般寂靜的時刻，任何降臨於我們身上的東西，都是恐懼與痛苦的。當我們認為自己終於找到了真理時，卻發現只是多了一個關於痛苦的問題，只有回答痛苦這個問題，才能找到最接近真理的事物，因為只有它最讓人感到不安。我曾經一度甘願讓自己沉淪於絕望的深淵，而實際上理智一點說，我應該去承受它。因為，我無法逃避，不管我的絕望多麼深刻，我都必須繼續堅守與支撐自身的信念。

那麼，該到哪裡找尋希望呢？答案就在此時、此地！人們常會透過一些人類相似之處，以及象徵想像出上帝的樣子。很多時候，我們將上帝想像為一個按照自己意願捏造黏土形狀的陶工，或一個能左右一個國家的政治家，抑或能創作出驚世駭俗的作品的藝術家。但是，所有這些比喻或比較，都破裂了。因為，任何人都無法創造什麼，只能按照自己的意願改變一些事物，如果失敗了，也是因為一些自然法則阻礙了大志，讓理想無情地消融了。但是，上帝無所不能的本質在於，無論是自然法則，還是世間萬物都源於他之手。因此，對於世上那些我們所熟知的邪惡，難道上帝就不該對此負責了嗎？難道上帝也無法處理一些並非源於自身的無法控制的事物嗎？任何思想都無法讓我們從這種進退兩難的思維困境中解脫出來，唯有篤信我們所認為的邪惡，實質上並不是真正的邪惡，而是隱藏的美好。這樣，我們的雙腳終於站在這片磐石般的土地之上，然後開始從深淵中向上攀爬。

或許，在心中，我們會強烈地感覺到自身的幸福，即便希望破滅，也可以迅速將不幸遺忘，而牢牢地記住那些歡樂的回憶。之後，我們就可看到，世上唯一絕對永恆與具有強大生命力的東西，就是愛的力量。這一力量，讓我們勇於戰勝任何熟知的邪惡。如果有人問我，世界上還有何種本質與戰無不勝的力量為世人所熟知？我的答案是，這也許就是上帝自身的心跳。我們始終都覺得，死亡遲早都會降臨到我們身上，當我們遊移不定的雙眼模糊地看到周圍一些讓人肅然起敬卻又可悲的臉龐時，總覺得自己要不斷地放棄一些東西。但是，死亡的浪潮已經打溼了我們的腳丫，最終陽光會消失殆盡。但是，即便如此，我們仍能在最為高尚、勇敢與純潔的地方發現，愛在守候著我們，而所有卑鄙、羞怯與骯髒的東西都被一掃而空。

　　或許，這才是唯一值得我們追尋的樂觀，並不是不耐煩與焦慮地將人生的黑暗掃蕩乾淨，而是一種勇於面對人性中最讓人痛苦的東西，然後還能如珀爾修斯一樣，從一個陰暗的地獄回來，臉色蒼白，一身煙氣，宣稱自己在陰鬱的邊緣，仍然看到希望的光芒。

　　接著，人們盼望的，就是一種對事物採取更為寬廣視野所升騰出來的樂觀，並將所有最糟糕的方面都考慮在內，而不是雙眼疲倦的瞥視者眼中的樂觀。幾天前，我在閱讀一本由卻斯特頓寫的關於狄更斯的富於啟發性的傑出作品，卻斯特頓被譽為我們這個時代最為高產的評論家，他認為，現代社會對悲觀主義的傾向源於積習難改的現實主義。他說，將現代小說與古代英雄故事對比一下，就會發現，我們時常將一些優柔寡斷的人視為故事的一個主角，並將一個卑鄙無恥的人視為「英雄」。他認為，我們應當對人類的潛能，總結出一個更為寬廣與更具活力的觀點，讓我們的雙眼持續地落在更具活力與慷慨的人物形象之上。但是，這種做法，必將導致

第十六章　樂觀

一種醜陋與非哲理性的樂觀主義。這種樂觀主義甚至讓上帝都要鄙視他雙手所創造出來的作品，並用憤怒與輕蔑的眼光對待任何脆弱、庸俗與不入流的東西。就像寓言故事中所描述的一樣，某人利用別人忘記了所欠的巨債，敲詐一些比自身實力更低的人。然而這樣，就會產生一個個悲劇。總的來說，這個有著內八的教士，在視覺清晰與想像活躍之時，可能會突然間發現，自己與原先想要變成的那個人相距甚遠，原來自己是如此的懦弱，如此的鬆散，如此的悲哀，但卻無法跨越這些鴻溝。製造英雄的唯一途徑，就是鼓勵人們相信自己的可能性，讓人們確信自己的確屬於上帝的寵兒，而不是無情地揭露人們深藏於內心的自卑與寒酸。要是某位教士在心靈上軟弱，或是走路時是內八，這些都不是他的過錯，任何有價值的樂觀主義都不能歌頌卑鄙之物。但是，與此同時，對萬物懷著某種悲觀的視角，也可能達到一種良好樂觀的心境。

　　這裡有一個關於年老的加爾文教派牧師的故事。牧師的女兒身處遠方，備受疾病痛苦的折磨，奄奄一息。這位牧師寫了一封信，安慰生病的女兒。信的結尾處這樣寫道：「親愛的女兒，妳要記住，任何來自地獄的磨難都是上帝的仁慈。」當然，如果世人都能對上帝創造萬物的目的有深刻的認知，並將地獄視為是上帝巨大能力的某種屈尊俯就，認為這是少數人的一個正常的目的地，就能讓人獲得救贖，並且從中分離開來。那麼，人們將可以從無數被認為能夠獲得救贖的靈魂中得到歡樂。但是，與此同時，這也是一個陰鬱的觀點。因為，忽視了人類心靈中對幸福深刻與普遍的認知，反而樹立了對造物主某種可怕的畏懼，認為造物主故意譴責大部分自己所創造的人，讓凡人故意接受恐怖與痛苦命運的洗禮。

　　事實上，我們不得不面對這樣一個誘惑：對任何遲緩或焦慮的事，顯得耐煩。就像一個小孩子，一開始面對痛苦時，無法相信痛苦是真正存在

的，而一旦這種痛苦的時間延長，我們就覺得在自己的世界裡，只剩下了痛苦，而不再相信任何事情。此時，我們要做的就是勇敢與堅強地面對這些問題，仔細分析人性中最惡劣與脆弱的可能性。同時，還要注意這樣一個事實，在最惡劣與低等的人身上，都會閃爍追求高尚與幸福的微弱光亮。倘若人們能夠察覺到這些微弱的亮光，必然也會主動擷取。

幾天前，關於「樂觀」這個主題，我有了一個直觀的體驗。銀行休假日那天，我沿著城鎮的外環散步，大街上人群熙熙攘攘。我一直覺得，看到一些年輕的男女，我的心中會莫名地升起一股深沉的憂鬱感。因為，他們正享受自己的人生，全身心地沉浸於當前的時光，而讓我感到驚訝的是，他們總是肆無忌憚地享受人生。女生們在竊笑，有意無意地向路人拋著媚眼，而年輕的男生則那麼喧嘩、自私與沒有禮節，總是以作弄路人為樂。他們互相將彼此推入水溝，或者將一個乘腳踏車經過的人絆倒。當看到別人的衣服沾滿泥土或破爛時，他們便會毫無悔疚地爆發出笑聲。在他們心中，似乎沒有為別人製造歡樂的概念，而是將自己的快樂建立在別人的痛苦之上，在喧囂中獲得快樂。

除了年輕人之外，在大街上還有很多情侶，舉止親昵曖昧，雙方的臉上都泛起了紅暈。還有，一對年輕的夫婦帶著他們因穿著厚厚的衣服而身形笨拙的孩子走在路上。他們的雙眼時刻盯著孩子笨拙的舉動，還問著一些愚蠢的問題。有時候，一對年老的夫妻與他們已婚的兒女們快樂地走過。我認為，這些年輕人只有學會關心與愛護他人，才會改變那種「己所不欲」的快樂方法。

但是，無論怎樣，在相互纏繞的感覺中，柔和的樂觀主義不知不覺便產生了。走出城區後不久，便要經過一座矗立在寬闊的洪漫草原上的水磨。在水磨的上方，聳峙著高大的榆樹。青青的草地上，點綴著金黃的毛

第十六章　樂觀

茛。密密麻麻的樹林，青翠可滴。大池塘裡，水波在自由地蕩漾。紫色丁香花叢中，突兀地立著一座古老房屋，房屋擁有美麗的山形牆面。看到這個美麗的地方，就好比在飢渴萬分時，喝到一杯甘甜的泉水，不禁讓我想高聲讚美。在如此美好的景色之中，悲傷早已消失得杳無蹤跡。城鎮的四周，繞滿了碧綠的草坪，街道兩旁都是些低矮的房子。火車站附近，是一排排褪色的鐵軌，地板上全是一些煤渣，還有噴煙的引擎。所有這些場景，在我腦海中隆隆作響。

其實，簡樸生活的消退或古老的平靜被侵蝕，抑或生活在城鎮的人到鄉村後感到的悲傷，這些都並不是真正的悲觀主義，而是一種缺乏想像力的悲觀，只不過源於個人品味罷了。但是，也許這只是一個過時的想法。我們家族祖上的 12 代人，一輩子都是約克郡的自耕農，我個人的那些心理傾向，也許是一種本能的遺傳因素的影響。但是，關鍵在於，這並不是一些哲學家喜歡的，而是我個人的喜好而已。我想，只有在自己喜歡的時候，人才會感到最幸福。倘若我不相信歐洲社會所取得的巨大進步、文明與通訊網路的發展、喧鬧與緊張的生活方式、各種社交活動，那麼，我對統治世界的力量完全不感到樂觀。我不認為，人性在執拗地走向迷途時會導致毀滅。我更願意相信，在人類範疇內，必須挖掘人性所有的可能性。如果，人類只想過上安靜的生活，那麼，他們也許在鄉村裡便可以找到。

然而，那些准樂觀主義者仍然會面臨一個問題，那就是人性是否會變得更為高尚、明智與無私？在平等條件下，弱小的人都擁有同樣的權利，人與人之間充滿了兄弟情誼，彼此的仁慈，都充滿了活力的思想，湧動著生機。這種民主的力量不斷成長，可能會阻礙某些人，但僅僅只是滿懷希望，也是一件讓人可惜的事。如果某人的思想過於悲觀，那他應該認真地把心自問，在某種程度上，他的悲觀是否被對自身幸福的希冀所控制？一

個人如果沒有任何希望，或者追求個人的不朽名聲，無法延續對個體的認同，他的未來無疑堆滿了黯淡，自身也會被痛苦與難以治癒的疾病折磨。並而，在人類未來的問題上，他也可能完全是一位樂觀主義者。

實際上，道德與情感蔓延的一個最有力的表現，就是越來越多的人願意為了別人的利益而犧牲自己的安逸，為了讓整體的利益得到保障，而忍受個人的痛苦。其實，目前盛行的悲觀主義，只不過是一些自我主義者與個人主義者的悲觀主義罷了，他們對於這種日漸盛行的思潮毫不在乎。因為，這根本無法帶給他們任何個人利益上的滿足。任何人都無法使得對個體認同的延續，成為一個毋庸置疑的事實，因為在這個問題上，沒有任何所謂的直接證據，而存在的證據大多也是傾向於反對這種觀點，而不是支持這種觀點。現實生活中，這種信念只是基於人的本能與欲望。同時，在任何時候，任何人都無法肯定這點。但是，他們仍可以認為這是真實的，並保存這一希望，仍可懷著慷慨與真誠的心態，透過自我意識這種媒介，感激自己所品嘗到的東西，體驗人生旅程中美麗有趣而又難以置信的經歷。人類與萬物都有連繫，人類的情感充滿了永無止境的渴望，儘管自我意識會有減弱的時候，但自身仍能成為一個全新的人，他的活力在世界的活力之中持續地煥發光彩，如生命的機體一樣，無限接近自身，會在這些事物的薈萃之中，融合並且獲得新生。即使在飽受痛苦的掙扎與焦慮的折磨後，人們仍能深思熟慮與勇敢地將自己置身於上帝巨大意志的憐憫之下，珍視這種人類不斷前進的思想，在高尚與令人敬畏的思想中修正錯誤、彌補過失，耐心地同痛苦和邪惡作鬥爭，直到永遠。也許，在遙不可及的未來日子中，我們的後人，身體與靈魂都能與我們緊緊相連，享受著心靈的平和與寧靜。如此看來，我們現在只是暫時或斷斷續續地擁抱著心靈的平和。

第十六章　樂觀

第十七章　歡樂

第十七章　歡樂

　　阿諾德博士曾經說過，在孩子們面前，校長所表現出的那種高度機械與呆板的精神，是讓人極為沮喪的。可能對孩子們而言，所獲得歡樂的途徑，只不過處於健康與年輕狀態之時自然的結果，並不需要任何原則、情感、自我限制或憐憫的行動。我坦承一點，在我身為校長的經驗中，出現這種「特殊」現象有時讓人相當沮喪，而有時卻又讓人倍感寬慰。當人們被沉重的焦慮或真切的悲傷壓倒時，似乎任何東西都無法激起心中的興趣，這的確讓人倍感沮喪。同時這也是一種寬慰，因為這可以讓人從憂思的煩惱中解脫出來，正如描寫田園生活的短詩所寫的：「當悲傷的女王被一位妙齡少女安慰時，用含糊不清與不加注意的言辭，讓她感到高興，使她身不由己」。

　　人們認為，每個人都沒有權利讓自身的焦慮感得到天真爛漫與自然歡樂。然後，人們努力讓自己與自身專注的事務分開。然而，這樣做的結果是，那些原本在心底分量很重的東西，現在卻輕如鴻毛。

　　倘若人們能從自身的閱歷中，找到某種獨立於所有本能興奮性情的歡樂感，就可在表面上獲得平靜的歡樂。透過鍛鍊，這幾乎可以成為一種本能。這種經過鍛鍊之後所練就的情緒，幾乎可在任何事情上都充當一面盾牌，讓自身免於個人所遇到的煩惱，至少不讓自己不滿的情緒蔓延到別人。但是，在某種程度上，這也是捉摸不定的，正如某些人身上仍存在著一些難以壓抑的高級「動物精神」。這種陰鬱的精神具有傳染性，很難去掩飾。也許，對於一個生性憂鬱的人來說，這是可以嘗試的最為實用的事情了。正如查爾斯·蘭姆所說的，諷刺與幽默地對待自己所具有的低級性情。詹森博士曾說，倘若某人一定要他滔滔不絕，他則會在內心深處確保自己站在正確的一邊，並且還要有某種虛無縹緲的感覺。

　　這種哲思式的樂趣，可行性是基於一個喜怒無常的事實，因為這畢竟

都是某種終極的希望之感。一些人擁有驚人的堅持能力，某種看破並且穿越現有煩惱的能力，並用未來許多美好的願景安撫自己。這些情形在女人身上更為常見，因為女人從自身周圍的人群中能獲得比男性更多的快樂。一般而言，女性更希望自己周圍的人能感到快樂，即使她自己並不是很快樂；而男性則對於自己的情感被周圍的人所感知而覺得不滿，而當其他人都歡天喜地時，他們卻並不感到快樂，相反覺得這是對自己的一種侮辱。

也許，有些人比別人擁有更為強烈的自我優越感，並從參與其中而獲得的某種風雅的樂趣，感到自我滿足。我認識一位飽受痛苦的殘疾人，他卻在參與公共聚會中獲得樂趣。他會不計一切從床上下來，出現在任何聚會場合。我想，他認為自己這樣做只是出於一種強大的責任感，並以此來安慰自己。但是我想，從這些事情的努力中獲得樂趣，這才是他為之努力的真正動力。當然，這也是我們多數人忠誠地履行職責的動力所在。我絕非說他有著強烈的虛榮心，儘管他的「敵人」總是指責這一點，但是當他出現在公共場合上時，他卻總是極為自然。他的痛苦在於，就在他出席這些場合時，要刻意地移動雙手或臉上掛著死人般不變的笑容。對於後者，一個自我優越感極強的人，無疑會從嘗試忘懷自己暗地裡的不快所展露在臉上的不雅舉止，並從中獲得積極的樂趣。這種堅忍自有其積極的一面，但我所要追尋的品格要比這些更為高尚。這位朋友的努力，最終都是源於一種自我主義，深信參與公眾活動是最適合自己，而且覺得自己做得很棒。但是，人們所渴望獲得的卻是一種更具憐憫的品格，關心別人，給予他們激勵，以至讓自己的痛苦相比起別人所獲得歡樂，顯得無足輕重。

在面對一些身體嚴重損傷的人時，也不能排除這種心理的存在。我認識一位長期都保持樂觀心態的人，雖然他也像常人一樣忍受著痛苦與惱人的抱怨，但他的樂觀天性與善意是如此的強烈，以致這些埋怨都無法讓他

萎靡不振。事實上，這反而給他帶來了許多寬慰。一些人只有在孤獨中才能真正感受到的痛苦，必須要將所有神經的能量都集中於堅忍的任務之上。有些人卻認為，社交只不過是心靈消遣的一種有趣方式而已。然後他們便沉迷於此，作為一種逃避煩惱的途徑。我想，每個人都會經歷這種心靈上「神奇的反叛」，也就是說，用歡樂的精神抵禦身體痛苦的來襲。有一段時間，我遭受了一些雖不是很嚴重，但卻讓人感到極不舒服的疾病，但我卻發現自身的歡樂不僅沒有因此黯淡下來，反而因為身體的病痛而大為增加。當然，許多嚴重的病痛，卻是導致心理壓抑的一個重要因素，但其他一些小疾病似乎能夠喚醒人們本能的希望感。

　　透過持續的努力，我們能否自主地控制自身的情緒，以及何種動機強大到足以讓人們勇敢地擺脫悲傷與痛苦？也許，良好的舉止能夠提供許多最為實用的幫助。一些從小就在富於教養的傳統下成長的人，一般都能夠輕而易舉地掌控自身的情緒。也許，在一些心情舒暢的時候，他們的行為失去了一些自然性，但是他們卻極為歡樂、自然，洋溢著活力。當這種情緒轉變為沮喪時，他們仍舊不動聲色地保持著禮節與周全，喜怒不形於色。我與一位著名的公眾人物保持著密切的關係，他本人深受心理憂鬱之苦。他告訴我，最讓他感到痛苦的時候，就是在與一些著名人士在社交聚會上表現出的讓人敬佩與持久的風度之後，內心卻突然陷入了無可挽救與絕望的憂鬱與疲憊之中。但是，透過自身一系列果斷的努力，卻仍能在私人生活或家庭圈子裡表現出一如既往的周到與耐心。

　　有些人則透過強化對某種宗教的信仰，以此達到對情緒的控制。但是，這種特殊的勝利最為糟糕的一點，是這種經過磨練的耐心的宗教態度，一般而言都是相當讓人充滿了沮喪。這種態度過於拘謹，過於鎮定，以至於生活中所有自然與無邪的樂趣都被剝奪了。倘若在痛苦中表現得極

富耐心與溫順，那麼，周圍的歡樂環境也同樣變得溫順與柔和。這就要求年輕人的熱情奔放與豐富的情感，能有一種神聖的寬容。這些被人稱為「聖人」的性格，通常伴隨著幽默缺失的情況。生活被視為某種過分重要的東西，而不允許心存半點遊戲的態度，也無法從瑣事中獲得一點樂趣，但這些卻是健康活力與強大的信號，而這種理念卻羞於這些樂趣。因此，這樣的生活氛圍充滿了壓抑、渺遠與難以接近。

「我可以斗膽地說，我的叔叔約翰讓人難以容忍，除非家庭中有一個人死去，要不他的行為實在讓人無法接受。」一位具有這種類型美德的牧師的年輕姪子，某天在我面前這樣說道。在沉思半刻之後，他接著說：「他似乎認為，只有死亡才是任何人所能真正感到滿足的東西。這算是一種遵循信條的最為糟糕情況了。想著讓情感溢滿天國，而不是腳踏實地地活在地球上。若某人不愛他的兄弟，那麼，他怎麼能夠愛肉眼無法看見的上帝呢？」有時，這只是一種鄙視，鄙視我們自己的哲學觀念，就是在還沒有確定自身是否確切地感知了某個並不成熟的領域時，所臆斷和狂妄的意淫。這種觀念在節制中終結，而非在艱難的苦行生活之中。

在涉及到生活的問題上，最讓人羨慕的理想，就是蘇格拉底所應用的方法。也許，他只是一個被過分理想化的人物，但也有不少比他真實存在的人物。我們看到這個面貌奇醜無比的老人，卻能永葆心靈的達觀與長青，無法抑制內心的興趣、情感、幽默、禮節或敬佩這些情感的迸發。有時，他對周圍的年輕人採用的方法是多麼的溫柔！當這些人心中產生某些火花，做一些被今天人們稱之為「戲弄」的行為，學生們的穿著活像暴怒之人，並且當他們回家經過一個黑暗的角落時，總是走到蘇格拉底跟前。蘇格拉底卻沒有任何不滿，而是與他們侃侃而談，特別就節制方面的問題上相談甚歡。在酒會上，當酒徒一個個消失了，而在桌子下面，蘇格拉底

不僅享受著自己應有的美酒，還用冷酒器裝起這些酒。此時，他卻發現在
一大堆將要熄滅的篝火邊，四周都堆滿了玫瑰花。拂曉的天色曦微，他卻
愉快地坐著，談論著高等數學。他也似乎從不感到悲傷或遺憾，他的生活
窘迫得如河東獅吼，但他卻總能隨遇而安，並沒有想著要做什麼特別的事
情，而且總是有無限的休閒來進行談話。他參加過軍事活動嗎？是的，
他參加了，但他卻完全無視軍事打仗的艱苦，看著周圍那些士兵如驚弓之
鳥，讓他有一種孤獨求敗的感覺。正如阿爾西比亞德斯所說，當最後的災
難降臨，蘇格拉底以極為幽默的語言為自己的死刑辯護。蘇格拉底的一生
對誹謗與誤解毫不在乎，為什麼到臨死之時才這樣做呢？在人生這最後
鼓舞人心的一幕中，蘇格拉底是唯一一位仍能平靜地保持彬彬有禮到最後
的人。蘇格拉底生於這個世界，也活了一輩子，為什麼他要害怕被世人遺
忘呢？在這種威嚴的想像之中，倘若真實的蘇格拉底是一個粗野與單調
之人，他的死只是因為充滿活力的雅典文化不能夠容忍這樣一個無趣之人
嗎？但這個問題的答案，顯得無關緊要。

　　蘇格拉底式的人生態度，要勝於那種高度教養下的態度，也要勝於苦
行的人生理念，更要勝於那種鎮靜得近乎冷漠的人生態度。因為，這種人
生態度依存於要將生活活得最為充分，而不要遠離被自身認為毫無價值的
東西。蘇格拉底式的態度，是基於勇氣、慷慨與簡樸的品德。蘇格拉底深
知，正是由於恐懼，我們將自身憂鬱的情感看得過重了；正是卑鄙與冷漠
毒害著我們的生活，正是因為冗雜與守舊的責任，讓我們被軟弱束縛著。
蘇格拉底沒有任何個人野心，摒棄了所有嫉妒與無情的毒液，以一顆本真
的心看待這個世界的原貌，認為這是一個充滿光明與勇氣的地方，充滿著
有趣的思想與許多懸而未決的問題。

　　基督教在這方面不斷地前進，因為在此之前已在平穩與快速地前進，

但卻更不明智地解釋著生活。蘇格拉底經常讚賞生活裡有著智慧的思想，基督信仰可在更為寬廣與舒適的生活中被人應用。儘管基督教義裡面充滿了教會主義，但卻洋溢著蘇格拉底的核心思想，其本質是靈魂不受偏見的自由，而所存在的問題，也是一些頭腦最為簡單的孩子所能理解的。但是，基督教義卻在這些快樂的基礎上發揚光大了，其中最為關鍵的信條便是「自由地接受，自由地贈與」。接下來的奧妙，便是如何享受。但是，這種享受不是一下子揮霍所有的歡樂，然後埋藏在自己的帳篷內，而是一種人與人之間的樂趣，與人共同合作所帶來的樂趣。當然，這仍存在許多性情方面的約束，防止我們自身辛辣的幽默蔓延到其他生命。但是，這無法透過約束克服，只能透過溫和的方式控制，很少有人的性格會有這種溫和的性情。我可以細數自己認識的惡毒之人，他們為了讓自己獲得快樂，寧願讓別人忍受痛苦。這些人在年輕時無不遭受過欺壓，所以，他們潛意識裡不自覺地要讓自己免於再次遭受別人欺凌的心理狀態。因為缺乏必要的心理鍛鍊，他們會變得更加自私，健康不佳也會讓一些人成為惡棍。但是，如果他們願意，至少可以透過讓自身保持這種冷漠，而不讓別人知道。一些實踐將很快讓他們確信一點，就是世界上很少有給予別人樂趣這種行為帶給自身快樂更為合理與廉價的途徑了。

畢竟在某種程度上，這種義無反顧的歡樂，可以透過意志的努力來獲得實現，儘管這也許比本能的歡樂更為有用的東西。無疑，在道德層面上的凝聚，不能讓一些不理智或難以言喻的情感迸發。在沒有任何有意識的努力或願望的驅動下，彷彿盼到了雨後的陽光。在這裡，我引用一段自己最近的經歷加以闡述 ——

幾天前，在一個忙碌與疲憊的早上，我琢磨著一些愚蠢且無聊的段落，這些句子沒有任何啟發性，只是一些流水帳而已，唯一的優點就是文

第十七章　歡樂

字極為通俗淺白，但也沒有什麼美感可言。然後，一個友人過來拜訪我，我們聊了一些沉悶的話題。之後，我孑然一身地在草原上走了一段路。當我身處於一段平坦的大道上，兩旁都是茂密的灌木叢，小溪繞著柳木與橙木圍成了一大圈。陽光穿過雲層的「堡壘」，照射到這麼一座巨大的城堡上。那天，算是一個萬里無雲的日子，天空閃爍著冬日陽光蜜黃色慘澹的冷色調，感覺春意在空氣中彌漫，而在一個掩體的地方，我發現了一株金色的山柳葡屬植物，綻放著它光鮮的「外衣」。

對我來說，這並非是滿意的一天。我在早上所冥思苦想的話語，讓我深知這並不具有任何特殊的價值，而實際上也的確如此。我只不過是以英國人所慣有的頑固精神做著一些事情，不論工作本身是否具有價值，只是因為我下定決心不要被打敗而已。

我懷著一種罕有的愉悅心境回到家裡，彷彿聽到一段短暫而又優美的樂章，在思忖著一些甜美的聲調與豐富的韻律，或似乎我經過了某處美麗的景色，音樂從夏日那片五葉草的田野中吹拂過來。由此，我的心中再也沒有什麼特別的思緒需要理清。當我放眼大地之時，太陽在東邊升起，月亮掛在西邊，城堡式的城樓在橡樹林之上突兀而起，我看到了幾個衣著端莊的人，沿著通往森林的道路上歡樂地騎馬飛馳。他們向我揮手致意，他們到底看到了什麼美麗的景色，如此地讓他們著迷。我頓時感覺到美麗的生活離自己很近，彷彿就分散在自己四周，可能在鏡子後面，在門外面，越過花園的樹籬即可到達。倘若我擁有打開這些魅力大門的鑰匙，那就讓我懷著高興與愉悅的心情，渴望一個充滿震撼而又無限完美與平和的人生吧。在清晨初升的旭日越過茂密叢林時，陽光溫和且靜悄悄地灑在我的心中。當森林被一層最柔和的藍色霧靄籠罩，或海浪緩緩拍打著平坦的沙灘，抑或冬日暖陽之時，在廣闊的鄉村與田野間，雙眼痴痴地望著一大片

橘黃色的水汽，在天宇間潑灑；或聽到了一些莊嚴肅穆的音樂，卻有一個輕柔的結尾。心靈的平和，似乎不僅讓人歡喜，而且唾手可得。

人們該如何解釋這種瞬間的歡樂帶來的心靈震撼呢？我將要嘗試並將自己所篤信的作為其中的一個解釋，就我而言，如果我能將思想濃縮為某種極為清晰的東西，且不論這些東西看起來多麼超凡脫俗，那麼，這將是一件多麼美好的事情啊！

在這些時刻裡，人們的感想，可能恰似一個人身處於黑暗的大街或喧鬧的城市當中，黑壓壓的雲層倏忽而過，人們可從屋頂上面看到藍色的山頂，同風、陽光在一起感受山靜日長。懸崖深深，蜿蜒草地，卻在拾階而上。

這種帶給人們祝福的平和感，我認為絕不是一種主觀的情緒或某種臆想的東西。我想，這是一種真實存在的東西。人們的意識並不能創造出這樣的印象，人們並不能妄想透過一些進入心靈的道德或藝術層面上的想法，而不得不憑藉自我感知方可獲得。教育並非一個發明的過程，而是一個不斷探索的過程。這讓人處於不僅知其然，也要知其所以然的階段。人們在了解一些事物名稱前，早已知道了這些事物的存在，憑藉的就是一種本能與直覺。人們的心智，只不過是更宏大與不朽生命的一部分而已。有時，這會被自我認同感所設置的障礙阻擋，正如在海灘上一個個小小淺灘中的海水，在長達數小時裡與其本應歸屬的浪潮隔絕。所有的遺憾、悔恨、焦急、煩惱，都源於我們沒有意識到，自己只不過是這種更為寬廣與偉大生命的一部分，而不是如自身臆想的那樣孑然一人、默默無語。生命與歡樂的海洋，要天人合一。

有時，我也不知道為什麼，我們會觸摸到更為寬廣的生命。對某些人而言，這源於宗教，有些人則認為源於愛，有些人則認為源於藝術。也

許，翻滾過來的浪潮，會即時淹沒我們所占據的小池塘，讓池邊的植物顫動，在沉睡的沙灘上不時發出冒泡的響聲，在耳畔迴響。

當這些時刻降臨時，我們卻犯了悲傷的錯誤，這似乎只是在震撼著我們軟弱的想像力。我們應該要做的，就是盡最大的努力，迎接並理解這更為寬廣的生命降臨在自己的身上，而不是憤怒地潛回自身的安樂窩裡，事後卻羞怯地感到悲傷。人們要勇敢地一次又一次敞開大門，因為，太陽的光芒會環繞我們全身，而這扇門是一定會敞開的。我們不時會有一些讓自己吃驚的感受，顯示出我們與別的個體某種極為重要的紐帶。許多人都有這樣的經歷，這似乎在證明，我們與別人的心靈能夠進行某種直接的交流，這是獨立於言語或寫作層面之外的溝通。即使我們沒有這樣的經驗，但科學已經證明了這種情況的確存在過。也許，一種相對笨拙的叫法就是心靈感應吧，指代的就是心靈某種直接的交流。這種心靈感應所出現的方式，是任何理性之人都不會加以懷疑。事實上，我們還不知道這種心靈感應所存在的狀態，但這很像電流的某種傳遞，正如電學家們並沒能創造出電流，而只是用他們發明的精密儀器捕捉或記錄電流的存在而已。所以，人與人之間的這種直接通信的漣漪，無疑存在。當我們揭開了其背後所蘊藏的規律，我們也許能明白諸如熱情、運動、社區精神、愛國主義與軍事熱忱等許多事物的實質了，然而這些東西現階段顯得那麼的孤立與神祕。

在這些事情之外，還蘊涵著更為重要的東西。在人性當中，我們只是這種寬廣生活的一部分而已。可能在超過我們可見的宇宙之外，仍然在不斷地旋轉與束縛，就像噴泉的噴霧，灑到每個個體身上。有些讓我們覺得緊迫與難以琢磨的情感，來勢洶洶，充滿神祕，但我衷心相信，這只是我們身外這種廣袤生命跳動的脈搏而已。我時常會情不自禁地想，那些將生活所賦予的潛能發揮到極致的人，讓自己的人生也隨之感受到了這種悸

動。這個世界對未來發展的憂慮，讓我們投身於政治、商業、宗教，並對物質產生了擔憂。我們這種杞人憂天的做法，等同於將自己束縛了起來，將自由的時日不斷地壓縮，忘記了廣闊生命的存在。人們可能將耶穌基督所建議的人生，視為基督徒的人生，即一種祈禱的生活，與別人建立簡單與友善的關係，對世俗的羈絆毫不在意、斬斷欲望，為人無畏與真誠。其實，這些特質可能是我們接近更高層次所具備的精神了，因為當耶穌說話時，似乎早已知道了一些驚人的祕密、更高層次的生命靈魂，就像時刻翻滾的海浪一般宏大，而不會招致任何誘惑與罪惡。因為，他的靈魂需要自由地與同一些普遍精神產生接觸。就他而言，加諸於人類身上的羈絆，卻並不存在。

目前，我們仍不知道這種連繫所存在的機械途徑，但這扇門卻是洞開的。至少我們可以敞開心扉，領略神靈所賜的影響。當狂風吹起，在我們的精神之域呼呼地刮著，就可看到任何工作、軟弱、安逸，都不能阻擋我們承認這些的存在。

因此，當這些甜美、高尚與催人奮進的思想走進我們的心房時，我們只會像小孩薩繆爾在燈火黯淡的廟宇裡祈禱：「主啊！幫你的僕人說句話吧。」空氣中瀰漫著音樂，伴隨著微弱與顫抖的風，最後在花園裡逐漸隱逝，越過遠邊的山嵐，溶進了萬里無雲的天際。但是，我們聽到了，我們不再與往常一樣了。我們的心靈得到了純化，理想更趨高尚。

最後，人們可能會問，為什麼這些感受會如此微弱，如此神祕，進入我們心靈的頻率是那麼稀少？如果在我們的靈魂中劇烈敲打的是真實的人生，為什麼我們要如此小心與不安？為什麼我們在沒有任何神性的視野之下，卻已然孤身走了那麼遙遠的路呢？為什麼我們看到或隱約看到事情，降臨的次數卻是如此稀少或根本沒有感受到呢？我無法回答這些問題。但

我相信，這種感覺就在那裡。我只會想起古老聖賢們曾說過，「我不知道
這將會怎樣，但是，天國的現實越被模糊所掩蓋，它們就會變得越發愉悅
與具有吸引力。任何事情都比不上這種溫和的拒絕，因為它堅定了我們對
未來的願景。」

第十八章　上帝之愛

第十八章　上帝之愛

　　歷經重重磨難後所獲得的獎賞，筋疲力盡之後所得的極大安慰，都是孩子們不喜歡的說教語言。這是多麼讓人奇怪啊！倘若我們告訴孩子，熱愛上帝要比自己的父母、兄弟姐妹更重要，要比有趣的玩耍、吸引的故事、美味的食物或精緻的玩具更為重要，並宣稱這是一種責任，然而這一切卻讓孩子們聽起來覺得恐怖！正是這些傳統積澱下來的陳腔濫調，讓人們覺得宗教充滿了單調與黑暗，像一層陰影縈繞在無辜的人頭上。對於有形或視覺上的東西，孩子們的熱愛顯得極為強烈。對孩子們而言，愛的具體表現就是柔聲細語與微笑的臉龐，溫馨與友善的親吻。孩子們並不因為事物自身的美麗而欣喜若狂，而是因其有趣的特點或古怪的特徵，而愛不釋手。相比而言，孩子們可能更喜歡一間長時間緊閉的閣樓所發散出的悶熱與發酵的味道，壁爐架上那些閃光而難看的裝飾，大街上的垃圾等。孩子們根本沒有所謂批判性的感覺，除此之外，言語對他們的作用並不大，而一些新奇或具有魅力的同伴也是如此。

　　在孩子們面前，雖然他們沒有能力表達自身的想法，但是任何人都無法將一些事物神化。孩子們缺乏某種抽象或精神上的概念，他們所感知的只是切身所接觸到的事物表層，而在孩子幼小的心靈中，充斥著一幅幅確定的畫面。孩子們的支支吾吾、脆弱不堪，不願將這種寬廣與遙遠的模糊概念加以散播，孩子們熱愛著一些深不可測的東西，當他們獨自一人在花園的林地上靜坐，看著空蕩的天際，內心所想到的一些東西，只是一些縈繞在空蕩蕩房間以及通往林地的閘門。更進一步地說，孩子們因對痛苦異常的敏感，讓他們對懲罰會有無端的恐懼，並開始逐漸意識到，上帝對他們比較溫柔，在《舊約》當中，卻如此猛烈地攻擊著他們，用沉重的罪疚感與無情苛刻的手段殺戮了無辜的人，給孩子們造成了不可挽救的打擊。

　　人們更渴望的是一種彌補，而非報復。佛萊迪曾向魯賓遜・克魯索提

出了一個簡單的問題，但卻得到了一個讓人深思的回答。同樣的問題也會很自然地在任何思想健全的孩子心靈上浮現，倘若上帝真的如此友善與充滿愛意，為什麼不立即消除世間所有的邪惡呢？這樣的問題，讓那些充滿智慧的人都無言以對。孩子們則會由於自身缺乏教育的緣故，轉而認為倘若質疑別人為什麼教給他們知識的話，自己則顯得邪惡。在壓抑的氛圍之下，有多少孩子仍舊會保持這種極其自然與可親的「天真」懷疑論呢？根據自己小時候被宗教陰鬱籠罩的經驗，我清楚地意識到，其實自己一點都不愛上帝。我並不認識他，我也沒有任何理由相信他是善良的。我想，如果自己為人暴躁或缺乏真誠，他就會對我感到憤怒。根據兒時的本能，我深知當自己淘氣時，母親並不會停止對我的愛，但卻不敢確定上帝也同樣如此。我明白一點，就是上帝肯定知道任何事情的來龍去脈，這一點，讓我覺得上帝具有了某種可怕性。所以，我經常禱告自己還是盡快地忘記上帝。每次，我想到這個問題，自己的樂趣便隨之煙消雲散。在我眼裡，極為重要的小娛樂或無足輕重的玩意，上帝可能都會給予否定。當我好好學習或待在教堂裡，他似乎才會感到滿意。星期六是上帝喜歡的日子，但我確實多麼的討厭這一天啊，因為在這一天，我的玩具就被人拿走，而要讀一些我根本無從理解的小書。在我心裡，所有一切都深深地充滿了單調感。因此，宗教從一開始就沒有與我結下緣分，倘若真的有某種緣分的話，我想，一定是仇敵。

在歷經了一系列奇異的經歷或內心遲疑的推理後，人們開始在靈魂深處感覺到上帝之愛的存在。這是一個多麼緩慢的過程啊！即便到彼時，這種愛的本質又是多麼的微弱與微妙！在難以忍受的重壓之下，在深深的憂慮之中，當所有的事情都看似難以忍受的兩難時，在生活的無聊之中或活力消退時，一股洶湧的浪潮，便開始猛烈而又平靜地捲走了人類的靈魂。

第十八章　上帝之愛

有時，人是難以控制自己的，也難以控制自己的悲傷。當這些情感從自身軟弱與乖僻的本性中冒出芽來之後，人們便愈發控制不了自己的情感閘門。實際上，人們都處在旅途當中，經常跑到父親的膝下，將自己所有支離破碎的軟弱都傾訴於完全明朗的心靈之中。上帝必然希望，每一個人都能最好而且最真實地活出自我。一顆孤獨的心，會經常發出這樣的吶喊：「上帝，請賜給我勇氣、希望與自信吧。」

倘若一個人真的擁有這種力量，他該怎樣彌補這一切呢？唉！現行的方法，只會讓所有愚蠢與笨拙的人變得沉默不語，讓古板的父母、圓滑的牧師，對一些自己不認同的人的遭遇，津津有味地評頭論足。我願意教育每個孩子，甚至願意讓他們抵抗理智的「侵襲」，讓他們明白不論浮沉，上帝都愛著我們、理解我們。上帝只是用悲傷來懲罰世人。上帝在寬恕與仁慈之中歡悅，在純真的快樂之中歡喜，他熱愛勇氣、光明、友善與歡欣。對於那些卑鄙、邪惡與殘忍的事物，他並不想用懲罰應對，而是用羞恥與眼淚看待這可悲與骯髒的人性汙點。

在我看來，關於上帝顯得不真實的原因，或許就是基督教徒過於誇大了上帝的完美。倘若，上帝真的存在的話，那麼，等孩子們長大以後，就會覺得有一種罪惡感。這並非一個可怕與不可寬恕的失敗，只是讓人們感到極為無趣罷了。但是，這種情感一旦被啟動，無論我們顯得多麼卑微，都可以取得進步，讓幸福不受干擾地運行。也許，我們一定要遺忘這種罪惡感，因為上帝的恩惠不是對自我的一種阻礙，而是一扇敞開的大門。人們會以最快的速度，經過道路上的一處陰影，進入自由氣息與溫暖陽光的歡樂當中。

我還在學校讀書的時候，就聽到過一場可怕的演說。這次演說是一位著名的福音主義牧師所作的，當時很多人在場，牧師的聲音十分洪亮。演

說的主題是「罪孽之罪」，關於人類在精神面臨恐懼時所要找尋的寬慰，聽完之後，便有急於做正確的事情的衝動，並且想迅速逃離恐懼、冷漠、邪惡。現在回想起來，如果某人想就肉體放蕩的罪惡，做一場演說，那麼那場演說無疑極為給力。但是，那場演說談到了人性的可怕與骯髒的腐敗，然而某些人卻仍能從中獲得堅定的樂趣。當時的我還只是個孩子，懵懵懂懂，無可救藥地相信這位明顯受人尊重的長者所說的話。現在想起來，這是多麼讓人反感的人生理論啊！這是對上帝極大曲解後所形成的一幅醜陋的畫面！

　　當然，這個世界的確存在很多看似缺乏愛的事實，比如粗心與無知、極為殘酷與無情的懲罰、遺傳的不良法則、精力的浪費與疾病的殘酷，這些事實舉不勝舉，不一而足。身體健康、心智愚蠢卻又有點美德的人，無疑最讓人心碎。他們缺乏某種憐憫之心與想像力，只因他們自己足夠強大，才能毫髮未損地應對這些困難。現在，宗教讓人感到恐懼的首要因素，就是一想到某些專橫、愚笨與讓人反感的人，常常壟斷著一些教義，並壓制那些謙虛、謙卑、緘默與善良之人，讓他們噤聲。當這些人取得了勝利後，還要責罵被控制的人，只是一些似是而非的樂觀主義者。

　　在短短的一生當中，有哪些人只得自己深深感激呢？當然不會是那些責罵、諷刺、懲罰或羞辱我們的人，也不會是落井下石或雪上加霜的人。周圍的人對我們都保持著耐心與友善，並且相信我們、撫慰我們，向我們張開擁抱，以原諒我們的所作所為。他們給予我們愛意，並不奢求報答，他們給予我們的是情感上的幫助而非謹慎的理智。他們之所以在乎我們，並非出於某種責任，而是一些神性的本能。他們總是會為我們找無數個藉口，為我們自己開脫。他們原諒了我們失當的行為，並寬恕我們的卑鄙行徑。

第十八章　上帝之愛

　　以上所說，就是人類文明神化了的上帝形象，他並非我們行為的審查與嚴苛的批判者，而是我們的擁護者。他愛護著我們，並非因為我們的身分，而是因為我們的自身。任何人在充滿活力之時，都會沉浸於歡樂之中，不希望陰影來打擾自己。這就好比某位認真的人類導師突然間醍醐灌頂，意識到我們最終都會像青草一樣枯萎。當氣吞山河的壯志消沉之後，生命的活力就變得脆弱。我們也會感到奇怪，為什麼熱情會因為一些最簡單的歡樂、一些怡人的喧鬧與悸動而迸發出來。然而消失的熱情，卻仍然與我們同在，提醒著我們辛辛苦苦獲得智慧。這是一種比年少時怒髮衝冠式的衝動，更為深沉與持久的品德。

　　在我的人生中，我曾想過，如果自己有能力描繪一幅永恆畫作的話，該會是一幅怎樣的情景呢？我想應該是這樣的：在一個禮拜日的早晨，我到一個大型的教區教堂參加禮拜。我坐在面東的長椅座位上，而在教堂耳堂前的走道長椅座位上，則坐著一位老婦人。她離我很近。是在禮拜儀式將要開始的時候匆匆趕來的。後來，我才打聽到，原來她是一位寡婦，就住在附近一所救濟院裡。她的面容顯得蒼老與憔悴，生活顯然是很窘迫。她的一生，由一連串的不幸與災難所組成，但她卻可從最艱難與最謙卑的負累下卸下重負。

　　多年前，她的丈夫不堪一場折磨人的重病，離開了人世。之後，她的兒女們接二連三地逝去。現在的她，在這個世上孤苦伶仃，只有遠方一些漠不關心的親戚。對她而言，能進入救濟院，實屬難以置信與不可思議的好運氣了。在那裡，她有一間很小但單獨的房間。她識字很少，很少談及自己，也沒人對她表現出任何的關心。她卻有一顆善良、勇敢與無私的心，總是樂於助人，對別人的恩惠總是滿懷感激。看來，只有上帝才知道，那些真正發自內心施恩的人，在這個世間是多麼的罕有啊！

這位婦人的臉很小，幾乎有些難看，但她卻十分安詳。她有一雙長滿了老繭的手，而且十分乾瘦，戴著不知多少年前的老式女帽，穿著一件黯淡、褶皺的黑衣服，看起來顯得一副飽經風霜的樣子。衣服上的折痕，可能說明了，在一年之中，她沒幾次穿過這件衣服。

　　在那個清晨，她的心情很愉悅。她收拾好自己的小房間，並且在晚餐時享受了鄰居們提供的一點肉。那天早上，她還收到了一張聖誕賀卡，滿心歡喜地凝視著這張卡片。她喜歡教堂人頭攢動的熱鬧，還有冬青漿果散發出的那種讓人歡愉的感覺。她的雙手拿著一本有點褶角與陳舊的《聖經》，用自己那微弱與蒼老的聲音誦讀著，當她唱到她從小就熟悉的歌曲時，她便更加勇敢地唱著 —— 聽！報喜的天使在歌唱勝利的歡歌，天使的主人宣布：「耶穌誕生於伯利恆。」

　　在那時，我無解地陷入了沉思當中。當我看到那張布滿了皺紋的臉，聽到充滿哀怨卻又振奮的聲音，歌唱著那麼美好的字句，我的眼角不經意間泛起了淚花。我看到，在這位老婦人的背後，站著一位年輕英俊的男人。我看到年輕男子捲曲的頭髮，在清秀的額際上搖曳。他穿著暗灰色的禮服，閃著乳白的色澤，給人一種視覺上的模糊感。他的雙手緊緊交叉，也在歌唱著。他的眼睛注意到了這位老婦人，在他的眼神中，我可以讀出一半是善意的關懷，一半則是難以言喻的憐憫之情。天使的主人呵！這就是一位充滿陽光精神的同伴，做著天父應做的事情，將自己的歡樂與平和帶給那些感動自己的人。在所有禮拜者中，他將那些站在柱子邊最卑微與簡樸的人，視為朋友與姐妹。那天，我的雙眼只看到了這些。因為這些場景的輪廓，在迷離的陽光下逐漸淡化。但是，如果我能描繪出這一場景的話，那一張純潔、毫無憂慮的臉，卻又有近似於古老而飽經風霜的特點；而閃亮的長袍，卻顯得毫無生氣。這樣的一幅圖畫，是任何充滿情感的雙

眼目睹之後，都難以忘懷的。

　　哀哉！人無法在片刻那般震撼人心的時刻間存活。隨著人生的流逝，我們開始逐漸透過信仰來接近上帝。我們必須要在自己的生活或接近我們的生活中，承受讓人心碎與可恥的災難。某個無心的罪行，可能毀掉一個人的一生，讓家庭一輩子蒙羞，或讓之前一些慷慨與無私的精神，成為一縷浮雲。然而，時常一些飽含才華的人，卻被一場痛苦與讓人絕望的災難所擊倒。我們對自己說，這必然也是源於上帝的旨意吧。若上帝想伸出援助之手的話，完全能阻止這些悲劇的發生。那麼，我們該怎麼辦呢？我們怎能將愛的本質扭曲為專制的冷漠與有意為之的殘忍呢？之後，我開始深深的思考，這也許提示了我們，我們永遠也不可能完全了解別人的靈魂。

　　反求諸己，我們對自身的了解又是多麼的淺薄啊！即使我們完全真誠，也很少能真正地向別人說出自己心中真正想說的。我只好善意地認為，人性的弱點只是在不停地躲著我們。我們自認為敏感與軟弱，而事實上卻武裝起自滿與驕傲的堅固胸甲。當我們自認為強大之時，只是因為周遭的災難，並沒有降臨到我們頭上而已。當我們越了解一些飽受痛苦的生命，我們就會深信一點，痛苦並非恣意妄為的暴行，而是苦心孤詣的一種拯救途徑。

　　我記得，一個朋友曾得到別人贈送的一株珍稀的植物。朋友將植物栽植在大花盤上，緊靠在清泉的凹地上，但是植物卻始終不肯生長。在春天，朋友也只得將一些枯萎的葉子剪掉。儘管我的這位朋友是一個很謹慎的園藝專家，但也不知道該如何是好。之後，他出差了幾週。在他出差之後，一個推著雙輪手推車的粗心男孩將花盆打破了，植物隨著泥土掉進了水裡。男孩將花盆的碎片撈上來，卻眼睜睜地看著植物沉入了水底，也就沒有心思將其撈上來。當朋友回來後的某一天，突然發現在清泉上盛開了

一株不知名的植物。經過仔細研究，終於明白了原因。原來那株植物是水生植物，在乾燥的空氣中因缺乏水分而顯得憔悴。也許，它早就希望自己能在池底下扎根！

　　也許，這正是許多飽受心靈煎熬與飢渴之人所歷經的情形。在數不清這樣的情況中，他們憑著微弱之力，試著努力過著殘缺的生活，自閉起來，結果使得自己真的軟弱了。我們剛開始可能認為是一場災難、一些難以理解或難以修復的痛苦，到最後卻證實是另外一回事。悲傷能讓具有潛在價值的東西顯露出來，痛苦能激發某種沉睡的力量與耐心。

　　即便事實並非如此，如果我們在追溯自己人生或別人的人生之時，無法發現痛苦所具有的積極影響，我們又怎能在這種思緒中得到庇護呢？我們看到世間存在著一種巨大與富於改變的力量，那就是愛。我們看到，為了那些自己所愛的人，人們願意為此做出暫時的犧牲，甚至用一輩子的耐心克制自己。我們看到一種偉大與熱烈的情感，演變成了一種圓滿與讓人信服的力量。我們看到男男女女完全沒有察覺到痛苦與單調，全然不覺他們是在沒有自我思想的意識下，產生的種種行動。倘若他們能減輕所愛之人的痛苦或讓親愛之人的嘴角露出微笑，正如海草在洶湧的河水中旋轉時所形成的一片巨浪，讓人欣喜。但是，我們要是充滿了自私與傲慢，就無法獲得這些美好的感覺。

　　愛，充滿了神奇與驚人的能量，能讓人們在一些自認為沒有愛的日子裡，坦承自己的無能，懷著歡樂與愉悅的心情做出犧牲。難道我們還要懷疑，這種深藏於人類心靈最深處的能量，不也一樣深藏於上帝的心靈深處嗎？這個世界只不過是上帝的一個微弱反思而已？我想，事實應該如此。我們可能滿懷憂傷地疑問，為什麼在無聊單調的日子裡，愛的力量似乎仍在隱退或遲遲不來？如果我們對別人懷有慷慨的衝動，將滿足於自身歡樂

第十八章　上帝之愛

的本能放在一邊，重視那些有價值的人，那我們就無需擔心自己會得不到快樂與滿足。然而，卻只有極少的人才會感受到這一點。儘管我們所希冀的愛，有時會錯過或失去，但是只要我們篤信的話，上帝之愛總會在那裡等著我們。

即使我們在生活中錯失了愛的甜美感受，深陷於孤獨與寂寥之中，難道不會有人回顧自己以往被愛或被愛的機會包圍的日子嗎？無論我們在孩童或少年時期，我們都會懷著苦澀的遺憾，為自己與愛近距離接觸時，自己卻視而不見，這難道不是一件悲哀的事情嗎？我們為什麼就不能更加溫存與友善一點呢？我時常坦誠地對自己說，那些最讓人心碎的回憶，都是我在跌跌撞撞時誤入的，在一些小的場合，我表現得固執與頑固不化，我常常緊閉雙眼，用一種悲哀的期待盯著自己。因為，當一個人對愛的渴求，讓自己對一些臆想的不公正的憤怒之情，成為了阻擋愛的衝動的話，我就會板起臉孔、縮回雙手，在默默趕路之時，在那個毒害自己的時候，為自己最終能以卑鄙的手段實現報復而洋洋自得。但是，人們會知道，所有的一切都會被寬恕，同時所有的誤解都會在晨曦的曙光中，逐漸消弭。人們固執的殘忍思想，也會在心底遭受沉重的打擊。

當我們一旦開始接近上帝，就不會再有尖酸的遺憾或沉重陰影的記憶了。人們可以將自己視作一個小孩，在上帝跟前說些心裡話。上帝知道人們的現在、過去及未來，世人可以懷著巨大的希望，讓自己匍匐在上帝的腳下，那麼，上帝會讓人們成為自身想要成為的人。

在《聖經》的寓言裡，有一個浪子回頭的故事。「浪子」並非窮苦的人，他轉變的堅定動機也很清楚地表達了出來，他不想繼續在寒冷與飢餓中獨自憔悴了。這樣，他就可以穿上衣服，獲得溫暖，但他並不是一個堅強與富於美德的長子。故事的真正英雄是一位耐心、寬容與具有愛心的父

親。正如一個嚴厲的批評家所說，他曾愚蠢地為兒子的放蕩行為提供了資源，並且在他回到家的時候，也沒有半句責罵之語。無疑，父親的這種做法因為缺乏一種道德自律，而充滿了可悲性。如果父親讓兒子懷有某種敬畏與善意之感，能讓兒子誠實地勞動的話，那麼這些災難就根本不會發生。但是，我們可以想像，這位年老的父親時常在日落時分，爬到山頂，獨自一個人站在那裡。這位父親俯瞰著漫長的道路，沿著平原蜿蜒至遠方的城市。正是在這條道路上，他送別了自己的兒子，心情舒暢，內心充滿了歡樂。沿著小路，他看見了一個表情憂鬱的人，竟覺得如此的熟悉，卻又顯然被悲傷所困擾，步履蹣跚地走在回家的路上。此人的存在，正是這一個美好與讓人舒心場景的精髓所在。他對僕人發自內心的微笑，讓這個家庭允滿了樂趣。在那簡單的歡樂之中，他認為那個剛愎自用的兒子是讓人厭煩與不滿的。但是，這位父親也用懇切的語氣，說了一些希望兒子也能享受凡人生活的話語。這是一些最可悲卻又最富美感的話：「我的兒啊，你與我在一起，我所有的，都是你的。我們的相聚應該是讓人高興的，讓彼此都感到快樂。正因為此，曾經迷失的你，現在『死而復生』了，又回來了。」

畢竟，這就是上帝與我們打交道的一種方式。上帝給予了我們自由選擇的權利，而他並沒有收回任何東西。當我們肆意地揮霍精光，讓自己身處悲慘的情形，然後求助於他，用上最蹩腳的藉口，他也沒有責罵或警告我們半句。上帝總是充滿了歡樂與愛，世上有許許多多的文字讓我們沮喪，讓我們認為上帝刻薄地對待著我們。實際上，真正刻薄的人正是我們自己。這個故事無疑是世上最美麗的故事，讓我們深思救世主的存在，以及其教誨的本質所在。我們可以將一顆對嫉妒之心的痛苦警告拋在腦後，讓我們處於某種最高級的希望之中。倘若我們能回頭的話，我們將比那些

第十八章　上帝之愛

從未流浪與蹉跎過的人，更能歡樂地度過餘下的時光。

也許到最後，當我們一再窺望，看透了人生的浮沉得失，卻發現自己在一條孤獨的道路上某個最讓人沉悶的角落裡，小道則變得崎嶇與泥濘。陽光來去迅疾，不時被毛毛細雨所遮擋。我們心中不禁會泛起一種美好與神聖的漣漪，聯想到人生這些黯淡的灰燼，閃爍的火苗逐漸熄滅。這些曾經都是跳躍的火焰，而非現在一個簡單的結果，即火焰的苗頭在燃燒。但是，人們已經做好了屬於自己的工作，也開始變得溫暖起來，充滿了活力。人們可以安靜地坐著，在時間的流逝間隙裡天馬行空，在想像之域中肆無忌憚，就像很久前，一個渴望的孩子看到了被焚燒的畫像一般。但是，讓人激動的興奮與奇幻的心理消失了。生活與我們預想的並不一樣，而是更趨於飽滿，更讓人覺得神奇，卻又更為短促與無疾而終。但是，人們的心中卻更為安靜與富於耐心，懷著更為強烈的好奇心思忖著上帝賦予我們的愛。落日時分，橘黃色與綠黃色交織將太陽裝飾成了一個火球，比起中午時分直射的陽光，失卻了幾分歡樂，卻顯得更加神祕、溫柔與美麗。在夕陽下，雙翅發亮的蒼蠅四處亂飛，玫瑰噴著馥鬱的芳香，晚間綻放的花朵也在噴湧香氣。透過一扇面西的窗戶，可看到一片迷霧籠罩的田野，參天大樹森森的影子。在漆黑的夜空中，湧上了幾處深紅的火光。這並不像白日溫暖陽光的花園或搖曳的葉子們所訴說的那樣，它們所訴說的卻是上帝神祕的愛，比中午猛烈陽光更為甜美與更為遙遠的祝福，洋溢著微妙的神祕與讓人驚嘆的迴響。我們已經意識到，黑暗在上帝眼中並非純粹的黑暗，靈魂在清晨的曙光來臨之時更為跳躍。現在，蒼蠅開始思索自己要到何處了，在一個溫存的陰翳處，牠可以讓自己那雙疲倦的翅膀休息一會。

在困頓之際，心靈時常會大聲疾呼：「再加把勁。」但事已至此，無可挽回。人會變得更加富於耐心。因為，他最後終於相信了，自己不再

需要在槳櫓上勞作，而是要勇於闖蕩洶湧的浪潮，朝著上帝的心靈深處
跋涉。

第十八章　上帝之愛

後跋

後跋

　　思緒早已不知神遊至何方了，從這片廣闊牧場的孤單農莊之上，向沼澤地帶靜靜地擴張。我希望再次將讀者帶到這個被牆圍住的花園、果園、沒膝的青草以及高大榆樹下遮蔽的樹叢。因為我還有一些最後想說的話，而選擇在溫馨的家裡訴說，則最為適合不過了。雖然，我們的閱歷並不一定受時空的限制，但就是在這個孤涼的山脊上，布滿了巨礫的砂石，夜風呼嘯而過。黑暗籠罩著雅各，一個無家可歸的放逐者。在他人生最為孤立無助之時，他看到了自己攀登梯子的頂端，正處於上帝的膝下，充滿了力量與希望。同時，正是在熟悉的家裡，每個角落都凝聚了溫馨的記憶。某種恐懼的心緒也變成了痛苦的源流，正如雲朵在**轟轟**的雷響之下破開，照在雅各悲傷的臉上。

　　或許，我們會在人生中找到某個角落逃避，會遇到各種難測的苦楚與絕望，但我們更願意將自身恐懼的事物放逐驅趕。也許，在某種莊嚴的榮光下，我們可能很不情願地在毫無意義的事物中取樂。在以上這兩種情形當中，我們每個晚上都與天使在較量，不知道祂是善還是惡，卻忽視了祂的名字與風采。但是，這要比在慵懶的知足中打發時間更勝一籌，更能接近實現我們清晰與微不足道的人生目標。因為，人們到最後真正需要的，並非我們閱歷的多寡，而是對閱歷的感受。我們很容易意識到，當自己心情舒暢地想要勇敢地做某些規畫時，就會看到播下的種子在上帝肥沃的花園土壤中茁壯成長。當我們的命運日子似乎只在強忍，使得我們無從計劃與執行，抑或往常的健談與活力離我們遠去之時，我們唯一要做的，難道只是將自身這種存在的苦悶，在我們所愛的人面前，變成一個更為輕鬆的負擔或陰影嗎？

　　我們必須要不止一次地提醒自己，儘管我們自身的一廂情願或乖僻，可能只是增添了悲傷，但是任何事物都無法讓我們與天父隔離。當我們遠

離上帝的時候，也許，這才是最接近上帝的時候。當我們努力找尋卻始終無法找到上帝時，上帝卻可能離我們非常接近，倘若我們在笑聲或自我陶醉中將其忘懷，那麼，我們其實更為近距離地接近了上帝。記住，人們既不能一廂情願地沉浸在悲傷當中，或執拗地抓住煩憂不放手，直至形成一種病態，因為，這是不忠誠的做法，雖然也不會有任何的後果。

有一個關於查爾斯·金斯萊夫人的故事，她在丈夫去世很久之後，就從來沒有兩顆心被某種騎士品格或奉獻精神如此緊緊地拴在一起。「當我發覺自己過分想念查爾斯的時候，」她在悲傷的日子裡說，「我就會找一本最富於情感的小說來閱讀，人們可能覺得這樣做是無濟於事的。但是，心需要我們給予愛，而不是得到破碎。」我們對待悲傷，必須要像對待上帝賜予的禮物一樣，勇敢而有節制地面對，而不是心驚膽戰地一意孤行。否則，這些禮物對我們來說，就顯得毫無用處了。我們一定不能小題大做地拒絕別人的安慰，也不能拒絕別人友好的寬慰之語。有時，苦楚是一個很好的天使，但我們必須要與其進行搏鬥，直到它最終為我們祈福！苦楚帶來的祝福，讓我們在以往無憂無慮的日子裡，與那些自私與忘恩負義展開殊死搏鬥，為自己曾貪婪地索取別人的關懷與樂趣的行為，感到恥辱。再者，如果我們無可避免地遭遇苦楚的話，那就讓我們深深憐憫那些在短暫而坎坷人生中飽受苦難的兄弟姐妹們吧。因為，倘若我們能真正做到的話，我們來到這個世界上就沒有白走一遭。因此，要是由於失敗或錯誤而沉浸於遺憾與悔恨之中，就顯得極為病態了。因為正是透過失敗與錯誤，我們才能學到東西。我們要做一個勇敢的人，直面苦難與挫折，讓自身更接近真理的本質，不要害怕前進中的困難。

追求生命的本質，這便是所有的祕密所在。正如路邊花朵或夕陽西下落日的壯景所帶來的心靈震撼，能夠讓筆下的字眼與唱出的音律都怦動人

心。一瞥眼，一投足，讓我們在緘默中突然頓悟。那些察覺到這種優雅動作的人，就會充分地享受生活，將人生理想化，在日常生活中展開人生的朝聖之旅。人生的來去，一幅幅泛著金黃與無憂的畫面，都能給我們帶來樂趣。我們無需以一些錯誤的理由或卑鄙的言行，逃避所謂嚴肅與下流的東西。我們可冒著極大的風險，如夏洛特女士一樣讓人生的視野變得更加明澈。如果我們編織的人生之網被租借，魔鏡被打破，實際上對我們而言，則顯得更好。不！即便死亡在一首悲歌將盡時，降臨到我們頭上，我們也沒有必要為生活而感傷。儘管我們很不情願地抬起頭，一臉蒼白地看著事物赤裸裸的本質。也許，我們看到的只是被自己扔掉的可憐藉口而已，瘦弱的繡花長袍也從我們身上被撕下，我們雖然努力掩飾但卻無能為力。我們一定要緊緊地盯著，用心地祈禱，直到在心靈中成就了完美的作品。否則，這種視野就會逐漸消退。之後，在精神煥發之際，我們可能再次踏上滿懷幸福的朝聖之旅。我們不再將一時的歡愉視為旅程的目的，或在一所敞開的安靜小屋迎接幸福的到來。

正如我所說的，重要的不是我們旅行了多少地方，而是能夠從這些地方得到一些閱歷的感受。做什麼，其實並不是很重要；而怎樣做，才最為關鍵。在人生中，我們緊緊地抓住搜刮到的物質，讓這些東西將自我逐漸丟失，這些都是阻礙我們進步的圈套與負累，恰似黏在旅行者腳下的泥土，或因為一些毫無用處的事物而忍受痛苦的負擔。一些自己不願意扔掉的東西，總以為日後會有用，同理，負重的動物都會不時發出低沉的呻吟。我們要做的只是放棄這些東西，捨棄一些我們並不需要的金錢，而不是緊緊地抓住不放，總抱著這些東西不願放棄我們無法享受的奢華。我們不願捨棄一些家具，而讓自己在一個房間與另一個房間奔走。所有這些物質，都牢牢地控制著我們，緊緊地把我們壓在地上，無法動彈。當我們與

這些物質為伍時，顯得親切與友善。我們的過錯，並非在於愛它們。對我們而言，這些物質本身可以成為上帝之愛與關懷的一種徵兆，但我們一定不能沉迷其中。

那麼，我以一種不世俗的知識，來舉一例子。我們必須要歷經磨難，方能獲得知識，而掌握知識可讓我們滋生強烈的滿足感。倘若獲取並傳授知識，是我們的一個責任，那我們就必須要努力獲得。但是，真正帶給我們幸福的，卻是我們在忠誠而辛苦工作時所得到的，而非我們累積的知識。「知識是有了，但智慧卻停滯了。」一位詩人曾這樣說。這種神賜的智慧，需要我們孜孜不倦地追求，因為我們想遠離這個俗世，隱居他處的話，我們所努力搜集的並非真正實在的東西，無論是知識還是金錢，只需要以耐心、勤勉以及在獲取這些品格過程中的謹慎與品格。但是，我們時常會感覺無所事事與無所作為，除非有什麼看得見的結果來炫耀一番。也許，當我們慵懶地靜坐的時候，在苦楚或脆弱侵襲之際，正是我們心靈迅速成長的時候。

博學之士逝去了，但又有什麼損失呢？損失的，並非某個事實或某個真理，而是他們的洞察力，他們所收集的一些事實罷了。任何一條自然法則，都不會因為他們的逝去而消失或更改。我們總是習慣以名聲及顯赫的地位，衡量事物所具有的價值。但是，人類最簡單與最卑微的命運，卻與過往最強大的征服者一樣，具有同樣的威嚴與重要性。讓所有人在上帝面前顯得同等重要，並非是我們對彼此的敬仰，而是我們無限地接近、依賴。即便如此，我們也不能在此事上欺騙自己。我們可以確定一點，我們真正希冀的是上帝的平和，而非單純而高貴的休閒之情。我們所找尋的是人生的簡樸，而不是懼怕工作。我們不能以哲學之名，將一些宏大的場景中溫和的樂趣過分美化，或以沉思的名義為我們的懶惰開脫。我們必須有

意識地戒掉這些習慣，而不是猶豫不決、逡巡不前。我們希冀自己能嚮往
天國的美好，而不是懷揣著追尋就可獲得的想法。倘若博學的人與偽君子
因其野心或自我找尋而獲得獎賞，那麼，一顆欲壑難填的心靈，也會有其
「獎賞」。這種「獎賞」，無疑是心靈病態的空虛。如果我們因此犯錯的
話，我們努力假裝對這些獎賞毫不在乎，而事實上我們只是害怕與之鬥爭
而已。我們能做什麼呢？我們該如何改正這些錯誤呢？只有一種途徑，我
們默認這讓人遺憾的缺陷，不要嘗試將其神化。我們能直面人生閱歷，將
過往一些斤斤計較與可恥的東西扔掉，讓精神重新煥發，懷著謙卑與柔弱
的心來到上帝跟前。至少，我們能為感受到這份恥辱而慶幸，用耐心的希
望忍受懲罰。上帝並沒有遺棄幸福與痛苦，反而給予了我們自身無法實現
滌蕩心靈罪過的一條必然途徑。

　　即便如此，生命的旅程也絕不是一個充滿痛苦、爭鬥和被動忍受的過
程。在日出與日落之間，我們可以享受到精彩與平和的美妙時光。當我們
在陰翳中休息時，看到閃爍著生命光芒的溪流，靜靜而平穩地流向命定的
未來。今天，我遇到了一位年老的牧羊人。在一片無垠的草原上，一個日
上三竿的午後，他揮舞著木條做成的鞭子，緩慢地向前移動著。

　　有時候，一種沉重的負擔，會降臨在我身上，讓我安靜地期待一個未
能實現的目標，同時，篤信理想就在前方等待著我。也許，有一天，我也
能無所顧忌，懷著冷靜與持久的願望，像那個年老的牧羊人一樣，按照熟
悉的套路按部就班地生活。但是，為什麼現實中這種和諧的心境會如此模
糊與破碎呢？為什麼我們應做的事情卻遲遲無法完成，而要去做一些我們
並不想做的事情呢？這是一個令人深感悲傷的神祕問題。即便在我們最
固執的時候，也不可能漫遊出我們的意志之外，讓自己成為夢想中的人。
因此，當光線逐漸黯淡的時候，我靜坐著，心頭卻突然湧現出一股拯救希

望的氣息。薄暮將至於叢林中，紫丁香嫋娜多姿地舒展著身體，散發出芳香，怡人的微風拂拂吹過，越過牧場，撩動樹葉。在西邊碧綠的深空上，懸掛著眨著眼睛的星星。天地間的每個景致，在此溶成了一個妙不可言的夢境！

思想越獄：

亞瑟‧本森的生活哲學，在真實中探究「我」之存在

作　　者：[英] 亞瑟‧本森（Arthur Benson）

翻　　譯：佘卓桓

發 行 人：黃振庭

出 版 者：崧燁文化事業有限公司

發 行 者：崧燁文化事業有限公司

E-mail：sonbookservice@gmail.com

粉 絲 頁：https://www.facebook.com/sonbookss/

網　　址：https://sonbook.net/

地　　址：台北市中正區重慶南路一段六十一號八樓
815 室

Rm. 815, 8F., No.61, Sec. 1, Chongqing S. Rd.,
Zhongzheng Dist., Taipei City 100, Taiwan

電　　話：(02)2370-3310

傳　　真：(02)2388-1990

印　　刷：京峯彩色印刷有限公司（京峰數位）

律師顧問：廣華律師事務所 張珮琦律師

國家圖書館出版品預行編目資料

思想越獄：亞瑟‧本森的生活哲學，在真實中探究「我」之存在 / [英] 亞瑟‧本森（Arthur Benson）著，佘卓桓譯 . -- 第一版 . -- 臺北市：崧燁文化事業有限公司, 2023.04
面；　公分
POD 版
譯自：At large.
ISBN 978-626-357-265-2(平裝)
873.6　　112003781

定　　價：375 元

發行日期：2023 年 04 月第一版

◎本書以 POD 印製

電子書購買

臉書